m

———————— 阅读之前 没有真相

午夜文库

苔丝·格里森
Tess Gerritsen（1953—）

……裔华裔女作家，母亲是中国移民，父亲是华裔海鲜……丝·格里森在加利福尼亚州圣地亚哥长大，自幼……出自己的《神探南茜》故事。一九七五年，她毕……福大学人类学专业，一九七九年，取得加州大学……交医学博士学位，并开始在夏威夷檀香山担任内……

……期间，她向《檀香山》杂志的小说比赛投稿了……说，获得一等奖及五百美元奖金。之后，因酷……且为了照顾两个幼儿，她辞去医生职务专注于……九八六年出版了第一本浪漫惊悚小说《半夜铃……fter Midnight）。

……年，苔丝·格里森出版了第一本医疗惊悚小……刚上市就迅速跃居《纽约时报》畅销书排行……，她又接连出版了三部医疗惊悚小说《急诊……》《太空异客》，成为畅销榜的常客。

二〇〇一年，她的第一本犯罪惊悚小说《外科医生》甫一面世便获得瑞塔文学奖。自此，波士顿警察局凶案组女警简·里佐利作为配角首度登场，在随后的十二本小说里，她作为核心人物，与女法医莫拉·艾尔斯搭档冒险，共同探案。本系列的第五部小说《消失》入围爱伦·坡奖，并获得尼洛·沃尔夫奖年度最佳侦探小说。从此，苔丝·格里森被《出版人周刊》誉为"医学悬疑女王"，"里佐利与艾尔斯系列"为她的代表作，后被改编为美剧《妙女神探》，已制作七季，时间跨度长达七年，受到许多观众的喜爱。

苔丝对女性心理刻画入微，擅长营造紧张氛围，故事情节曲折离奇，对人性的把握精准深邃。她的作品已在四十个国家和地区出版，全球销量突破三千万册。

苔丝·格里森主要作品年表

"妙女神探"系列(Rizzoli & Isles series)
2001 The Surgeon《外科医生》
2002 The Apprentice《学徒》
2003 The Sinner《罪人》
2004 Body Double《替身》
2005 Vanish《消失》
2006 The Mephisto Club《梅菲斯特俱乐部》
2008 The Keepsake《祭念品》
2010 Ice Cold《寒冰之地》
2011 The Silent Girl《沉默的女孩》
2012 Last To Die《最后的幸存者》
2014 Die Again《再死一次》
2017 I Know A Secret《我知道一个秘密》
2022 Listen To Me《听我说话》

医疗惊悚系列
1996 Harvest《宰割》
1997 Life Support《急诊医生》
1998 Bloodstream《生命线》
1999 Gravity《太空异客》
2007 The Bone Garden《人骨花园》

消失
Vanish

［美］苔丝·格里森 著
乔迪 译

新 星 出 版 社　NEW STAR PRESS

再一次，献给雅各布

1

我叫米拉,这是我的故事。

我的故事太过精彩,该从哪里讲起呢?就让我从克里维奇[①]讲起吧。克里维奇位于谢尔瓦奇河畔,由米亚德利镇管辖,是我的故乡,从小长大的地方。我八岁那年,母亲去世了;十二岁那年,父亲丧命于邻居的货车轮下。但我不想讲这些。我想从这里讲起——从墨西哥荒漠讲起,那里离我的家乡白俄罗斯很远。在那里,我失去了我的纯真善良,还失去了梦想。

那是十一月的一天,万里无云,天空是我从未见过的湛蓝,黑色的大鸟疾冲向天。我坐在一辆白色面包车里,司机是两个男人。他们不知道,也不想知道我的真实姓名。他们只是大笑着,叫我红发索尼娅。自打我从墨西哥城下飞机,他们就这样喊我。安雅说,他们这样喊是因为我有一头红发,就像《女王神剑》[②]的女主人公索尼娅一样。我没看过这部电影,但安雅看过。她偷偷对我说,这部电影讲的是一个漂亮的女战士用长剑战胜敌人的故事。现在我知道了,原来他们给我起这个名字是为了讥笑我,笑我不漂亮,笑我不是个战士。我只有十七岁,我很害怕,害怕

[①] 克里维奇,白俄罗斯的城镇,位于谢尔瓦奇河畔,距离首都明斯克一百三十九公里。
[②] 《女王神剑》(Red Sonja),由理查德·弗莱彻执导,布里吉特·尼尔森、阿诺德·施瓦辛格主演的动作片。

未知的明天。

安雅和我手拉着手。车里除了我俩,还有五个姑娘。面包车行驶在一望无际的荒原上,穿过一丛丛低矮的灌木。在明斯克,那个女人答应我们,她会将我们送上这次的"墨西哥之旅"。但我们心知肚明,这根本不是一场旅行,而是一次逃离,一个机会。她说:你们坐飞机去墨西哥城,机场有人接你们,帮你们越境,帮你们开始新生活。

她说:"你们在这儿能过什么好日子?这里根本没有适合姑娘的好工作,没有靠谱的公寓,也没有靠谱的男人,你们也没有父母可以依靠。而且米拉,你的英语说得还不错。在美国,你们能融入社会,一定能。"她打了个响指,"勇敢点儿!把握机会呀!老板们还能出路费,你们还在等什么?"

等的肯定不是这个,我想。我看向窗外,一望无际的荒原呼啸而过。安雅靠着我缩成一团,车里所有的姑娘都一言不发。我们都开始思考同一件事情:我们这是在做什么呀?

车已经开了一上午,前座的两个男人什么都没说,但后排的那个总对我们挤眉弄眼。他总是偷瞄安雅,我不喜欢他的眼神。安雅并没注意他的眼神,她正靠在我肩上打盹。上学的时候,我们都叫安雅"小鹿",因为她太害羞了,哪个男生看她一眼,她就脸红。我和安雅一样大,但安雅的睡颜就像孩童一样纯洁。我有点儿后悔,不应该让她跟我一起来,应该让她留在克里维奇。

面包车终于下了高速,开到一条坑坑洼洼的土路上。那五个姑娘蒙眬着醒来,盯着窗外灰秃秃的山。巨大的石砾散落四处,像风化千年的骨骸。这个时节,克里维奇的第一场雪应该已经落下,但这里依然四下无风,只有沙尘、蓝天和一丛丛灌木。

车摇摇晃晃地停下了,前座的两个男人转过头来。

司机用俄语说:"下车走路吧,要想过境,只能走路。"

他们拉开车门,我们一个个爬出来。在车上坐了这么久,车外的阳光有些刺眼,我们七个伸着懒腰,打量这个世界。阳光灿烂,但风很冷,比我想象中冷多了。安雅把手塞到我手里,轻轻颤抖着。

"这边走。"司机命令道。他带着我们离开脏兮兮的土路,走上一条进山的小路。我们爬过一块块巨石,穿过一丛丛带着尖刺的灌木。安雅的鞋子是露脚趾的,她不得不一次次停下来,把钻进鞋里的小石头倒出来。我们全都渴极了,但领头的男人只让我们停下来喝了一次水,然后紧接着启程,沿着石头路磕磕绊绊地爬上山,越过山巅,又跌跌撞撞地爬下去,朝着山谷里的森林前进。爬到底之后,我们才看到一条干涸的河床,两岸全都是前人扔下的垃圾:塑料水瓶、脏兮兮的尿布和一只不知什么年头留下来的鞋,鞋面上的塑胶被太阳烤出断裂的纹路,树枝上还挂着一小块蓝色油布。已经有太多的追梦者走过这条路,我们七个是后来者,即将沿着他们的足迹踏入美国。一瞬间,我所有的恐惧消失殆尽,因为这里,这些垃圾,就是我们即将到达彼岸的证据。

领头的男人挥手让我们过去,我们继续前行,穿过河床,开始爬另一边的河岸。

安雅紧紧抓着我的手,拖着一瘸一拐的脚。"米拉,我一步也走不动了。"她轻声说。

"你没得选。"

"我脚都流血了。"

我低头,她的脚趾满是瘀青,娇嫩的肌肤渗出血来。我对着领头的大喊:"我朋友割伤脚了!"

司机说:"别矫情!快走!"

"走不了了,她得包扎一下。"

"你们两个,要么接着往前走,要么我们就把她扔在这儿。"

"至少给她点儿时间换双鞋吧!"

领头的男人回过头来,瞬间变脸,气势汹汹地向我走来。安雅吓得退后几步,其他姑娘僵在原地,瞪大了眼睛,好像吓破了胆的羔羊般挤在一起。

我还没反应过来就被揍了一拳,瞬间跪倒在地,眼前一阵昏黑。安雅的尖叫声听起来十分遥远,然后我才意识到,疼痛从下巴处传来。我尝到了血腥味,鲜红色的血一滴滴落在河床的圆石上,又飞溅开来。

"起来!站起来!时间浪费得够多了!"

我蹒跚着站起来。安雅盯着我,眼里满是受伤的神色。"米拉,听他们的吧。"她轻声说,"按他们说的做。我的脚不疼了,真的,我能走。"

"你现在搞明白了?"领头的男人对我说。他又转向其他姑娘,扫视一周。"你们都知道惹恼我会是什么下场了吗?敢顶嘴?就是这个下场!快走!"

一瞬间,那些姑娘连滚带爬穿过河床,爬上河岸。安雅抓着我的手把我拉上来。我头晕目眩,只能拉着她的手,跌跌撞撞地跟着她,把嘴里的血腥味咽下去,惶惑地盯着眼前的路。

看起来不远了。我们爬上河岸,穿过丛林间蜿蜒的小路,转眼间就站在了一条土路上。

两辆面包车停在那里,等着我们。

"站成一排,"司机说,"快点儿!给人家看看。"

尽管不太能理解这句话的意思,我们七个依然排排站好,精疲力竭，灰头土脸，脚上还流着血。

车上下来四个男人，用英语和司机打了招呼。他们都是美国人。一个大块头慢悠悠走过来，一个个打量着我们。就好像农夫在审视他的羊群。他戴着一顶棒球帽，皮肤被烈日晒得通红。他停在我面前，皱眉道："这个怎么了？"

"哦，她顶嘴了，"司机说，"就是点儿瘀青。"

"这个太瘦了，谁想要她？"

他知道我能听懂英语吗？他在乎吗？我可能是瘦了点儿，但他简直像头猪。

大块头的目光已经移到下一个姑娘身上去了。"可以，"他说，咧嘴笑了笑，"来吧，看看她们都有些什么料。"

司机看向我们。"脱衣服。"他用俄语命令道。

我们震惊地看着他。在这一刻之前，我都希望明斯克那个女人说的是真的，她真的在美国帮我们找到了工作。安雅要照顾三个小姑娘，我会在婚庆店里卖婚纱。就算司机拿走了我们的护照，就算我们在来时的小路上艰难跋涉，我依然觉得：没事，会好的，一切都会成真。

没有人动。我们依旧不愿相信，他居然让我们脱衣服。

"没听见？"司机说，"你们都想像她一样吗？"他指了指我依旧不断抽痛、青紫一片的脸，"快点儿！"

有个姑娘不断摇头，哭了起来。司机被激怒了，他抡圆了胳膊，一巴掌扇向那姑娘。那姑娘趔趄着倒向一旁，他又把她拽回来，抓住她的衬衫，一把撕开。她尖叫着推开他，可那男人上来就是一拳，直接将她击倒在地，爬都爬不起来。这还不够，他又走上前去，对着她的肋骨猛踢了几脚。

"现在，"他转过来看着我们，"你们谁还想试试？"

一个姑娘立刻手忙脚乱地去解衬衫扣子。我们全都屈服了，自己解开衬衫，脱下裙子或裤子，就算是安雅，害羞的小安雅，也无比顺从地脱下了上衣。

"全脱了。"司机命令我们，"全都脱掉。你们这帮小婊子怎么这么慢呢？不过很快你们就会学快了。"他走向一个双手抱胸，身上还穿着内衣裤的姑娘，抓住她的内裤一把扯下来。那姑娘瑟缩着，一动不敢动。

那四个美国人绕着我们转圈，像狼一样上下打量我们。安雅浑身颤抖，我都能看到她的牙齿在打战。

"我来试试这个。"一个姑娘从我身旁被拉走，发出一声抽泣。那个男人甚至都没想过要找个地方挡一下。他把那姑娘的脸抵在车的外壁上，解开自己的裤子就插了进去。她发出刺耳的尖叫。

其他人也挑完了。安雅瞬间被拉走，我想拉住她，但司机扯下我的手，扭在身后。

"没人想干你。"他一边说，一边把我扔进车里，锁住车门。

车窗没有封住，我能听见，也能看见。男人们狰狞狂笑，女人挣扎哭喊。我看不下去，但也无法回头。

"米拉！"是安雅的声音，她大喊，"米拉！救我！"

我使劲砸门，歇斯底里地想要冲出去救她。她身上的男人把她掼到地上，掰开她的大腿。她仰面躺着，双手的腕子被固定在黄沙里，眼睛紧紧闭着，神情万般痛苦。我也在尖叫大喊，疯狂地砸着车窗，但我出不去。

那个男人办完了事，身上一条条都是安雅的血。他提上裤子大声说："很好，非常好。"

我盯着安雅。起初，我以为她肯定死了，因为她一动都不动。那个男人都没回头看她一眼,只是去背包里拿了瓶水,咕嘟嘟灌了一大口。他没看见,安雅正一点点恢复生气。

突然,她暴起、逃窜!

她跑向漫漫黄沙,我的手使劲抵着车窗。跑啊,安雅!快跑!跑!

"嘿!"一个男人大吼,"有一个跑了!"

安雅还在跑。她光着脚,浑身赤裸,尖利的石头一定扎在她的脚心。但前方是广阔无垠的荒漠,她没有摔倒。

别回头,安雅,跑!就这样跑,就这样……

一声枪响冻结了我全部的热血。

安雅重重跌倒,俯卧在地,但她仍未屈服。她坚强地爬起来,喝醉了一般向前跟跄了几步,随后双膝跪地。她无法站起,只能向前爬,每一寸都是挣扎,每一寸都是胜利!她努力伸长手臂,像是在抓住某个没人能看见的希望之手。

枪,又响了。

这次,安雅倒下了,再没能爬起来。

司机把枪塞回皮带里,回头看向那些姑娘。她们盯着漫漫黄沙上安雅的尸体,双臂抱膝缩成一团,号啕大哭。

"太浪费了。"强奸安雅的男人说。

"抓回来太费事了,"司机回道,"这里还有六个。"

他们验过了货,现在开始交易。交易结束,我们像畜生一样被分开,三个人一车。我没听见他们花了多少钱,我只知道我是个便宜货,是扔进来凑数的。

车开走了,我回头看向安雅的尸体。这些人压根没打算把她埋了。安雅就这样躺着,躺在烈日狂风下,饥饿的鸟儿在空中盘旋。几周之后,她将尸骨无存。她会消失,我也会,消失在一个没人认识我的大陆,消失在美国。

　　我们上了高速,我看到一个站牌:九十四号州际公路。

2

莫拉·艾尔斯一整天都没呼吸到新鲜空气了。从早上七点到现在，她一直在和死人打交道，验尸房里充斥着尸体的气味。她太熟悉这种味道了，她的解剖刀划开尸体冰冷的皮肤，腐烂的气息从裸露的器官中飘荡出来，她连瑟缩一下都没有。几个警察可就没这么坚强了，他们只是时不时进来了解一下尸检进度。有时，莫拉还会闻到维克斯薄荷软膏的味道，那是这些警官的妙招——涂一点儿在鼻孔处，可以遮盖尸体的臭气。可有时候，连薄荷膏都不管用，这时，莫拉就会看到他们突然转过身去，摇摇晃晃跑到水池边，大吐特吐。这些警察跟莫拉可不一样，他们不习惯福尔马林的辛辣气味，也不习惯那些腐烂的瓣膜，受不了它们散发出的硫黄一般的刺鼻气味。

今天，恶臭中还混杂了一丝不和谐的甜香。那是椰子油的味道，是从格洛丽亚·莱德太太身上散发出来的，她现在正躺在尸检台上。莱德太太今年五十岁，离婚独居，丰乳肥臀，脚指甲染成明艳的粉色，在自家泳池边被发现死亡。死亡时她穿着泳衣，皮肤上形成了明显的晒痕。那是件比基尼，并不是莱德太太这种中年发福的女人最钟爱的款式。莫拉想：我上次穿泳衣是什么时候来着？她突然发现，自己居然有些嫉妒莱德太太，毕竟她在生命的最后一刻还在享受美好的夏日阳光呢。已经快八月了，莫拉今年还一次海滩都没去过,连泳池都没去过,甚至连在自家后院晒个日光浴的时间都没有。

"朗姆可乐。"站在尸体双脚方向的年轻警察说,"我觉得她杯子里装的是朗姆可乐,杯子就在躺椅边上。"

这还是莫拉第一次在她的验尸房里看见布坎南警官。他总是拨弄脸上的纸面罩,站着的时候双脚不停地动来动去,弄得莫拉很是心烦。这孩子看起来太年轻了,不适合当警察。这些孩子都太年轻了。

"杯子里的东西取样留存了吗?"莫拉问他。

"呃……没有。不过我好好闻了闻,她喝的肯定是朗姆可乐。"

"早上九点喝朗姆可乐?"莫拉看向尸检台另一侧的助手吉岛。和往常一样,吉岛没说话,但莫拉能看到他挑了挑一侧浓眉,足以说明问题。

"她没喝多少,"布坎南警官说,"杯子里还有不少呢。"

"行吧。"莫拉说,"把她翻过来,检查一下后背。"

接着,她和吉岛一起迅速将尸体翻了个面。

"臀部有文身,"莫拉注意到,"是一只蓝色的小蝴蝶。"

"天哪,"布坎南说,"她这个年纪的女人纹蝴蝶?"

莫拉瞥了他一眼:"你是不是觉得,五十岁就可以入土了?"

"我只是,我的意思是,她都跟我妈一样大了。"

莫拉想:小子,注意你的言辞!我不过比她年轻十岁而已。

她拿起刀,开始迅速切割尸体。这是她今天解剖的第十五具尸体,科斯塔斯医生休假了,昨晚又出了一起多车连撞事故,现在冷冻室里塞满了裹尸袋。甚至就在她飞速赶工的此刻,又有两具尸体被塞进冷冻柜里,得等到明天才能处理了。停尸间的书记员已经下班了，吉岛也看了好几次钟，回家的念头显然已蠢蠢欲动。

莫拉切开尸体皮肤，掏出整个胸腔及下腹组织，把还在滴血的器官取出，放在解剖板上等待切割。格洛丽亚·莱德身体中隐藏的问题一点点显露出来：脂肪肝——估计是饮用过多朗姆可乐导致的，子宫内部长了好几个纤维瘤。

解剖一步步进行着，终于在莫拉戴着手套打开头骨的时候，真相大白。"蛛网膜下腔出血。"她说，抬头瞥了布坎南一眼。这位警官的脸色看起来比他刚进验尸房的时候还要苍白。"她很可能有颅内浆果状动脉瘤，就是颅内底部动脉中有一个薄弱点，高血压会使其恶化。"

布坎南吞咽了一下，盯着尸体头上翻下来的一小片皮肤组织，那原本是格洛丽亚·莱德的头皮。这些东西，尤其是尸体的面部像老旧的橡胶面具一样耷拉下来的景象，总会吓到不从事法医工作的人，让他们皱着眉头转过身去。

"也就是说……你是说她是自然死亡？"布坎南轻声问。

"是的，尸检结果就是这样。"

年轻警官已经扯下身上的参观服，从尸检台边上退开了好几步。"我觉得我得去外面透透气……"

我也得透透气，莫拉想。这是个美好的夏日夜晚，我花园里那些花花草草需要浇水，我已经在这儿待了一天了。

但一小时过去了，她还在办公室里，坐在桌前整理尸检报告和口述稿。尽管她已经换下刷手衣，验尸房里的气味却依然萦绕不散。这种气味无论冲洗多少遍，打多少遍肥皂也洗不掉，因为它始终留在记忆里。她打开口述记录机，开始记录格洛丽亚·莱德的尸检报告。

"女，五十岁，被发现时俯卧于本人公寓泳池边的躺椅上。死者发育良好，体型健硕，无明显外伤。体表检查显示腹部有陈旧性手术疤痕，可能由阑尾切除手术导致。还发现一枚小型蝴蝶状文身，位于……"她顿了一下，回想着文身的位置——是在左臀，还是右臀来着？天哪，她太累了，想不起来了，这个细节太琐碎。对莫拉的结论来说，这实在无关紧要，但她就是不想马马虎虎下结论。

她站起来，穿过空无一人的走廊前往楼梯间，鞋底踩在混凝土台阶上的声音清晰回荡。她推开验尸房的门，打开灯，发现吉岛已经把验尸房收拾干净，所有的东西都摆在原来的位置，尸检台擦得一尘不染，地板也拖干净了。她穿过验尸房走到冷冻室，打开锁柜厚重的大铁门。冰冷的雾气丝丝缕缕弥漫出来，她下意识深吸了一口气，就好像准备一头扎进脏水里似的，跨了进去。

八个轮床都占着，大部分都在等着殡仪馆的人来拉走。她一台台轮床走过去，检查床头贴的标签，找到格洛丽亚·莱德。她拉开裹尸袋，手伸到臀部把尸体侧个身，终于看到了文身。

文身在左臀。

她又把裹尸袋拉上，刚想关门就僵住了。她转了个身，盯着冷冻室里面看。

什么声音？

风扇嗡嗡地转，送出冰凉的冷风。对，应该是风扇的声音。是风扇，或者冷冻柜压缩机，或者水管什么的。该回家了，她太累了，都累出幻觉了。

莫拉再次转身，准备离开。

但是她再次僵住了。她转过身，盯着那排裹尸袋。她的心脏怦怦乱跳，耳膜里充斥着心跳声。

这里有什么东西在动,我很确定。

她拉开第一个裹尸袋,里面是个男人,胸口还留着缝合线的痕迹。这个已经解剖了,绝对死透了。

那是哪一个?哪个在动?

她猛地拉开下一个,露出一张青紫的脸,头骨都碎了。这个肯定也死了。

她颤抖着手拉开第三个。塑料拉链一分为二,露出一张苍白的脸。那是个年轻女人的脸,发色黝黑,唇色发绀。莫拉将拉链一拉到底,看见湿漉漉的衬衫贴在冷白的肌肤上,星星点点的水珠发出悠悠冷光。她解开女子上身的衬衫,这个女人胸部坚挺,腰身纤细,双手双脚冻得青紫,胳膊泛着斑驳的蓝色,像冰冷的大理石。

这具尸体还未被解剖,还没在法医的手术刀下走过一遭。

莫拉把手指按在尸体颈部,只觉手下的肌肤冰冷,又弯腰贴近尸体的唇,感受是否有呼吸迹象,是否有微弱的气流拂过她的脸颊。

尸体啪地睁开了眼睛。

莫拉倒吸一口冷气,猛地向后退去,撞上了身后的轮床,轮床一动,几乎将她带倒。她手忙脚乱地爬起来,看到那女子依旧双目圆睁,但目光没有焦点,紫绀的双唇无声蠕动,似乎在说些什么。

得赶紧把她弄出冷柜!到个暖和点儿的地方去!

莫拉推了把轮床,轮床纹丝不动,她低头,才发现慌乱中她连轮锁都没解开。她踩下轮锁,把轮床推向门口。这次,轮床动了,咔啦啦滑出冷冻室,到了温暖的装卸区。

那女子的双眼又慢慢合上。莫拉俯下身,并没感受到任何呼吸。

天哪，我可不能让你就这么死了。

她压根不认识这个女子，不知道她的名字，也不了解她的既往病史。她身上可能全都是细菌呢！但莫拉依然把嘴凑到女人嘴边努力吹气，冰冷的血肉让她几欲作呕。她努力吹了三次，然后把手按在颈动脉上。

是我的错觉吗？我指间感受到的，是自己的脉搏吗？

莫拉抓起电话，拨了九一一。

"急救中心，请讲。"

"我是法医鉴定中心的艾尔斯医生，我这里需要一辆救护车，有个女子呼吸停止……"

"呃，不好意思，您是说，法医鉴定中心？"

"对！我在办公室大楼后面的装卸区，就在阿尔巴尼大街上，急救中心对面！"

"我现在就派救护车去。"

莫拉挂了电话，压下喉间欲呕的冲动，又一次把嘴唇贴在女子的唇上。吹气三次，手指探上颈动脉。

脉搏！这绝对是脉搏！

突然，她听到一阵喘息，一声咳嗽。女子开始自主呼吸，她喉头的黏液咯啦作响。

快！呼吸啊！呼吸！

鸣啦啦的尖厉鸣声告诉莫拉救护车到了。她急忙拉开后门，迎着救护车顶闪烁不定的车灯，看着它倒进来。两个急救员拎着急救设备跳下车。

"她在这里！"莫拉大喊。

"呼吸恢复了吗？"

"恢复了！现在她能自主呼吸了。我还感受到了脉搏。"

两位急救员疾步跑进大楼，停住，盯着轮床上的女人。"天哪，"其中一人嘟囔道，"这难道不是裹尸袋吗？"

"我是在冷冻室里找到她的，"莫拉说，"现在，她应该已经出现失温症状了。"

"天哪！这可能是您遇到过最可怕的事情了吧。"

急救人员拿出氧气罩和静脉注射管，装上心脏监护仪。屏幕上显示出窦性心律图样，跳得像个懒惰的卡通画家手里的笔。不过，虽然有了心跳也有了呼吸，她看起来依旧跟死了没什么两样。

一名急救员拿出止血带绕在女子毫无生机的手臂上，问："她怎么了？怎么跑这儿来了？"

"我完全不认识她，"莫拉说，"我是来检查另一具尸体的，然后听到这个动了。"

"呃，这种事，呃，经常发生吗？"

"反正我只碰见过这么一次。"莫拉回答，她也希望这是最后一次。

"她在冷柜里待了多久？"

莫拉扫了一眼床边挂着的信息板，上面记录着接收尸体的信息。没有女子的姓名，只知道是在中午左右被送到停尸间的。八个小时，她被送来八个小时，在裹尸袋里待了八个小时！要是她出现在尸检台上怎么办？要是我真的切开了她的胸膛怎么办？莫拉在文件里翻了又翻，找到了一个装着相关信息的大信封。"韦茅斯消防救援队把她送来的，死因是溺亡……"

"妈呀！"一名急救员刚把静脉注射针头扎进去，女子就猛然苏醒，身体在轮床上不断抽搐，静脉出血聚集在皮下，注射点立刻泛起一片瘀青。

"该死！把针拔了，帮我固定住她！"

"天哪，这姑娘是想爬起来逃走吗！"

"她挣扎得太厉害了，我无法进行静脉注射。"

"那赶紧把她挪到担架上，送到车里。"

"你们要把她带到哪里？"莫拉问。

"街对面，急救中心。您这边有什么有用的文件，请给我们一份。"

莫拉点头："我一会儿送过去。"

急救中心橱窗前排着长队，很多病人等着登记，分诊台的护士都不肯抬头看莫拉一眼。今天太忙了，人太多，要想插队，非得有个喷血的断肢才行。但莫拉对其他病人鄙夷的眼神视而不见，径直走到橱窗前，敲了敲玻璃。

"请排队。"分诊台的护士说。

"我是艾尔斯医生，来送转诊文件的。"

"哪位病人的？"

"那个刚从街对面拉回来的女患者。"

"你是说……那个从停尸间带回来的女人？"

莫拉顿了一下，突然意识到所有其他排队的患者都能听到他们的对话，于是只说了一句："是的。"

"这边走，我们的医生想跟您谈谈，他们有点儿搞不定她。"

电子门滋滋叫着开了，莫拉推门进去，走进诊疗区，立刻理解了分诊护士口中的"搞不定"是什么意思。

无名女郎身上裹着发热毯，还在走廊里躺着，没挪进诊疗室。那两位急救员和一个护士正努力控制住她。

"拉紧束缚绳！"

"妈的！她手又出来了！"

"别管那个氧气瓶了，她不需要氧气瓶。"

"看着点儿输液管！输液管要掉了！"

莫拉冲跨到担架旁，牢牢抓住她的手腕，再晚一秒钟她就要把静脉导管拔出来了。她用力挣扎，浓黑的长发扫过莫拉的脸。仅仅二十分钟前，她还是具唇色青紫的尸体，而现在，她生命力旺盛到四个人都控制不住。

"快！抓住她的胳膊！"

女人的喉中发出低沉的怒吼，像一只受伤的野兽，头向后仰，刺耳的尖叫声令人毛骨悚然。简直不像是人，莫拉想，背后汗毛倒竖。天哪！我到底救了个什么？

"听我说！听我说！"莫拉大吼，双手捧住女人的头，盯着那张因恐惧而扭曲的脸，"你不会有事的，我不会让你有事，我保证。你得让我们帮你。"

随着莫拉的话语，女人渐渐平静下来。蓝眼睛看向莫拉，黑色的瞳孔渐渐扩散开。

一名护士低沉不语，将束缚带绕在女人手上。

不，莫拉想，别上束缚带。

束缚带刚扫过女人的手腕，她又像被烫了一样骤然暴起，双臂乱挥，砸在莫拉脸上。莫拉踉跄着后退，脸颊生疼。

"保安！"护士大吼，"能不能把考尔特医生叫来？"

一名医生和几个护士从一间诊疗室里出来，莫拉退了几步，面颊刺痛。这场骚乱已经引起了等候室里其他病人的注意。莫拉看到，他们正在玻璃隔板那边伸长了脖子张望，欣赏这比电视剧还精彩的场景。

"知道她的过敏史吗?"医生问。

"没有任何医疗记录。"护士说。

"怎么了?她怎么就发疯了?"

"我们也不知道。"

"行,好吧,五毫克氟哌啶醇静脉注射。"

"输液管掉出来了!"

"那就肌肉注射!快点儿!再给她点儿地西泮,免得她弄伤自己。"

针头扎进皮肤,那女人又尖叫起来。

"我们知道她什么信息?她叫什么名字?"医生突然注意到莫拉站在一旁,"你是家属吗?"

"我叫的救护车,我是艾尔斯医生。"

"她的家庭医生?"

莫拉还没等回答,一个急救员说:"她是法医。这就是我们从停尸间拉回来的那个病人。"

医生盯着莫拉:"你开玩笑呢吧。"

"我在冷冻室里发现她在动。"莫拉说。

医生难以置信地笑了一声:"谁宣告她死亡的?"

"韦茅斯消防救援队把她送进来的。"

医生转而看向无名女郎:"行吧,反正现在她肯定是活了。"

"考尔特医生,二号病房可以用了。"一名护士说,"可以把她放到二号。"

莫拉跟着他们把担架床推过走廊,推进诊疗室。女人的挣扎弱了很多,氟哌啶醇和地西泮消耗了她太多力气。护士们抽了血,连上心脏监护仪,心电图曲线在显示器上跳动。

急诊医生拿着瞳孔笔扫向无名女郎的眼睛:"艾尔斯医生,

你还知道些什么?"

莫拉打开信封,拿出影印好的文件。

"这是跟她一起送到我那里的文件,上面写着,早上八点,韦茅斯消防救援队接警,出警至日出游艇俱乐部,发现患者漂浮在金汉姆湾内。打捞上岸后,她没有脉搏和呼吸,没有任何身份信息。一名州级警官到场,认为很可能是意外落水。随后,她于中午被送到法医鉴定中心。"

"法医鉴定中心那么多人,没有人看出来她还活着?"

"她来的时候,我们手里有一堆案子等着处理。九十五号州际公路出了场事故,而且昨天积压的尸体还没处理。"

"现在都快九点了,没人检查过她?"

"死人没有急救中心。"

"所以,你们就把这些尸体扔在冷柜里?"

"对,直到我们有空处理。"

"今晚你要是没听到她的动静可怎么办?"医生转过来看着她,"她是不是会在冰柜里一直待到明天早上?"

莫拉脸上发烫。"是的。"她承认道。

"考尔特医生,ICU 空了一张床。"一个护士说,"你想把她送进 ICU 吗?"

医生点头:"我们不知道她有没有吃药,还是上监控保险点儿。"他低头看了看病人。她现在合上了双眼,嘴唇依旧蠕动着,像是在无声地祈祷。"这个可怜的姑娘已经死过一次了,咱们别让她再死一次。"

莫拉摸钥匙开门的时候,就听到屋里电话响了。但当她赶到客厅，铃声已经停了，打来的人没有留言。她调出最近来电号码查看，发现她并不认识。这个人叫佐伊·福西。是打错了吗？

别担心这个了，她想着，走向厨房。

好极了，现在她的手机又开始响。她从包里把手机掏出来，是她的同事，亚伯·布里斯托。

"你好？"

"莫拉，今晚在急救中心发生了什么，你不想跟我说说吗？"

"你知道了？"

"我已经接到了三通电话——《波士顿环球报》《波士顿先锋报》，还有几个本地电视台。"

"记者都说了什么？"

"全是那个醒了的尸体，说她刚被急救中心接收。我根本不知道他们在说些什么。"

"天哪，媒体这么快就知道了？"

"所以是真的？"

"我正想给你打电话——"她顿了一下，客厅的电话又响了起来，"来电话了，我一会儿再打给你好吗？"

"只要你保证告诉我就行。"

莫拉跑到客厅，接起电话："您好，我是艾尔斯医生。"

"您好，我是六号新闻频道的佐伊·福西。请问您对今天的——"

莫拉打断她："现在已经晚上十点了，是我的私人时间。如果您想谈这件事情，请明天工作时间打我办公室电话。"

"我们了解到，今天晚上有位女士在停尸间醒过来了？"

"我不想谈这个。"

"有人告诉我们，宣布她死亡的是一位州级警官和韦茅斯消防局的一个救援队。您所在的法医鉴定中心也给出了同样的结论吗？"

"法医鉴定中心并未参与死亡的鉴定。"

"但这名女士当时归您管辖，对吧？"

"法医鉴定中心没有人给出死亡鉴定。"

"您是说，这完全是韦茅斯消防救援队和那位州级警官的问题吗？怎么会犯这样的错误呢？要判断一个人是不是还活着，不是应该挺容易的吗？"

莫拉挂了电话。

几乎与此同时，电话又响了。来电显示是另一个她不认识的号码。

她拿起听筒："您好，我是艾尔斯医生。"

"您好。我是美联社的戴夫·罗森。很抱歉打扰您，但我们得知，一位被送到法医鉴定中心的年轻女士在裹尸袋里醒过来了。请问这是真的吗？"

"你们这些人都是怎么知道的？这已经是我接到的第二个电话了。"

"我觉得，您接下来可能会接到更多电话。"

"他们是怎么跟您说的？"

"他们说，那位女士今天下午被韦茅斯消防救援队送到停尸间，还说是您发现她还活着，叫了救护车。我已经给医院打过电话了，那边说她的情况很严重，但目前还算稳定。是这样吗？"

"是，但是——"

"您发现那位女士的时候，她真的是在裹尸袋里面吗？完全被裹尸袋封起来了？"他刻意强调了"里面"。

"您这个说法太耸人听闻了。"

"尸体刚被送进法医鉴定中心时,会有人对尸体进行常规检查吗?检查一下他们是不是真的死了?"

"明天早上我们会出一份声明。晚安。"莫拉挂了电话,还在下一声铃响之前拔掉了电话线。这是她今晚能睡觉的唯一办法。她盯着陷入沉默的电话想:消息怎么走漏得这么快?

然后,她想起急救中心的目击者,职员、护士、护工,还有那些等候室里隔着玻璃隔断往里看的病人,随便哪个都能打个电话出去。只要一个电话,消息就传出去了。还有什么会比让人毛骨悚然的小道消息传播得更快呢?明天,她想,明天肯定是一团乱,我可得做好准备。

她用手机给亚伯打了电话:"我觉得我们有麻烦了。"

"我也猜出来了。"

"别对媒体说什么,我明天出个声明。我把电话线拔了,你要是想找我,就打我手机吧。"

"你准备好面对这些了吗?"

"不然该怎么办?是我找到她的。"

"莫拉,这会是个轰动全国的大新闻。"

"我知道,美联社已经给我打过电话了。"

"天哪!你联系过公共安全办公室了吗?他们会接手调查。"

"我正准备打电话联系他们。"

"准备声明这件事,你需要帮助吗?"

"我得花点儿时间准备。明天早上我晚点儿过去。我到之前,别让那些媒体进去。"

"这事可能会打官司。"

"我们没责任,亚伯。我们没做错什么。"

"没关系。你准备好就行。"

3

"你是否愿意以上帝的名义庄严起誓,你今天在法庭上的证词句句属实,毫无虚言,绝无编造成分?"

"是的,我愿意。"简·里佐利说道。

"谢谢,请坐下。"

简一屁股坐在证人席的椅子上,觉得法庭里所有人都在看她。实际上,从她摇摇晃晃一路走进审判庭开始,这些人就在盯着她看了。她的脚踝肿得不行,大肚子在宽大的孕妇裙下高高隆起。现在她坐了下来,扭来扭去想找个舒服的姿势,还想显得威严些。但审判庭里太暖和了,她几乎能感觉到汗水从自己的前额流下。好极了,一个汗流浃背、坐立不安还怀了孕的警察,可真是威严极了。

萨福克郡助理地方检察官盖里·斯珀洛克开始对她进行直接询问[①]。斯珀洛克为人冷静自持,做事有条不紊。简认识他,对即将到来的第一轮询问也毫不惊慌。她的眼睛一眨不眨地盯着斯珀洛克,避免与被告比利·韦恩·罗洛的任何眼神接触。罗洛站在他的女律师身旁,站没个站样,眼睛却一直盯着简。简知道,罗洛是想用他邪恶的目光吓退她,恐吓她,扰乱她的心绪。她见

---

① 在英美抗辩式的庭审制度中,证人的询问被一分为二,"一方对于己方证人的询问为直接询问,一方对对方证人的询问为交叉询问"。

过太多这样的浑蛋了，罗洛的招数并不新鲜，不过是失败者抓住的最后一根稻草罢了。

"请告知法庭你的名字。"斯珀洛克说。

"简·里佐利。"

"你的职业？"

"我在波士顿警察局凶案组工作，是个警探。"

"请简单陈述你的教育背景及个人背景。"

简换了个坐姿，椅子太硬，坐得她后背疼。"我毕业于马萨诸塞湾社区学院，获得副学士学位①。之后，我在波士顿警察学院受训，成为一名巡警，工作地点在后湾和多切斯特地区。"肚子里的宝宝使劲踢了她一脚，她打了个激灵。宝贝儿乖，妈妈正在证人席上呢。斯珀洛克等着她的下文。她接着往下说："后来我成为一名警探，在扫黄禁毒组工作了两年。两年半之前，我调动到凶案组，一直工作至今。"

"好的，谢谢。现在，我将就今年二月三日发生的案件向你提问。在你工作期间，你到访过一幢罗克斯伯里的民宅，是吗？"

"是的。"

"地址是梅尔科姆斯大道四二八〇号，是吗？"

"是的，是幢公寓楼。"

"请详述您的到访经过。"

"大约下午两点半的时候，我和我的搭档，巴里·弗罗斯特警探，来到梅尔科姆斯大道四二八〇号，拜访2B的一位租客。"

---

①副学士学位，一种源自美国和加拿大的初级学位，是四级学位系统中初级学位的一种，修读者一般须在社区学院或专科学院修读两年，通常无须通过论文考核，与之最接近的亚洲教育资历为大专文凭。

"为什么?"

"因为我们在调查另一桩谋杀案。2B 的租客认识那位受害人。"

"这么说,那位租客并不是那起案件的嫌疑人。"

"不是。我们也并不认为那位女性有任何嫌疑。"

"然后发生了什么?"

"我们刚敲响 2B 房间的门,就听到一位女性在尖叫。尖叫声是从走廊对面的房间里发出的,也就是 2E。"

"你能描述一下吗?是什么样的尖叫声?"

"我觉得——我可能会觉得,那是在痛苦中才会发出的尖叫声。更准确地说,应该是在极度痛苦之下。随后我们听到了几声特别大的响声,好像是什么家具被掀翻了,或者是什么人因暴力被摔到了地上。"

"反对!"被告律师起身,"纯属猜测!当时她并未在房间内,没有亲眼所见。"

"成立,"法官说,"里佐利警探,请不要对你未曾亲眼所见的情节进行猜测。"

即使这实际上不是猜测也不行?明明就是这么回事!比利·韦恩·罗洛分明把他女朋友的头按在了地板上!

简把她的冲天怒火憋了回去,重新陈述:"我们听见公寓里发出了极大的响声。"

"然后你做了什么?"

"弗罗斯特警探和我立刻敲了 2E 的门。"

"你们表明了自己的警察身份吗?"

"是的。"

"然后发生了什么——"

"她他妈的在说谎！"被告突然插嘴，"他们从来没说过他们是警察。"

所有人都在看比利·韦恩·罗洛，而他只是盯着简。

"请保持安静，罗洛先生。"法官命令道。

"但她明明在说谎！"

"律师，请控制住你的委托人，否则我就把他驱逐出庭了。"

"嘘，比利。"被告律师低声说，"你这么做一点儿忙都帮不上。"

"好，"法官说，"斯珀洛克先生，你可以继续了。"

斯珀洛克点点头，转身看向简。"你们敲响2E的门之后，发生了什么？"

"没有人应门。但我们依旧能听到尖叫声，还有砰砰声。我们一致认为可能有人遇到了生命危险，无论是否获得户主同意，我们都要进去。"

"你们进去了吗？"

"进去了。"

"他们把门都踹坏了！"罗洛喊。

"安静！罗洛先生！"法官厉声喝道。被告重重靠回椅背上，低头垂肩，双目喷火一般看向简。

尽管看！你个浑蛋！你觉得这就能吓到我？

"里佐利警探，"斯珀洛克问道，"你们在房间里看到了什么？"

简把注意力重新放到斯珀洛克身上。"我们看到一位男士和一位女士。那位女士仰面躺在男士双腿中间，脸上都是瘀青，唇边流血，男士蹲跨在她身上，双手掐着她的脖子。"

"那位男士现在坐在审判庭里吗？"

"是的。"

"请指出来。"

简指向比利·韦恩·罗洛。

"然后发生了什么？"

"弗罗斯特警探和我把罗洛先生从那位女士身上拉起来，当时那位女士还有意识。不过罗洛先生不断反抗，与我们扭打在一起，还重重打了弗罗斯特警探一拳，打在腹部，随即逃离公寓。我追出去，跟着他跑进楼梯间，在那里逮捕了他。"

"你自己？"

"是的。"简停顿了一下，面无表情地补充道，"他从楼梯上摔下去之后，似乎不太清醒。"

"他妈的，是她推我下去的！"罗洛大吼。

法槌重重砸下，法官厉声道："够了！法警，请将被告带离审判庭。"

"法官大人，"被告律师起身，"我保证会控制住他，不让他再插嘴。"

"你之前已经保证过，但迄今为止并无效果，昆兰女士。"

"从现在开始他一定保持安静。"她看向自己的委托人，"是吧？"

罗洛愤恨地咕哝了一声。

斯珀洛克说："我没有其他问题了，法官大人。"随后坐下。

法官看向被告律师，问："昆兰女士，你有什么问题？"

维多利亚·昆兰起身做交叉询问。简从未与她打过交道，不知道她的行事风格。她看着昆兰向证人席走来，不禁想：你这么年轻漂亮，金发碧眼，何苦给这么个东西做辩护呢？昆兰看起来就像是个T台上的模特，短裙凸显了她一双曼妙的长腿，玲珑脚踝下是一双尖头高跟鞋，简光是看看就感到脚疼了。这样的女人一定习惯了成为众人目光的焦点，而她也一定懂得如何利用自己的优势。昆兰一路走向证人席。她分明知道，陪审团席上的每个男人都目不转睛地盯着她那坚实小巧的屁股。

"早上好，警探。"昆兰说。她的声音很甜美，简直甜美得过了头，让人不得不怀疑，下一秒这位金发美女就要龇出毒牙。

"早上好，女士。"简波澜不惊地回答。

"你刚刚说，你目前在凶案组工作，是吗？"

"是的。"

"那您目前调查的是什么案件？"

"我目前没有调查任何案件，但正在跟进——"

"但您就职于波士顿警察局。您是说，作为一名警探，此时此刻，您手上没有任何案件需要调查吗？"

"我在休产假。"

"啊，您在休假。那是不是说，您目前不在凶案组工作？"

"我在处理日常工作。"

"但请您注意，您并不在岗。"昆兰笑了，"至少此时此刻不在。"

简觉得血气上涌。"我说过，我在休产假，警察也会生孩子。"她的语气带了一丝嘲讽，随即后悔了。别被她带跑了，要保持冷静。然而，在这个像烤箱一样的审判庭里，她深刻地体会到了什么叫知易行难。这屋里的空调是坏了吗？为什么其他人看起来一点儿都不热？

"警探，您的预产期在什么时候？"

简怔了怔，不知道她为什么问这个问题，但还是开口答道："我的预产期在上周，但目前还没动静。"

"这么说，二月三日，您第一次遇见我的委托人罗洛先生那天，您是——怀孕快三个月了？"

"反对！"斯珀洛克出声反驳，"问题与案件无关。"

"律师，"法官对昆兰说，"这个问题有何意义？"

"与她之前的证词有关，法官大人。听起来，里佐利警探独身一人，就可以在楼梯间里制伏我的委托人。我的委托人可是个膀大腰圆的壮年男子。"

"她怀孕，跟这件事又有什么关系？"

"怀孕三个月的时候，孕妇的日子可不太好过——"

"她是个警察，昆兰女士，逮捕罪犯是她的工作。"

干得漂亮，法官！好好给她科普一下！

维多利亚·昆兰的脸红了一下。"好的，法官大人。我收回这个问题。"她又转过来看向简，上下打量她，好像在思考下一个问题，"您说您和您的搭档，弗罗斯特警探，当时都在现场。您和他都认为应该进入 2B 房间内，是吗？"

"不是 2B，是 2E。"

"哦是的，是我记错了。"

说得好像你不是在给我下套一样。

"您说您敲了门，表明了自己的警察身份，是吗？"昆兰问。

"是的。"

"但这件事与您出现在那幢公寓楼里的原因没有任何关系？"

"是的，没有。这纯属巧合。但只要我们确定有公民的生命处于危险之中，我们就有义务介入。"

"这就是您为什么敲了 2B 的门。"

"是 2E。"

"您没有听到应门声，就冲了进去。"

"根据我们听到的尖叫声，我们认为某位女士的生命安全已经受到了威胁。"

"您怎么能判断，她是出于痛苦而尖叫呢？难道就不能是别的原因导致的？比如说，激烈点儿的性爱？"

简实在想笑，但她忍住了。"不，根据我们听到的，并不是。"

"但您能够确定吗？您能听出区别来？"

"一个鼻青脸肿、嘴唇流血的女人就是很好的证明。"

"但问题是，您当时并不知道。您并没给我的委托人机会应门。您直接做了决定，选择破门而入。"

"我们阻止了一次殴打。"

"但您是否知道，那位所谓的受害人拒绝起诉罗洛先生。您有没有想过，他们可能还是一对恩爱的恋人？"

简死死咬着牙，下颌线绷得冷硬。"那是她的决定。"尽管愚蠢得要命，她心里想，"我当天在2E所见完全就是虐待。他已经把人揍出血了。"

"说得就跟我的血不算数一样！"罗洛说，"你把我推下了楼梯！我这儿还有疤呢！就在下巴上！"

"安静，罗洛先生。"法官说。

"看！这里！磕在最下面一级台阶上！我需要缝针！"

"罗洛先生！"

"里佐利警探，您是否将我的委托人推下了台阶？"昆兰问。

"反对！"斯珀洛克说。

"不，我没有。"简回答，"他当时醉得很厉害，是自己摔下楼梯的。"

"她在说谎！"被告大吼。

法槌又一次敲下，法官说："罗洛先生！安静！"

但比利·韦恩·罗洛正怒气上涌，他大吼道："她和她那个搭档，把我拽到楼梯间，这样就没人能看见他们做了什么！就凭她，她自己能制住我？就她那个怀了孕的小身板儿？她简直就是在满嘴喷粪！"

"吉文斯队长，请将被告带离。"

"这是警察施暴！"法警将罗洛拉起来的时候，他还在大吼，"嘿！你们这些陪审团的！你们是傻子吗?!你们难道看不出来这些都是编的吗?!是这两个该死的警察把我踢下去的！"

法槌重重敲下。"现在休庭，请陪同陪审团离庭。"

"行啊！休庭是吧？"罗洛大笑着，挣开法警，"那就等着真相大白吧！"

"吉文斯队长，把他带出去。"

吉文斯抓住罗洛的手臂。罗洛双眼冒火，转身冲过去，头死死顶在法警的腹部。两人砰地摔在地上，扭打成一团。维多利亚·昆兰踩着她莫罗·伯拉尼克①牌子的高跟鞋，大张着嘴，目瞪口呆，看着她的委托人和法警在她脚边不到半米的地方扭打成一团。

天哪！谁来管管这个混乱的场面！

简双手撑着从椅子上站起来，把看呆了的昆兰推到一旁，一把抓过法警刚刚掉在地上的手铐。

"来人！"法官大喊，邦邦敲着法槌，"再来一个法警！"

吉文斯队长仰面躺着，被罗洛死死压在身下。罗洛挥起右臂正要给他一拳，手腕被简抓住，啪地铐上。

---

①莫罗·伯拉尼克（Manolo Blahnik），高端女鞋品牌。

"你他妈的!"罗洛大骂。

简一脚踩在罗洛背上,把他的手臂扭到背后,当着法警的面将他摔在地上。咔嗒一声响,手铐的另一边已经利落地铐在罗洛的左腕上。

"放开我!你这母猪!"罗洛大吼,"我后背都要被你踹折了!"

吉文斯队长被压在二人下面,看起来要窒息了。

简把脚从罗洛背上挪下来。突然,一股暖流从她双腿中间激涌而下,直接冲在罗洛身上,冲在吉文斯身上。她踉跄着退后,震惊地低头,发现自己的孕妇裙下摆已经完全湿透。温热的液体顺着她的大腿流下来,滴滴答答落在审判庭的地板上。

罗洛扭动着翻过身,死死盯住她。突然,他大笑,仰面笑倒在地上。"嘿,"他说,"看哪!这婊子尿在裙子里了!"

4

莫拉的手机铃声响起的时候,她正在布鲁克莱恩等红灯。她接起电话,是亚伯·布里斯托。他问道:"你早上看电视了吗?"

"该不会已经上新闻了吧?"

"六频道,记者名叫佐伊·福西。你跟她通过话吗?"

"只在昨晚简单说了两句。她说什么了?"

"简单来说,就是'裹尸袋中一女尸死而复生,法医归咎于韦茅斯消防救援队和州级警官,称其误下死亡通知。'"

"老天!我可从来没说过这话。"

"我知道。但现在韦茅斯消防救援队的队长火冒三丈要来追责,州警察局那边也不怎么开心。露易丝已经在应付他们的电话了。"

绿灯亮了,莫拉踩下油门,穿过路口,突然希望自己可以掉头回家,躲一躲即将到来的混乱局面。

"你在办公室吗?"她问。

"我七点就来了,觉得你可能也快到了。"

"我已经在路上了。我上午可能还需要几个小时来准备那份声明。"

"好吧,我得提醒你,你到的时候要注意停车场,那里已经有埋伏了。"

"他们还去那边守着了？"

"记者、电视台的转播车，都在阿尔巴尼大街上呢，在咱们楼和医院之间来回跑。"

"对他们来讲可太方便了，一站式信息收集。"

"你还听说了什么关于那个病人的新消息吗？"

"我早上给考尔特医生打了电话，他说病人的药检结果出来了，巴比妥和酒精类都呈阳性。她肯定喝了不少。"

"那她很可能是因为这个落水的。再加上岸边乱哄哄的，他们没发现她的生命体征也情有可原。"

"怎么就变成了这个乱七八糟的样子？"

"还不是因为耸人听闻最符合小报的调性，'死而复生'什么的，更何况她又年轻漂亮。是挺年轻的吧？"

"看起来也就二十几岁。"

"也挺漂亮的？"

"这有什么关系？"

"拜托，"亚伯笑了，"你这是明知故问，肯定有关系。"

莫拉叹了口气。"确实，"她点头承认道，"这姑娘的确漂亮。"

"那不就得了。性感漂亮的年轻姑娘，差点儿被活切了。"

"并没有。"

"我只是提醒你，这件事在公众眼中就是这样。"

"我今天能请病假吗？要不我买张机票去百慕大吧？"

"留我一人处理这个烂摊子？门儿都没有。"

二十分钟后，莫拉驶入阿尔巴尼大街，发现有两辆电视转播车停在法医鉴定中心大楼前门附近。跟亚伯说的一样，记者们正守在门口，准备一拥而上。她从开了空调的雷克萨斯上下来，一脚踏进浓湿的晨雾里，五六个记者一路小跑着围上来。

"艾尔斯医生！"一个男人喊道，"我是《波士顿论坛报》的，想就昨日那位无名女郎的事情采访您几句。"

莫拉没答话，从公文包里摸出几份文件。那是她今早拟好的声明，总结了昨晚发生的所有事情，以及她的回应，字字属实。她飞速把这些声明分发给记者。"这是我的声明，我所有的意见都在上面了，没有任何补充。"

可这并没阻止问题潮水般向她涌来。

"怎么会出现这样的错误呢？"

"可以透露该名女性的名字吗？"

"有人说，是韦茅斯消防救援队出具了死亡证明，您知道有哪些涉事人员吗？"

莫拉说："这些问题你们得去问发言人，我回答不了。"

一个女人开口问："艾尔斯医生，您得承认，现在的结果绝对是由某一方的不作为导致的。"她刻意强调了"某一方"。

莫拉认出了这个声音，她转头，看见一位金发女郎从人群后面挤了进来。"你就是那个六频道的记者。"

"佐伊·福西。"那女人笑了笑，很满意自己被认了出来，但莫拉的表情瞬间让她的笑容僵在了脸上。

"是你误引了我的话。"莫拉说，"我从没说过我把这件事归咎于消防局或州警察局。"

"肯定有人要对此负责，如果不是他们，那又是谁呢？是您吗，艾尔斯医生？"

"当然不是。"

"一个女人被活生生地装进了裹尸袋里，在停尸间的冷柜里待了八个小时。没有人对此负责？没有人犯错？"福西停顿了一下,"难道您不认为应该有人因此丢工作吗?比如,那个州级警官?"

"你还真是愿意追责。"

"这样的错误足以让人丧命。"

"但人没死。"

"但这不是个很低级的错误吗?"福西短促地笑了一声,"我的意思是,分辨活人跟死人,能有多难?"

"比你想象中难多了。"莫拉直接回击道。

"那么,您是为他们说话了?"

"我已经做出了声明,而且我也不能对他人的举动做任何评价。"

"艾尔斯医生,"《波士顿论坛报》的那个男人开口说,"您说分辨生死并不容易。据我了解,在全国范围内,也有其他停尸间发生了类似的事情。您能告诉我们,为什么有时候,辨别生死这样看起来很简单的事情也颇有难度吗?"他的措辞很得体,问题不尖锐。而且,这个问题确实令人深思,值得回答。

莫拉上下打量了那个男人一圈。他目光睿智,半长不短的头发尾部微微卷起,梳向脑后,络腮胡子修剪得整整齐齐,看起来就像个年轻的大学教授,深邃英俊的面孔和麦色肌肤肯定会惹得学校里的姑娘们小鹿乱撞。

"怎么称呼您?"莫拉问。

"彼得·卢卡斯。我是《波士顿论坛报》的专栏作家。"

"我可以跟您谈,卢卡斯先生,只跟您谈。请进。"

"等等,"福西抗议,"我们在这里等的时间比他长多了。"

莫拉狠狠瞪了她一眼。"那么,福西女士,这次不是早起的鸟儿有虫吃了,礼貌的鸟儿才有。"她转身走进大楼,卢卡斯紧跟着她。

莫拉的秘书露易丝正在打电话,看起来快要崩溃了,看到莫拉进来,她一手捂在听筒上低声问:"电话就没停过,我该说点儿什么?"

莫拉拍了一份声明在她桌子上:"把这个发给他们。"

"这样就行了?"

"回绝所有其他媒体的电话,我同意接受卢卡斯先生的采访,但只接受他的采访,其他任何媒体都不行。"

露易丝看了卢卡斯两眼,心思都写在了脸上——我看你就是选了个帅的。

"不会太久的。"莫拉说。她把卢卡斯带进办公室,关上门,请他坐下。

"感谢您接受我的采访。"卢卡斯说。

"外面那些记者里,您是唯一一位没有惹怒我的。"

"但这并不意味着我的问题没有攻击性。"

这句话把莫拉逗笑了。她说:"其实,请您来纯粹出于私心。可能接受了您的采访之后,外面那些人就会一窝蜂地找上您,不会再来骚扰我了。"

"恐怕没那么简单,他们还是会来追着您的。"

"卢卡斯先生,有那么多可以报道的故事,那些故事可能更惹眼、更重要,您为什么非得报道这个呢?"

"因为这个最能刺激内心,能够挑起人们最深沉的恐惧。有多少人还没死就开始担心死了之后没人管?或者是担心一不小心就被活埋了?这种事情以前也恰好发生过几次。"

莫拉点头:"确实有几件类似的事情记录在案,但那都是在开展尸体防腐处理工作之前。"

"那在停尸间里醒过来呢?这事可不只在以前发生过,我查阅了资料,最近几年也发生了类似的事情。"

莫拉迟疑了几秒,点头同意:"确实发生过。"

"比公众知道的多得多。"卢卡斯拿出笔记本,打开,"一九八四年,纽约发生过这样一件事:一个男人已经躺上尸检台了,法医拿着手术刀正要切下去,尸体突然惊醒,扼住法医的咽喉。法医仰面倒地,死于心脏病。"卢卡斯抬头看了莫拉一眼,"您听说过这件事吗?"

"您是不是只关注这些最耸人听闻的事件?"

"但这是真的,不是吗?"

莫拉叹了口气:"是的。我知道这件事。"

卢卡斯又翻了一页。"一九八九年,俄亥俄州斯普林菲尔德的一家养老院里,一位女士被宣告死亡。到殡仪馆后,她躺在台子上,殡葬员正准备给她进行防腐处理,她却突然开口说话了。"

"您对这个话题似乎了解得很多。"

"因为这种事情太令我着迷了。"他又翻了一页,"昨晚我查阅了很多材料。南达科他州的一个小女孩在没盖上盖子的棺材里醒来了。得梅因①的一个男人,胸部已经被剖开,然后法医才意识到他的心脏还在跳动。"他抬头看向莫拉,"这些不是什么都市传说,都是记录在案的资料,除了这些还有很多。"

"我没有说这类事情从未发生,因为过去的确有很多类似的案例。尸体在停尸间里醒来,古坟被挖开,发现棺材内部有指甲的抓痕。人们太害怕这种事会发生,所以很多棺材铺卖的棺材甚至带有紧急按钮之类的,以防真的有人被活埋,好有机会求助。"

---

① 得梅因,美国爱荷华州的城市。

"看这设备多完善。"

"所以,这种事情确实有可能发生。您一定听说过耶稣的故事,耶稣之所以复活,只不过是因为他还没死就被埋下去了。"

"那么,判断死亡为什么这么困难呢?一个人死没死,不应该很容易就能看出来吗?"

"有些时候并不是。比如冻死、暴露在寒冷环境中,或是溺毙在寒冷的水中的人——他们快死的时候看起来都跟死人没什么两样。这起案件中的女士就是在冷水里被发现的,她还服用了一些药物,这些药物让她的生命体征变得不太明显,不容易检测到呼吸和脉搏。"

"就像《罗密欧与朱丽叶》中朱丽叶喝的那种假死药。"

"对,我不知道她喝了什么药,但这种情况是有可能发生的。"

"什么药物可以导致这种情况?"

"比如巴比妥类药物,可以抑制呼吸,让救护人员难以判断这个人是否还有呼吸。"

"涉案女士的药检报告就是这么说的,是吧?"

莫拉皱起了眉:"您从哪里听来的?"

"我有我的方式。不过事实的确如此,对吗?"

"不予置评。"

"她有精神病史吗?为什么会服用过量苯巴比妥?"

"现在我们连她的名字都不知道,更别提她的精神病史了。"

他抬头盯着莫拉看了一会儿,眼神犀利,看得莫拉浑身不舒服。接受他的采访就是个错误,她想。十几分钟前,彼得·卢卡斯在她眼中还是个礼貌严肃的记者,能够抱着最大的善意与尊重报道这个案件。但现在,他这些问题的指向让她坐立不安。卢卡斯准备得太周全了，对所有她不想深谈的细节都完全了解，对每个能够激起公众关注的细枝末节都有充分把握。

"据我了解，涉案的女子是于昨天早上在金汉姆湾被打捞上来的，"卢卡斯说，"韦茅斯消防救援队是第一接案单位。"

"是的。"

"为什么法医鉴定中心没人到场？"

"我们没有足够的人手，不能每个现场都出。而且，这个现场在韦茅斯，没有明显的他杀迹象。"

"那位州级警官是什么看法？"

"那位警官认为，这很可能是个意外。"

"或是自杀未遂？考虑到她的药检结果。"

莫拉觉得否认这些已知的事实没什么意义，于是答道："是的，她可能有用药过量的现象。"

"巴比妥服用过量，又在冷水中泡了很长时间，这两者加起来掩盖了真相。难道在确认死亡的时候，不应该注意到这些吗？"

"这件事——是的，确实应该注意到这些。"

"但无论是州警察局还是韦茅斯消防救援队都没有做到，这似乎就是问题所在。"

"我只能说，这些事情有概率发生。"

"艾尔斯医生，您自己犯过类似的错误吗？比如人还没死，就被确认死亡？"

她愣了一下，想起了自己实习的时候。那时她正轮岗到内科，一天晚上她值班，呼叫铃突然把她从熟睡中吵醒。一个护士冲进来告诉她336A床的病人去世了，问她能不能来宣布死亡报告。她只是个实习生啊！她还记得自己在走向病房时，既不焦虑，也没什么信心危机。虽然学校并没教过他们如何确定死亡，但大家都知道，看见了就能认出来。那天晚上她走在医院的走廊里，想着赶紧结束这桩差事好接着回去睡觉。那个病人并不是突然离世的，她已经处于癌症晚期，行将就木，护士递来的表格上也明确标识了"无生命体征"，没有生还希望。

踏进336号病房的时候，莫拉被床边围着的人吓了一跳。他们都是病人家属，泪流满面，是来跟病人告别的。他们是莫拉的观众。在她的想象中，与死者冷静告别的景象可不是这样的。她向众人道了打扰，在众目睽睽之下挪到病床边上。病人仰面躺着，面容平静。莫拉拿出听诊器，把胸件塞到病号服里，贴在病人瘦弱的胸腔上。她弯下腰，所有病人家属也跟她一起弯下腰，一种无声的压力从四面八方袭来，简直让她窒息。她的听诊并没有坚持到足够时长。护士已经认定病人死亡，喊医生来只不过是走个程序。表格上写得很清楚，医生再签个字就可以把人送到太平间了，而且她已经听诊过了，什么也没听到。莫拉忍不住要逃出这个病房，她直起身，脸上摆出恰到好处的同情神色，逼着自己把注意力放在床边那个可能是病人丈夫的家属身上。下一秒，她就要开口说："病人已经过世，请您节哀。"

一声微弱的呼吸打断了她。

她倏忽一惊，低下头，看到病人的胸腔微弱地起伏了一下，床上的病人又呼吸了一次，然后归于平静。她知道，这不过是临终的喘息，不是什么奇迹，只是大脑最后发出的脉冲，是横膈膜最后的颤动。但病房里的所有家属都倒吸了一口凉气。

"天哪，"丈夫说，"她还没走呢。"

"也……不会留很久了。"莫拉只能说出这句话，就急匆匆走出了病房，心神震颤——她离犯下弥天大错就只有一步之遥。

从那以后，她每次宣告死亡都慎之又慎。

她抬头看向面前的记者："是人都会犯错。即便是宣告死亡这种基本的小事，也不是您想象得那么简单。"

"那您是在为消防局和州警察辩护了？"

"我的意思是，这种错误也是可能发生的，仅此而已。"天知道，我自己就犯过几次，"我知道人们为何会犯这种错误。涉案女士是在冷水里被发现的，血检时还检测出了巴比妥类药物，这些因素都会让她与已经死亡别无两样。这种情况下，此类错误难以避免。涉案人员仅仅是完成了自己的工作，我希望您在报道中能对他们公平一些。"莫拉站起身，意思是这场访问到此为止。

"我向来尽力保证公平。"卢卡斯说。

"不是每个记者都能做出这个保证。"

卢卡斯也站起身，隔着桌子盯着莫拉。"要是您读了我的专栏发现有什么不公平的，请尽管告诉我。"

莫拉送他出门，看着他走过露易丝的办公桌，走出办公室。

露易丝从电脑前面抬起头，问："怎么样？还顺利吗？"

"不知道，可能我根本就不应该接受他的采访。"

"很快就会知道应不应该了。"露易丝说，目光转回电脑屏幕，"他的专栏每周五在《波士顿论坛报》上更新。"

5

简实在不知道,这件事算好消息,还是坏消息。

斯蒂芬妮·塔姆医生弯下腰,拿着多普勒听诊仪仔细听着。黑色柔发从她脸侧垂下,简看不到她的表情,只是平躺着,看着听诊仪在她硕大的肚子上左按右按。塔姆医生的手长得精巧,是外科大夫的手,手指在她肚皮上跳跃的样子就像竖琴演奏家在抚琴。突然,塔姆停了下来,头埋得更低了些,神情专注。简瞄了一眼她的丈夫加布里埃尔。加布里埃尔坐在她边上,明显和她一样紧张。

我们的孩子还好吗?

终于,塔姆医生站起身,看着简,笑容平静。"你自己听。"她把听诊仪的声音调大了些。

一阵规律的心跳声从扬声器中传来,坚定且有活力。

"胎心很正常,跳得多有劲儿。"塔姆医生说。

"那就是说,孩子没事?"

"目前看来没什么事。"

"目前看来?什么意思?"

"孩子再不出来就可能会有危险。"塔姆把听诊仪收起来放进盒子里,"羊水破了,生产过程就会自然开始。"

"但现在还没动静,我感受不到任何宫缩的迹象。"

"的确如此,孩子不怎么配合。简,你这个宝宝很固执嘛。"

加布里埃尔叹了口气。"跟妈妈一模一样,与罪犯奋战到最后一秒。您能不能告诉我妻子,她现在正式休产假了?"

塔姆说:"你现在必须休假了。我给你开单子,你下去做个超声看一看情况,然后差不多就可以引产了。"

"不能顺产吗?"简问。

"你的羊水已经破了,容易感染。从羊水破到现在已经两个小时了,但你并没有宫缩,是时候催一催这个小家伙了。"塔姆快步朝门口走去,"一会儿给你开个静脉通道,我跟超声室说一声,看看能不能马上给你做。我们得想办法把孩子生出来,好让你成为一个真正的母亲。"

"时间过得太快了,我还没做好准备呢。"

塔姆笑了:"你有九个月的时间,早该有心理准备了呀。"说完,她走了出去。

简盯着天花板:"我还不确定我是不是准备好了。"

加布里埃尔捏了捏她的手。"我已经准备很久了,等待的时间太漫长。"他掀开她的病号服,把耳朵贴在她的肚皮上,"嗨,小家伙。爸爸都等不及了,别在里面磨蹭了。"

"啊!你早上肯定没刮干净胡子。"

"我再刮一遍,为了你再刮一遍。"他直起身,看向简的眼睛,"我说真的呢,我早就等不及了。我就要当爸爸了。"

"但是,要是和你想象中不一样怎么办?"

"你觉得我想象中是什么样?"

"差不多就是,贤惠妻子带着听话的小孩。"

"有了你,还要贤惠的妻子做什么?"他一边说一边笑着躲开简挥来的胳膊。

但她确实嫁了一个很好的丈夫，简一边看着加布里埃尔笑眯眯的眼睛，一边想。我至今都不知道我走了什么狗屎运，居然能嫁给你。一个从小就是丑小鸭的女孩，长大之后却嫁给了白马王子，真是不可思议。

加布里埃尔弯下腰，贴着她的脸颊，声音轻柔："你还是不信我，是不是？我都说了一千遍，你还是不信。简，你就是我理想中的妻子，你和孩子都是。"他亲了亲她的鼻尖，"现在，你想让我带点儿什么回来，孩子妈妈？"

"天哪！别那么喊我，太不好听了。"

"我觉得好听极了，实际上……"

简大笑着拍开加布里埃尔的手。"去吧！去吃你的午饭，给我带点儿汉堡和薯条回来。"

"不遵医嘱。大夫不让你吃东西。"

"那就别告诉她。"

"简——"

"好吧，好吧。回家把我的待产包拿来。"

加布里埃尔对着她敬了个礼。"遵命。我会一直陪着你，我请这一个月假就是为了这个。"

"你能再给我爸妈打个电话吗？我还是没打通。哦，对了，再把我的笔记本电脑带来。"

加布里埃尔长叹出声，摇了摇头。

"怎么了？"简问。

"你就要生孩子了，还要笔记本电脑做什么？"

"我还有一大堆文书工作没做完呢。"

"简，你实在是个工作狂，简直无可救药了。"

简对爱人飞了个吻。"结婚的时候你不就知道了？"

*　*　*

简看着地上的轮椅:"你要是能告诉我超声室在哪儿,我觉得我也可以走过去。"

护工摇摇头,把轮椅的轮锁锁上。"女士,这是医院的规矩,每个人都得遵守——病人必须坐轮椅。我们都不希望您不小心滑倒或是摔倒,对不对?"

简看了一眼轮椅,又看了一眼满头银发准备推她下楼的护工。可怜的家伙,简想,我才应该是那个推轮椅的人。她磨磨蹭蹭极不情愿地从床上爬下来,坐到轮椅上,护工帮她把输液瓶挂好。今天早上,她还和比利·韦恩·罗洛扭打在一起,而现在,她就像示巴女王①一样,被人推着走了。可真丢人。护工推着她走过大厅,她甚至能听到护工粗重的喘息声,能闻到她身上的烟味,还有老年人独有的腐朽气息。万一她先倒下了怎么办?万一她需要做心肺复苏怎么办?那时候我能站起来自己走吗?还是即便如此也不行?她又往轮椅里藏了藏,尽量避开一路上其他人的目光。别看我,她想,让老奶奶做如此粗重的工作,已经够让人有负罪感了。

护工倒退着把简推进电梯,停在另一个病人身边。那是个白发苍苍的老年男人,被束缚带牢牢绑在椅子上,还一直在自言自语。她想:天哪!医院这些人可真较真儿,你要是不肯坐轮椅,他们就把你绑在椅子上。

那个老人扫了简一眼,问:"你看什么呢,女士?"

"没看什么。"简回答。

---

①示巴女王,出自《圣经·旧约》,是阿拉伯半岛的一位女王。

"那就别看。"

"行。"

老人身后的黑人护工轻笑了一声。"博丁先生对谁都这样，女士。别理他就行。"

简耸了耸肩："工作上听过的话比这难听多了。"哦，我提没提过我的工作还包括对付子弹？她直直盯着前面，看着楼层数字一个一个变化，小心翼翼地避开博丁先生的视线。

老人又说："多管闲事的人实在太多了，都是些无所事事的长舌妇。别看了！"

黑人护工说："博丁先生，现在可没人看你。"

"谁说的？她就盯着我看呢！"

怪不得他们把你绑起来，你个老蠢货，简想。

电梯在一层停下，护工把简推了出去。他们穿过大厅去往超声室的路上，简能感受到路人的目光。四肢健全的、能自己走路的人们都在盯着这个大肚妇看，看她手上戴的塑料手环。她不禁想：是不是每个人坐在轮椅里时都是这样？总能接收到来自四面八方的同情目光？

一个熟悉又刺耳的声音从她身后传来："这位先生，你到底在看什么？"

哦，天哪！博丁先生可千万别去超声室，她想。但她们穿过大厅，转过拐角，进到超声室接待区里面，这位先生一直在她身后嘟嘟囔囔。

护工将简推进候诊室，停在博丁先生身侧。别看他，她想，一个眼神都别给他，干脆别往那个方向看。

"你怎么不跟我说话？傲气个什么劲儿！"博丁先生说。

假装没听见，当他是空气好了。

"哈！现在又想当我是空气？"

她抬头，门被推开，一位身穿蓝色洗手衣的女医师走进了候诊室。她如释重负。

"简·里佐利？"

"是我。"

"塔姆医生一会儿就到，我先带你进去。"

"那我呢？"博丁先生大声抱怨。

"您还得等一会儿，里面还没准备好。"女医师一边说，一边把简转向门廊方向。

"但我想尿尿！妈的！"

"好的，我知道了，马上。"

"你知道个屁！"

"至少知道别跟你废话。"女医师嘟囔了一句，推着简走过门廊。

"我就尿在你们的地毯上了！"博丁先生大吼。

"你们这儿的常客？"简问。

"可不是，"女医师长叹，"各处的常客。"

"他真想尿尿吗？"

"他总想尿尿，前列腺有我拳头那么大，还不许大夫碰。"

女医师把简推到操作室，锁上轮锁。"来，上床躺着，我帮你。"

"我自己能行。"

"嘿，你肚子都这么大了，别逞能。"女医师抓住简的胳膊，将她从轮椅里扶起来，扶着她踏上脚凳，躺在床上，"放松，在这里休息一会儿。"她把简的输液瓶挂好，"塔姆医生一下来就开始给你做。"女医师走了出去，把简一个人留在房间里。房间里除了超声仪器，什么都没有。没有窗户，墙上也没有海报或张贴画，没有杂志，甚至连本《高尔夫文摘》这类无聊读物都没有。

简平躺在床上，盯着光秃秃的天花板，手放在隆起的肚子上，等着上面鼓起一个她熟悉的小包，那是宝宝的小脚或是小胳膊肘。但她什么也没等到。加油，宝贝，她想。跟我说说话，告诉我你会顺利出生的。

空调送来冷风，她在薄薄的病号服里打了个寒战。她扫了一眼手表，然后发现她手上戴的是塑料手环。病人姓名：简·里佐利。好极了，这个病人的耐心都要耗尽了，她想，赶紧的，你们这帮人！

突然，她感受到下腹一阵刺痛，子宫迅速收缩。她能感受到自己的肌肉缓慢收紧，片刻后又放松下来。宫缩终于开始了。

她看了一眼时间。现在是上午十一点五十分。

6

中午的气温骤然升到摄氏三十二度多，人行道简直变成了烤盘，一股硫黄味的热雾笼罩了整个城市。法医鉴定中心大楼的停车场里已经没有记者四处游荡了，莫拉穿过阿尔巴尼大街来到医院，一路上都没遇见记者上来搭话。她走进电梯，电梯里还有六七个刚毕业的实习生，应该还在科室轮转的第一轮。她想起上学时的教训：千万别在七月生病。这些实习生太年轻了，看着他们光滑的肌肤和浓黑的头发，她暗自想道。这几天她好像更关注这些了，总是盯着周围的警察和医生看，看他们有多少皱纹，又有多少白头发。

他们多年轻啊！

在这些实习生眼里，我是什么样的？她不禁好奇。也许只是一个中年妇女，没穿制服，衣领上也没别着法医的胸牌。他们可能觉得她是个病人家属吧，连个眼神都不屑给她的那种。

曾几何时，莫拉也和这些实习生一样，穿着白大褂，年轻昂扬，神气活现。那时，她还没尝过失败的滋味。

电梯门开了，她和实习生一起走进住院部。实习生们一溜烟走过护士站，身上的白大褂让他们显得那样高不可攀，而她穿着便装，还被护士拦了下来。

护士一皱眉，随即问道："不好意思，您找人吗？"

"我来看一位病人。"莫拉说,"她昨晚急诊入院。我听说她今早已经从ICU转出来了。"

"叫什么?"

莫拉迟疑了一瞬。"我觉得她可能登记的还是简·多伊①。考尔特医生告诉我,她在四三一病房。"

病房护士的眼神瞬间警觉起来。"对不起,我们昨天一直接到记者电话,但目前为止我们无法回答关于那位病人的任何问题。"

"我不是记者。我是法医鉴定中心的艾尔斯医生。我和考尔特医生说过,我今天会来看病人。"

"我能看一下您的证件吗?"

莫拉在手包里翻了翻,掏出证件放在分诊台上。这就是不穿工作服的下场,她想。她看到那些实习生顺着走廊鱼贯而出,通行无阻,像一群趾高气扬的大白鹅。

"您可以给考尔特医生打个电话,"莫拉对护士建议道,"他知道我是谁。"

"啊,没关系。"病房护士边说边把证件递还给莫拉,"这个病人事儿太多,他们就应该派保安过来。"莫拉接过证件往里走,护士在她身后喊,"里面可能也要查证件!"

莫拉把证件拿在手里,朝四三一病房走去,准备接受另一番盘查。一路上,她并没有发现保安。病房门紧闭,外面一个人都没有。她刚想敲门,就听到屋里传来一阵金属落地的声音。

她立刻推门进去,病房内一片混乱。病床边站着一位大夫,手上拿着输液瓶。在他对面,保安抓着病人的双手想把她固定在

---

① Jane Doe,无名氏,用于称呼未知姓名的女性,常被美国警方用来指称身份不明或未经确认的女性尸体。此处为便于称呼,译为简·多伊。

床上。床头桌已经倒了，地上都是水。

"需要帮忙吗？"莫拉大声问。

医生回头看了她一眼，她瞥见一双蓝眼睛，一头金发剪得很短，像刷子一样。"不用，我们可以搞定。"医生说。

"我来绑束缚带吧。"她主动上前，走到保安那侧。她刚伸手去拿松了的束缚带，无名女郎的双手恰好挣脱。保安低声惊呼起来。

一声巨响让莫拉通身一颤，温热的液体随即溅了她满脸。突然，保安向一旁踉跄了几步，倚着她倒了下来。她扶着保安，跌跌撞撞地后退，无法支撑一个成年男子的重量。她跌倒在地，湿滑地面上的冷水浸透了她背后的衬衫，身前却有湿热的血色渗出来。她使劲想把压在身上的保安挪开，但他太重了，简直压得她无法呼吸。

保安的身体开始颤抖，随即变成痛苦的抽动。新鲜温热的液体喷了她满脸满嘴，气味令人作呕。我就要淹死了，她想。她哭喊着将保安推开。保安浑身是血，从她身上滑到了地上。

那女人已经挣脱了束缚带，莫拉挣扎着站起身来，眼睛盯着她，这时候才看清对方手里拿了什么。

是枪，她拿了保安的枪。

医生早不知道跑到哪儿去了，屋里只剩下莫拉和那个女人。她们四目相对，那女人脸上的每一丝恐惧都显得那样清晰。她发丝凌乱，眼神狂热，手指慢慢扣紧扳机的时候，上臂的肌肉不自觉地收缩起来。

天哪！她要开枪！

莫拉轻声乞求道："别，别开枪。我只是想要帮你。"

外面传来跑动的脚步声，瞬间吸引了女人的注意力。门被大力推开，一个护士站在门口，目瞪口呆。

突然，无名女郎从床上一跃而起。莫拉还没反应过来，就被那女人抓住手臂，冰冷的枪管抵着她的脖颈。她浑身僵硬，心脏怦怦作响。莫拉顺着那女人的力道被推向门口，护士一步步退出去，吓得一句话都说不出来。那女人用枪抵着莫拉，走出房间，走进门廊。保安都哪儿去了？有人去求助吗？她们挪向护士站，那女人离她很近，呼吸慌乱，汗如雨下。

"小心！都让开！她有枪！"莫拉听到有人喊。她微微侧头，恰好看到刚刚那群实习生。他们依然穿着白大褂，但刚才的傲气烟消云散，一步步退却，眼睛瞪得老大。有这么多目击者，却没有一个人上来帮忙。

快来个人帮帮我啊！真是要命！

她们一路走到护士站，柜台后面的护士已经吓呆了，蜡像一般一动不动地看着她们。电话响了，却没人接听。

电梯就在前面。

那女人按了下楼键，门打开，她将莫拉推入电梯，并站到莫拉身后，然后按了一层。

现在是四层。等电梯到了一层，我还会活着吗？

女人松开了莫拉，退步倚在对侧墙上。莫拉毫无畏惧地回头看去。*我得逼她看清楚我是谁。就算她真的要开枪，也得看着我的眼睛开！*电梯里很冷，那女人只穿了一件薄薄的病号服，脸上却蒙着一层汗，握在扶手上的手微微颤抖。

"为什么绑架我？"莫拉问，"我从没害过你。昨晚还是我帮你打了急救电话，是我救了你！"

那女人始终不发一言，一个字都没说。莫拉只能听见她深重的喘息声，因惊恐而急促。

电梯铃响了，女人看向电梯门。莫拉开始疯狂回想医院大厅的结构。她想起来大门边上好像有个咨询台，后面站着一名银发的志愿者，边上有个纪念品商店，还有一排付费电话。

电梯门开了，那女人抓住莫拉的胳膊，先把她推了出去。枪又一次抵在了莫拉的脖子上。她一步步走向大厅，喉头干得冒烟。她往左瞥了一眼，没人，又往右瞥了一眼，还是没人。一个目击者都没有。然后，她看到一个保安缩在咨询台后面，一头银发。莫拉的心一沉，没人会来救她，那保安不过是个穿着制服吓得尿了裤子的老男人罢了，没准还会射杀人质呢。

外面的警笛声尖厉刺耳，仿若索命的女妖，步步逼近。

那女人抓住莫拉的头发猛地向后拉，莫拉能感受到温热急促的呼吸扑在脖颈上，感受到那女人强烈的恐惧。她们一路走到大厅出口，莫拉瞄到一个上了年纪的保安躲在桌子后面瑟瑟发抖，几个老人的银发从纪念品商店的橱窗里露出来又缩回去。一个电话亭里，听筒从电话机上掉了下来，晃晃悠悠。随后她便被推搡出门，一脚踏进午后的烈阳里。

一辆标有"波士顿警察局"的警车呼啸着停在路旁，两名警员冲下车，掏出武器却脚步一顿。莫拉站在前面，在警用武器的射程范围内。他们盯着她。

警笛声越来越近。

现在，女人的呼吸已变成了绝望的急喘，好像知道她面临的选择不多了。既然不能前进，她便押着莫拉步步后退，又把她拽回大楼里面，退回大厅。

"别，"莫拉一边被拽回走廊，一边轻声说，"你这么做没有任何好处，你出不去的。放下吧，放下枪。我们一起出去，好吗？我们走过去，他们不会伤害你……"

刚才她看到那两名警员沿着她们后退的线路步步紧逼，莫拉依然充当着肉盾，他们什么也不能做，只能看着，看着那女人挟持着人质退回大厅。莫拉听到一阵抽泣，她用余光看到了几个被吓得目瞪口呆的目击者。

"别过来！"一名警员大喊，"所有人！都别过来！"

完了，莫拉想，我和一个不可能被劝降的疯女人被困在一处了。她能听到那女人的心脏狂跳不止，她能感受到恐惧在她身前的臂膀里流窜，就好像高压电流一般。她觉得自己正在一步步走向注定的结局，而她几乎可以从步步逼近的警员眼里证实这一点。一旦射击，人质头上不可避免会开一个大洞，成串的子弹会终结这一切，而在这之前，警察根本无计可施。这位无名女士，这个惊慌失措的女郎，根本无力也不可能改变这一切。

我是唯一一个能改变这一切的人，而现在就是改变的时机。

莫拉深吸一口气，又缓缓呼出去，随着呼吸，她放松了全身的肌肉。她的双腿一下子失去了支撑力量，整个人倒在地上。

那女人惊讶地咕哝了句什么，想要把莫拉扶起来。但在无知无觉的状态下，人的身体很沉。既然肉盾已经倒地，她便再无可以用来遮挡自己的东西。一瞬间，莫拉自由了。她双手抱头蜷缩成团，侧身一滚，等待着枪击的声音。但她只听到了奔跑的脚步声和叫喊声。

"妈的！射程内怎么总是有人！"

"别挡路！所有人！他妈的别挡路！"

一只手抓住她的胳膊晃了晃："女士？你还好吗？女士？"

莫拉浑身颤抖着，终于抬头看见了扶着她的警员。四周充斥着无线对讲机的嘶嘶声，由远及近的警笛声好像女子悼念亡灵的哭泣。

"来，咱们得离开这里。"警员抓着胳膊把她拉了起来。她抖如筛糠，几乎无法站立，警员只能将手臂环在她腰间，带她出去。"所有人！"他对旁观者喊道，"所有人，马上离开这里！马上！"

莫拉回头，却没看到那个女人。

"你能走吗？"警员问。

莫拉一句话都说不出来，只能点头。

"那就走吧，所有人都得离开。你不会想待在这里的。"

尤其是这里就要见血了。

她向前走了几步，又回头看了一眼。警察正沿着走廊跑进去。墙上有个牌子，上面写着那个女人最终即将到达的地方。

超声室。

简·里佐利骤然惊醒，看着天花板眨了眨眼睛，有一瞬间的迷茫。她没想到自己会睡着，但检查台实在是太舒服了，她又很累，过去这几夜她基本没睡过整觉。她扫了一眼墙上的钟，发现她已经独自一人在这里待了半个多小时了。她还得等多久？又过了五分钟，她的怒气值逐渐上升。

行，我受够了。我得去看看到底为什么医生这么久都没来。我才不要等轮椅呢。

她爬下检查台，赤脚踩在冰冷的地上，走了两步，才发现手臂上依然挂着生理盐水。她把输液袋摘下来挂在移动输液架上，然后把它推到门口。走廊里空无一人，一个护士都没有，连个护工都没有。

这可真是棒极了。他们干脆把我忘了。

走廊没有窗。她推着输液架顺着走廊前进，轮子在油地毡上咕噜噜地响。一个门开着，另一个门也开着，她发现操作台上空无一人，屋里也没有人。人都去哪儿了？她不过就睡了那么一会儿，人就都不见了？

我真的只睡了半个小时？

她在空荡荡的走廊里停下脚步，困惑不已。她是不是在睡觉的时候跌入了哪个平行时空？世界上其他所有人都消失不见了？她四处看，想找到走回候诊室的那条路。护工推她过来的时候，她怎么就没记路呢！现在可好，推开一扇门，是个办公室；推开另一扇门，是个档案室。

就是没有人。

她在一条又一条空旷的走廊里穿行，加快脚步，输液架在她身后咯啦啦地响。这到底是个什么医院？把孕妇一个人扔在超声室里？她要投诉！一定得投诉！她要是生了呢？要是死了呢？她真是要气死了，孕妇是不能生气的，她里佐利更不能！

最后，简终于看到了出口标志。她咽下已经到了嘴边的脏话，推开了门。第一眼，她并没搞清楚状况。博丁先生依旧坐在轮椅里，缩在房间一角。超声室的医生和候诊室的接待员一起缩在沙发上。而另一张沙发上，塔姆医生坐在黑人护工的身侧。这是什么情况？开茶话会？她一个人被孤零零扔在小黑屋里，大夫们都在外面，坐在沙发上开茶话会？

随后，简看到散落的病例和打翻的水杯，看到满地的咖啡渍。然后她才意识到，塔姆医生的神色很凝重，后背挺直，面部肌肉因恐惧而紧绷。她并没有看简，而是看向了另一个方向。

这时，简才明白。我身后站着另一个人。

7

莫拉坐在移动指挥车里，周围是电话、显示屏和笔记本电脑。车里的空调没开，温度肯定超过三十二摄氏度了。正在进行无线电监控的埃默顿警员咕嘟嘟灌下一大瓶水，还热得直扇风。特殊事件调查队副巡长海德警官却看起来很清凉，正在研究电脑屏幕上显示的ＣＡＤ图表。坐在他身边的是医院的院务经理，正在建筑平面图上点出相关地点。

"她现在所处的地方是超声室，"经理说，"那里原来是Ｘ光室，所以可能会有点儿麻烦。"

"什么麻烦？"海德问。

"外墙上有一层铅板，而且也没有向外的门窗。你们可能得把墙炸开才能进去，或者扔个瓦斯弹什么的。"

"所以，通向超声室的唯一道路就是这些医院里面的门和内部走廊？"

"是的。"经理看向海德，"她是不是把门锁上了？"

海德点点头。"那就意味着她把自己锁在里面了。我们已经把人从走廊里撤了出来，这样如果她想突围，射程范围内是不会有人的。"

"她算是钻进死胡同了，唯一的出路就是冲破包围圈。眼下，你们已经把她牢牢锁在了里面，但想要突入，还是得费一番力气。"

"也就是说，目前只能僵持着。"

经理把平面图放大。"不过，也要看她选择藏在什么位置。超声室的所有墙面都有铅板，只有候诊室没有。"

"候诊室的墙是什么材质？"

"纸面石膏板，从楼上可以轻松钻透。"经理看向海德，"但即便这样，她也可以一路退回有铅板的区域，那时候你们就进不去了。"

"不好意思。"莫拉打断了他们。

海德转向她，蓝眼睛里闪烁着怒火。"什么事？"他不耐烦地问。

"海德副巡长，我能走了吗？我没什么能告诉您的了。"

"还不行。"

"那我还得在这里待多久？"

"等到我们的人质谈判专家跟你谈过之后，你才能走。他希望所有的目击者都能留在这里。"

"我非常愿意和他交流，但现在我在这儿没有任何意义。我的办公室就在街对面，你们知道在哪儿能找到我。"

"艾尔斯医生，就算你的办公室在街对面，那也不够近。我们需要你留在这里。"说这句话的时候，海德已经把注意力转移回电脑上了，莫拉的抗议毫无作用，"事态瞬息万变，要是目击者都到处走动，我们根本没时间花在找人上。"

"我不会到处走，我也不是唯一一个目击者，还有一直看护她的护士呢。"

"她们也一样得待在这里。我们会与你们所有人交谈。"

"还有一个医生，她病房里的。事发的时候，他就在现场。"

"海德副巡长?"埃默顿喊道,"一到四层已疏散完毕。院方无法把高层的危重病人挪出来,但所有可以移动的病患及其他人员都已经离开医院大楼了。"

"布控范围有多大?"

"内圈已布控完毕,走廊已铺设路障。外围布控还在等待人手到位。"

海德头顶的电视调到了波士顿地方台,声音被关掉了,现在正在播送实时新闻,画面极其眼熟。这不是阿尔巴尼大街嘛,莫拉想,这就是这辆车目前的所在地,而我被关在这里。整个波士顿都在电视上看这出闹剧的时候,她被困在了事件的中心。

指挥车突然晃动起来,莫拉看向门口,一个男人走了进来,腰上别着枪。又是一个警察,但这个男人更矮些,也不像海德那样又高又壮,稀稀落落的棕色头发被汗水浸湿成了几缕,贴在发红的头皮上。

"天哪!这里更热,"那男人说,"你们没开空调吗?"

"开了,"埃默顿说,"但一点儿用都没有。还没时间修呢,电子设备都热得卡顿了。"

"更别说人了。"那男人说,又看向莫拉,伸出手,"艾尔斯医生,对吧?我是勒罗伊·斯蒂尔曼警官,负责与绑架犯沟通,看看能不能不动兵刃就消了这场灾祸。"

"您就是谈判专家了。"

那男人微微一耸肩:"确实是这么个名头。"

他们握了手。也许是他那谦逊的外表,或是那张令人沮丧的脸,要么就是那颗秃顶的脑袋,反正莫拉觉得,她比之前放松了。这个男人似乎不像海德那样纯粹被睾丸素所驱使,而是安安静静地、耐心地看着她微笑,好像他有大把时间可以用来与她交谈。

男人看向海德:"这个指挥车真是待不下去了。她不用坐在这里。"

"是你让我们留下目击者的。"

"我是让你们留下他们,但也没让你们烤了他们。"他打开门,"随便挑个地方,都比在这儿舒服多了。"

莫拉跟着他一起出了门,深吸一口气。谢天谢地,她终于能逃出那个憋死人的盒子了,至少在外面还能吹个凉风。出来之后她才发现,阿尔巴尼大街上已经停满了警车。从医院到法医鉴定中心这条路上,路边所有的停车位都停满了车,她简直不知道该如何把自己的车开出来。警方路障之外戳着一个个卫星天线,好像一朵朵鲜花开在新闻转播车的高杆之上。她不禁好奇,这些坐在车里的电视台工作人员,是否和坐在指挥车里的她一样炎热、一样痛苦。她希望如此。

"不好意思让您久等了。"斯蒂尔曼说。

"我也没得选。"

"我知道这肯定给您带来了困扰,但我们还是得把目击证人都留在这里,逐一问话。目前现场已经控制住了,我需要更多信息。我们不知道她的动机,也不知道里面可能会有多少人质。我得知道我们在和谁对话,这样才能在她与我们对话的时候,选择最恰当的策略。"

"还没与她取得联络吗?"

"还没有。我们控制了她所在区域的三条电话线,这样她一旦对外联络,我们就能知道。我们还尝试打了几次电话,但都被她挂断了。不过,她最终还是得与我们沟通的。所有人都一样。"

"你似乎觉得,她与其他劫持人质的嫌犯一样。"

"这么干的人,行为模式都差不多。"

"其中有多少是女性？"

"确实不多。"

"你之前处理过女性绑架犯的案例吗？"

斯蒂尔曼迟疑了一秒。"确实，我还是第一次与女性绑架犯打交道。我们所有人都是。这种情况不太常见，女性通常不太劫持人质。"

"但她确实是位女性。"

斯蒂尔曼点头："所以在获得进一步信息之前，我都得按照之前的经验一步步进行。在与她沟通之前，我得尽可能地了解她，了解她是谁，为什么会这么做。"

莫拉摇头："我觉得我没什么可以告诉你的。"

"你是最后一个与她接触的人。你记得什么，都告诉我吧。她说的每一句话，她的每个动作，都可能会对我们有帮助。"

"我只和她在一起待了一小会儿，只有几分钟。"

"你们交谈过吗？"

"我尝试过与她交谈，但她没说话。"

"你说了什么？"

莫拉开始回忆在电梯里的经历，手心又被汗浸湿了。她记得那女人攥着武器的手，颤颤巍巍的。"我想让她冷静点儿，还试图和她讲理，告诉她，我只是想帮她。"

"她怎么说的？"

"她什么也没说，只是沉默着。而这是最可怕的。"莫拉看向斯蒂尔曼，"她的沉默是最可怕的。"

斯蒂尔曼皱了皱眉："她对你的话没有任何反应吗？你确定她听见你说话了？"

"她能听见，她对声音有反应。我知道她听见了警车的警笛声。"

"那她还是一句话都没说?"斯蒂尔曼摇摇头,"这太奇怪了。她是有语言障碍吗?要是有,沟通会更困难。"

"反正在我看来,她不是那种好沟通的人。"

"艾尔斯医生,您从头讲一遍吧。从一开始,她都说了什么,做了什么。"

"我已经对海德副巡长讲过一遍了,就算你们一遍遍问我同样的问题,我也不会有什么新答案的。"

"我知道您已经回答过一遍了,但您记得的某些细节可能会成为行动成功的关键,可能就是我能利用的信息。"

"她拿枪指着我。除了求生,我实在没精力关注其他东西。"

"但是您和她待在一起。您知道她最近的状态。您能想象一下,她为什么会采取这样的行动吗?她有可能伤害手里的人质吗?"

"她已经杀了一个人了。难道这还不足以说明问题吗?"

"但从那之后,我们没听到过任何一声枪响。三十分钟已经过去了,最初的三十分钟是最危险的,绑架者可能还处在恐惧之中,很可能还会杀害人质。但现在已经过去一个小时了,她什么动作也没有,至少就我们所知,她没有伤害任何人。"

"那她在里面干什么呢?"

"我们也不清楚。我们还在拼凑背景信息。凶案组还在研究她是怎么进入停尸间里的,我们在医院病房里采到了她的指纹——应该是她的指纹。只要没有人受伤,我们就等得起。时间越长,我们能得到的信息就越多,见血的可能性就越低,需要武力介入的可能性就越小。"他扫了一眼医院,"看见那边的警察了吗?他们可是跃跃欲试想冲进去的。要是最后真没办法,那我的工作就失败了。我对这类事件的经验很简单：慢下来。现在我们已经把她控制在了一个没有门窗的区域内，她不可能逃走，也没有别的地方可去。那就让她坐下来想想，好好想想，然后她就会发现，她只有投降这一条路。"

"那她得足够理性，才能理解到这一层。"

斯蒂尔曼盯着莫拉看了一会儿，她这句话实在很重要。"您觉得她足够理性吗？"

"我觉得她被吓坏了，"莫拉说，"我们在电梯里的时候，我看到了她的眼睛，还有她眼里的恐惧。"

"她是因为害怕才开枪的吗？"

"她肯定觉得自己有危险。病房里，我们三个人围着她，想要给她上束缚带。"

"三个人？我跟一个护士谈过，她说她进病房的时候，只有你和她。"

"还有一个医生，挺年轻的，一头金发。"

"护士没看见他。"

"哦，对，他跑了。枪响之后，他跟个兔子似的窜出去了。"莫拉顿了一顿，似乎在表达被独自一人扔在病房里的不满，"我是唯一一个被困在病房里的。"

"在您看来，为什么嫌疑人只射杀了保安？你们三个不是都围着她吗？"

"保安就站在床边，是离她最近的一个。"

"或者……是因为他穿的制服？"

莫拉皱眉："你什么意思？"

"您想想，制服是官方的象征。她可能以为保安是个警察。她射杀保安的举动不由得让我怀疑她是否有前科。"

"很多人都怕警察,不是只有罪犯才怕警察。"

"那她为什么不射杀医生呢?"

"我说过,他跑了,不在病房里。"

"她也没杀您。"

"因为她需要一个人质,我是离她最近的一个。"

"您觉得,她有可能会杀您吗?我是说如果。"

莫拉抬头,直直看向斯蒂尔曼。"我认为,只要能让她活下去,她什么都干得出来。"

指挥车的门突然开了,海德副巡长探出头来对斯蒂尔曼说:"勒罗伊,你最好来看看这个。"

"什么东西?"

"刚刚通过无线电传出来的。"

莫拉跟着斯蒂尔曼回到指挥车里,车里比刚才更闷了。

"重放一遍。"海德对埃默顿说。

扬声器里传来一个男人激动的嗓音:"您现在收听到的是KBUR广播电台,我是主持人罗布·罗伊,今天这个神奇的下午将由我陪伴你们度过。现在的情况非常诡异,有位女士打来电话声称是她把我们的特警队困在了医疗中心。起先我并不相信,但我们的制作人与她通过话之后,我们觉得她说的是真的……"

"这是什么鬼!"斯蒂尔曼说,"这肯定是骗子,所有的通话线路不是都在我们的控制之中吗?"

"别急,接着听。"海德说。

"……您好,小姐?"主持人说,"您可以说话,告诉我们您是谁。"

回答他的是一个女人低哑的声音:"我是谁不重要。"

"好的,那您到底为什么这样做呢?"

"骰子已掷下。这就是我想说的。"

"您这句话,是什么意思?"

"告诉他们,就告诉他们,骰子已掷下。"

"好吧,行。不管这句话是什么意思,现在波士顿全城都听见了。听众朋友们,如果您现在正在收听,请听好:骰子已掷下。这里是KBUR广播电台,我是罗布·罗伊。刚才与我们通话的就是造成这一切混乱的罪魁祸首,她——"

"你告诉警察,靠边站,"女人突然说,"这里有六个人,子弹虽然不多,但一人一发还是足够的。"

"天哪!女士!请冷静!咱们没必要去伤害他人。"

斯蒂尔曼面色涨红,眼里喷着怒火。他对海德说:"怎么会这样?不是说你们控制了所有电话线路吗?"

"我们确实控制了所有电话线路,但她有个手机。"

"谁的手机?"

"登记信息上,机主叫斯蒂芬妮·塔姆。"

"这又是谁?"

"哦!听众朋友们,紧急情况。"罗布·罗伊说,"制片人刚刚告诉我,波士顿警方命令我停止通话。警察要求我们断线了,朋友们,我得挂了。女士,您还在吗?女士?"几秒停顿后,他又说,"看起来她已经挂断了。好吧,希望她能冷静下来。女士,如果您还在听的话,请您别伤害他们。我们能帮助您,好吗?听众朋友们,您现在收听的是KBUR广播电台,我们得到的信息是:骰子已掷下……"

埃默顿关了收音机。"就是这样,这就是我们录下来的全部内容。一听到主持人在跟谁通话,我们就把通话掐断了,但还是有这些内容流传开来。"

斯蒂尔曼还没反应过来，只是呆呆地看着收音机。

"勒罗伊，她到底在干什么？"海德问，"她是在博关注吗？想唤起公众的同情心？"

"我不知道，这太诡异了。"

"她为什么不和我们对话？为什么打给广播电台？我们一次次给她打电话，她都挂断了！"

"她有口音。"斯蒂尔曼看向海德，"她肯定不是美国人。"

"还有她说的那句话是什么？骰子已掷下？什么意思？赌局开始了？"

"那是尤利乌斯·恺撒说过的话。"莫拉说。

所有人都看向她："什么？"

"那是恺撒站在卢比孔河河边说过的一句话。他要是渡河，就意味着要与罗马开战。他知道，他一旦迈出这一步，就再也不能回头了。"

"所以尤利乌斯·恺撒跟这件事有什么关系？"

"我只是告诉你们这句话的出处。恺撒命令他的军队过河时，就知道他已经不可能回头了。这是一场赌博，但他是个赌徒，他喜欢掷骰子。他做出决定的时候，说'骰子已掷下'。"她顿了顿，"随后他踏入卢比孔河，也踏进了史书之中。"

"这就是'越过卢比孔河'的意思，他们要孤注一掷了。"

莫拉点头："那姑娘也做了个选择。她只是告诉我们，她不能回头了。"

埃默顿大声说："查到机主信息了。斯蒂芬妮·塔姆是医院大夫，妇产科的。她现在不接电话。最后一次被人看到时，她正要去超声室看一个病人。医院正在查看人员名册，尽力找出所有下落不明的员工。"

"这样看来，我们现在至少知道一个人质的名字了。"斯蒂尔曼说。

"那手机呢？我们给她打电话，她都挂断了。是否要切断那部手机的通话功能？"

"要是切断通话功能，没准会激怒她。暂时保持现状吧，监控即可。"斯蒂尔曼停顿了一下，拿出手帕擦了擦额头的汗，"至少她还在与外界联络——虽然不是与我们联络。"

这里太闷了，莫拉看着斯蒂尔曼涨红的脸想，简直让人窒息。天也越来越热了。她觉得自己要站不住了，真是一刻也待不下去了。"我得呼吸下新鲜空气，"她说，"我能走吗？"

斯蒂尔曼心不在焉地瞄了她一眼："当然，可以的。啊，等等，您留过联系方式吗？"

"海德副巡长那里有我的手机号和家里电话。一天二十四小时你们都能找到我。"

她一脚踏出指挥车，然后停下来，在午后的阳光中眯了眯眼，茫然地看着阿尔巴尼大街上混乱的景象。这是她每天上班的必经之路，每天早上她都会踏上法医鉴定中心大楼前的这条车道。但现在，到处都乱糟糟的，停着各种各样的车，到处都能看见穿着黑色制服的特别行动队警察。每个人都在等待，等着看这个点燃了危机的女人下一步会做什么，但谁也不知道她到底从哪儿来。

莫拉朝着法医鉴定中心大楼走去，绕过停在路边的巡逻车，钻过警戒线，最后才发现一个熟悉的身影朝她走来。她认识加布里埃尔·迪恩两年了，从没见过他如此焦躁不安，也从没见过他如此情感外露。但现在，这个男人显然慌了。

"听说都有谁被困在里面了吗？"他问。

"我只听他们提到了一个名字,一个医生。"

"谁?"

莫拉顿了一顿,惊异于他如此生硬的语气:"一个姓塔姆的医生。嫌疑人就是用她的手机给电台打电话的。"

迪恩转身看向医院:"我的天哪。"

"怎么了?"

"我找不到简了。她没有跟同层的其他病人一起疏散。"

"她什么时候入院的?"

"今天早上,羊水破了之后。"迪恩看向莫拉,"塔姆医生就是她的接诊大夫。"

莫拉看着他,突然想起她在指挥车里听到的一句话:塔姆医生正要去超声科看一个病人。

简,那个医生要去看的病人就是简。

"我觉得,你最好跟我来。"莫拉说。

8

我来医院是为了生孩子,而现在,我居然要被一枪崩了。

简坐在沙发上,挤在塔姆医生和黑人护工中间。她几乎能感受到护工的颤抖,感受到她湿冷的肌肤在空调房里瑟瑟发抖。塔姆医生坐得很正,面色僵硬。另一张沙发上,接待员双手环抱自己缩成一团,超声科女大夫正在她身边悄悄哭泣。没有人敢说一句话,唯一的声音来自候诊室的电视机,它一直开着。简看了看白大褂上的胸牌:妇产科医生,塔姆。又低头看了看自己的病人手环:简·里佐利。我们都被标记好要去停尸间了,肯定认不错。波士顿人明天早上打开《波士顿论坛报》,就会看到这些名字印在头版头条上:医疗中心挟持案伤亡人员名单。那些读者会直接跳过"简·里佐利"这个名字,然后把注意力转到体育版上。

这就是结局吗?在错误的时间出现在错误的地点?这太蠢了。她想喊:等等,我怀孕了!在电影里,可没人会开枪打死怀孕的人质!

但这不是电影,她无法预测那位持枪的疯女人会做什么。这是简给她取的绰号——疯女人。你还能给一个走来走去且挥舞着枪的女人起什么名字?疯女人只是偶尔停下来看一看电视。电视调到了六频道,恰恰是医疗中心挟持案的现场报道。看,妈妈,我上电视了,简想,我就是被困在大楼内的幸运人质之一。这简直就像那个叫《幸存者》的真人秀一样，只不过这里多了几颗子弹。

还有血。

她注意到，疯女人也戴着和她一样的病人手环。从精神科跑出来的？因为护士让她乖乖坐在轮椅上？她还赤着脚呢，翘臀从病号服里露出来，双腿修长，肌肉线条清晰可见，一头秀发乌黑靓丽。要是给她穿身性感皮衣，没准她就跟《战士公主》里的西娜一样了。

"我想撒尿。"博丁先生说。

疯女人看都没看他一眼。

"嘿！有没有人听我说话?!我说我要撒尿！"

真是的！你干脆就地解决吧！简想道，就在轮椅里尿吧！千万别试图激怒一个拿着枪的人。

电视里，一个金发记者出现了：佐伊·福西，从阿尔巴尼大街发来报道。"截至目前，警方已架设警戒线开展包围，尚不清楚有多少名人质被困在内，有一名保安在试图反抗时遭枪杀身亡……"

疯女人顿住了，目光紧盯着电视屏幕，一只光脚踩在地板上的牛皮纸文件夹上。这时，简才注意到那张表上的名字，是用黑色毛毡墨水写的：

简·里佐利。

新闻报道结束了，疯女人又开始踱步，光着的脚踩在散落一地的文件夹上，发出啪嗒啪嗒的响声。那是简的门诊病历，很可能是塔姆医生带进来的，现在正在疯女人的脚下。对方只要弯腰捡起来扫上一眼，就能知道她的名字、生日、入院原因及社会信用代码。

还有最重要的——她的职业：波士顿警察局，凶案组，警探。

这个女人现在被波士顿警察局特警队包围了，简想，要是她发现我也是警察……

她不敢再想下去，她知道后果。她又一次低头看了看自己的胳膊，看了看印有"简·里佐利"的手环。如果她能把这东西拿下来，就能把它塞到靠垫中间，那女人就没法把她和这份病例联系在一起了。对，就这么办！赶紧把这要命的手环摘下来。摘下来之后，她就只是医院里随便哪个孕妇，不是警察，也不会对疯女人构成威胁。

她伸出一根手指塞到手环下面使劲拉，但并没拉断，她再次用力，但还是没能拉断。这破东西究竟是什么做的？钛合金吗？不过也很正常，谁也不想被当成博丁先生这样的老顽固，没了名字在大厅里游荡。她又使了使劲，牙关紧咬，肌肉紧绷，不发一言。可能得用牙才能咬下来了，她想，等这女人不注意的时候，就能——

她停住了。那女人就站在她面前，光着脚又一次踩在了她的病历上。简慢慢抬头，目光渐渐转移到对方的脸上。此前她一直避免与那女人有目光接触，生怕引起她的注意。而现在，她发现那女人的注意力全都集中在她身上，只看着她，这让她惊恐万分。简觉得，她就像是羊群中唯一被挑出来待宰的羔羊，而这女人看起来就像只猫，四肢修长，举止优雅，黑头发散发出豹子毛一样的光泽。她的蓝眼睛像探照灯一样炯炯有神，而简，就被困在这束光里。

"这就是他们干的事。"女人看着简手腕上的手环，"他们给你绑个标签，就像对待集中营里的囚犯一样。"她亮了亮自己的手环，上面写着"简·多伊"。他们还不知道你的名字呢，简想。

她简直快笑出声来：我居然被一个无名氏绑架了？现在是同名人士之间的战争了？正派简对战冒牌？医院收治她的时候居然不知道她是谁吗？从她说的这几句话来看，很明显她不是美国人，也许是东欧来的，也可能是俄罗斯人。

那女人扯下自己的手环扔到一边，然后抓住简的手腕，也猛地拉了一下她的。手环断了。

"好了，现在没有标签了。"那女人一边说，一边扫了眼简的手环，"里佐利。这是个意大利名字。"

"是的。"简盯着那女人的脸，不敢向下看，生怕把她的注意力引到脚下的文件上。那女人把简的注视看作是她们之间的联系。到目前为止，她几乎没有对任何人说过一句话。现在她说话了。这很好，简想，再说几句，尝试和她建立联系，建立关系，做她的朋友。她不会杀朋友的，对吧？

女人看向简高耸的腹部。

"我很快就要有第一个孩子了。"简说。

女人抬头看向墙上的钟。她在等些什么事，或是什么人。她分明是在计时。

简决定尝试与她对话："你叫什么名字？"

"问来做什么？"

"我就是想知道。"这样我就不用一直叫你"疯女人"了。

"知不知道没什么关系。我已经是个死人了。"那女人看着简，"你也是。"

简看向她目光炯炯的眼睛，有那么一瞬间，她居然开始怀疑：她说的是不是真的？我们是不是真的已经死了？现在这地方仅仅是地狱的一隅？

"别，"接待员嘟囔着，"让我们走吧。你不需要我们。就开门让我们走吧。"

那女人又开始在屋里走来走去,时不时踩过地上的文件夹。"你们觉得他们会让你们活着?你们跟我待在一起之后,他们还会让你们活着?所有跟我待在一起的人都死了。"

"她在说些什么?"塔姆医生小声说。

她有点儿疑神疑鬼,简想,可能有被害妄想症之类的。

那女人突然停了下来,低头盯着她脚边的文件夹。

可别打开。千万别打开。

那女人捡起一个,看向上面的名字。

快吸引她的注意力!快!

"不好意思,"简说,"我真的得去趟卫生间。你看,我怀孕了。"她指了指接待室里的卫生间,"求你了。就在那儿,可以吗?"

那女人把文件夹放在咖啡桌上,简刚好够不着。"不能锁门。"

"不锁,我保证。"

"去吧。"

塔姆医生碰了碰简的手:"你自己可以吗?我跟你一起去吧。"

"不用了,我自己可以。"简起身,双腿都在发抖。走过咖啡桌的时候,她拼命想把病历带到一边去,但疯女人一直在看着她。她走到洗手间,打开灯,关上门。现在只有她一个人了,不用再盯着那把枪了。她突然松了一口气。

我其实可以锁门,可以待在这里,等这件事过去。

但她想到了塔姆医生,想到了护工格伦娜和多梅尼卡,想到了她们在沙发上抱成一团的样子。如果她惹恼了这个疯女人,她们就会遭殃。而她,就会是个锁了门还躲在门后的懦夫。

她上完厕所,洗了手,还用手捧了点儿水喝,毕竟不知道下次喝水会是什么时候了。她擦了擦湿漉漉的下巴,扫视了一下这个小厕所,想找点儿可以当武器的东西。但她看到的只有纸巾、肥皂自动售卖机和一个不锈钢垃圾桶。

突然,门被踹开了。那女人死死盯着她。她不信任我。肯定的,她能信我就怪了。

"我上完了。"简说,"我现在就出去。"她离开洗手间,走回沙发旁,那张病历还躺在咖啡桌上。

"坐好,等着。"那女人说。她也坐进一张椅子里,枪放在大腿上。

"等什么?"简问。

女人盯着她,音色平静:"等待结束的那一刻。"

简打了个寒战。与此同时,她感觉到了异样:腹部一阵紧绷,就像一只手慢慢攥成拳头。随着宫缩愈发剧烈,她屏住呼吸,汗水从前额的毛孔里钻出来。五秒钟,十秒钟。疼痛慢慢褪去,她靠在沙发上,大口大口呼吸着。

塔姆医生皱眉说:"怎么了?"

简咽了咽口水:"我觉得,我可能要生了。"

"有个警察在里面?"海德副巡长问。

"千万别把这消息泄露出去。"加布里埃尔说,"我不想让任何人知道简的工作。如果嫌疑人知道她绑了个警察……"加布里埃尔深吸口气,轻声说,"绝对不能让媒体知道。绝对不能。"

勒罗伊·斯蒂尔曼点头:"不会的,我们会保守秘密。那名保安的信息被泄露出去之后……"他停顿了一下,"我们得对这类信息保密。"

海德说:"不过有个警察是件好事。"

"什么?"莫拉说,她实在不敢相信,海德竟然在加布里埃尔面前说出这样的话。

"里佐利警探是个聪明人,而且会开枪。她很可能改变接下来的局势。"

"她还是个怀孕九个月的孕妇,随时都可能生产的那种。你们还指望她做什么!"

"我只是说,她会有身为警察的直觉,而她的直觉可能会帮上大忙。"

"现在,我唯一希望我妻子还有的直觉就是尽可能保护自己。我希望她活着,平安出来。所以,别指望她能有什么英雄举动,赶紧把她弄出来!"

斯蒂尔曼打圆场道:"迪恩探员,我们不会做任何危害她人身安全的事情,我可以保证,绝对不会。"

"这个绑架者是谁?"

"目前还不清楚。"

"她想要什么?"

海德突然插嘴:"也许迪恩探员和艾尔斯医生可以回去了,我们也能继续工作。"

"没事,不要紧。"斯蒂尔曼说,"他需要了解情况,他是最该了解情况的那一个。"他看向加布里埃尔,"我们会慢慢来,让绑架者慢慢平静下来,开始对话。只要没人受伤,我们就有时间。"

加布里埃尔点头。"就是这样,这样很好。不要开枪,不要攻击,让他们都活着出来。"

埃默顿大声说:"副巡长,尚未撤离的人员名单出来了,"

打印机徐徐吐出张纸,斯蒂尔曼一把抓过,从上扫到下。

"她在里面吗?"加布里埃尔问。

短暂的沉默后,斯蒂尔曼点点头。"恐怕是的。"他把名单递给海德,"六个人,跟嫌疑人在电台里说的情况吻合。她确实绑架了六个人。"他有意省去了那女人接下来说的话:子弹虽然不多,但一人一发还是足够的。

"都谁看过这张名单?"加布里埃尔问。

"医院的行政人员,"海德说,"还有负责调查的相关人员。"

"在传播范围进一步扩大之前,把我妻子的名字划掉。"

"这只是些名字,没人会知道——"

"随便哪个记者都能在十秒钟内发现简是个警察。"

莫拉说:"他说得对。波士顿所有报道罪案的记者都知道她的名字。"

"马克,把她的名字划掉。"斯蒂尔曼说,"别让人看见。"

"那突击队怎么办?他们总得知道谁在里面吧?他们总得知道自己要救几个人吧?"

"你们要是运作得当,"加布里埃尔说,"突击队什么的根本没必要。赶紧劝那女人出来。"

"问题是目前我们一点儿这方面的希望都没有,对吧?"海德看向斯蒂尔曼,"这姑娘压根儿就不说话。"

"这才三个小时,"斯蒂尔曼说,"得给她时间。"

"多长时间够用?六个小时?十二个?"海德看向加布里埃尔,"你妻子随时可能生产。"

"你以为我没想过?"加布里埃尔大声说,"不仅仅是我的妻子，我的孩子也在里面！虽然塔姆医生可能在她身边，但要是生产过程中出现了什么问题，那里既没有设备也没有手术室。对，我是想让这事尽早结束，但也不想让你们大开杀戒。"

"这事由那女人而始，就得由她而终。只有她才能决定下一步该怎么办。"

"那就别逼她。海德副巡长，既然你这里有谈判专家，为什么不好好利用呢？让你的特警队离我妻子远点儿！"说完，加布里埃尔转身，大步走出了指挥车。

莫拉在人行道追上了加布里埃尔，她叫了他两次，他才停下来，转过身来看她。

"要是他们搞砸了，"他说，"要是他们突击进去得太快——"

"你听到斯蒂尔曼的话了，他也想慢慢来，他和你想的一样。"

加布里埃尔盯着三个穿着特警制服的警察，他们挤在大厅入口处。"看看他们，他们已经迫不及待想要行动了。我知道他们的想法，因为我也经历过类似的状况，我能感同身受。这时他们已经非常不耐烦了，再也不想在外面站着等谈判专家进行冗长无聊的谈判了。他们就想冲进去，因为特警队就是干这个的，他们根本等不及要开枪。"

"斯蒂尔曼有信心能通过谈判解决。"

加布里埃尔看着她："你也被挟持过，你觉得她会听吗？"

"我不知道，问题是，我们根本对她一无所知。"

"我听说她是被从水里拉上来的，消防救援队把她送到了停尸间。"

莫拉点头："看起来确实是溺亡。她是在金汉姆湾被人发现的。"

"被谁发现的?"

"韦茅斯某个游艇俱乐部的人。波士顿警察局已经派了一组人去调查这件事了。"

"但他们不知道简的事。"

"应该还不知道。"这确实会有影响,莫拉想。警察队伍中的一员是人质,有个警察命悬一线,确实会带来很大不同。

"哪个游艇俱乐部?"加布里埃尔问。

9

米拉

窗上有护栏。今天早上,玻璃上的霜就像一张水晶蜘蛛网。外面是树,树太多了,我不知道后面是什么。我只认识这个房间和这栋房子。自从那辆货车把我们带到这里的那晚起,这里就成了我们唯一的世界。阳光照在窗外的结霜上,光芒四射。树林很美,我想象着自己在树林里散步。树叶在我脚下噼啪作响,树枝上的冰闪闪发光。那是个凉爽、纯净的天堂。

但这里,这里是地狱。

姑娘们正躺在肮脏的小床上睡觉,从她们的脸上,我看到了地狱的景象。从她们不安的呻吟和啜泣中,我听到了折磨。这间房里住了六个人,奥莱娜待的时间最长,她的脸颊上有一块难看的瘀青,是一位粗暴的客户留下的。不过即便如此,奥莱娜有时还是会反击。她是唯一一个会反击的人,唯一一个他们无法完全控制的人。尽管他们给她吃药,给她注射镇静剂,还打她,但她依然会反击。

我听见一辆车开了过来,我的心里满是恐惧。不一会儿,门铃就会嗡嗡作响。它的声音会像电击一般惊醒所有睡梦中的姑娘。她们会坐起来,把毯子抱在胸前。

我们知道接下来会发生什么,我们听到了钥匙插进锁孔的声音。

门开了。

"妈妈"站在门口,像个冷血无情的伙夫,正在选择宰杀哪只羔羊。她历来如此。扫视她的羊群时,她那布满麻子的脸上没有一丝表情。她的目光从蜷缩在小床上的两个女孩身上扫过,转向我所站的窗户。

"你,"她用俄语说,"他们想尝尝鲜。"

我瞥了一眼其他姑娘,只能看到她们如释重负的表情,这次去当祭品的不是她们。

"还等什么呢?"妈妈说。

我的手冰冷,胃里一阵翻涌。"我、我不太舒服,下面、下面还酸着呢……"

"才第一周,就酸疼了?"妈妈冷笑一声,"习惯就好了。"

其他姑娘都垂着眼,要么盯着地板,要么盯着手指,就是不肯看我。只有奥莱娜看着我。在她眼里,我看到了同情。

我别无选择,只能乖巧地跟着妈妈走出了房间。我已经知道反抗就是受罚,上次反抗时留下的瘀青还没消退。

妈妈指着大厅尽头的房间:"床上有条裙子,去穿上。"

我走进去,她把门关上。透过窗户,我能看到楼下的车道上停了一辆蓝色的车,但窗外还是有护栏。屋里有张大大的黄铜床,但我看到的不是一张床,而是用来折磨我的刑具。我拿起那条白色的裙子,它镶着花边,像洋娃娃的连衣裙。我立刻明白了妈妈的用意。我的恶心变成了恐惧。奥莱娜警告过我,如果有一天他们让你扮成小孩,就说明他们想让你演出害怕的感觉,他们想让你尖叫,要是你能流血,那他们会更喜欢。

我一点儿都不想穿上这条裙子，但又害怕不穿带来的后果。脚步声渐渐近了，这时我已经穿上了这件礼服裙，打起精神应付接下来的事情。门开了，两个人走了进来，上下打量着我。我不希望他们对我表示满意，我希望他们觉得我太瘦或太普通，然后转身离去。但他们关上了门，向我走来，像两匹潜行的狼。

你得学会灵肉分离。这是奥莱娜教给我的，她教我把自己从痛苦中剥离出来。那两个男人开始撕扯小礼服，粗糙的大手紧紧抓住我的手腕，想让我屈服、尖叫，这时，我尝试将自己放空。他们花钱来这里，就是为了看我痛苦的表情，我不尖叫，他们就不罢休。他们会继续，直到我高声尖叫，直到汗水划过我的脸庞，直到我的脸上布满泪痕。哦！安雅！你没有活着来到这里，是多么幸运啊！

一切结束后，我蹒跚着回到那个上锁的房间，奥莱娜在我的小床上坐下，抚摸着我的头发。"你得吃点儿东西。"她说。

我摇摇头："我只想死。"

"你死了，他们就赢了。我们不能让他们得逞。"

"他们已经赢了。"我翻了个身，双手抱在膝间蜷成一个球，仿佛这样就没有什么东西能击穿我，"他们已经赢了……"

"米拉，看着我。你觉得我已经放弃了吗？你认为我已经死了吗？"

我擦了一把流下的泪水："我没有你那么强大。"

"这不是强大不强大的问题，米拉。这是仇恨，是仇恨支撑你活下去。"她弯腰靠近我，缎子般的黑色秀发落下来。她眼中的东西让我害怕，那是火，熊熊燃烧的怒火。她神志不清了。不过，奥莱娜就是这样活下来的，在药物和疯狂的虐待中活下来。

门又打开了，妈妈走进来。我们在她的扫视中缩成一团。她指向其中一个姑娘:"出来吧,卡佳。这个是你的。"

卡佳没有动,她只是看回去。

妈妈两步走到她面前,一个耳光扇在她脸上。"去!"她大喊。卡佳踉跄着出了门。妈妈又把门锁上。

"米拉,要记得。"奥莱娜轻声说,"要记得是什么让你活下去。"

我看向她的眼睛,我看到了她赖以生存的东西。

那是赤裸裸的仇恨。

10

"绝对不能让这消息泄露出去。"加布里埃尔说,"一旦泄露,她必死无疑。"

凶案组警探巴里·弗罗斯特眼里满是惊诧。他们正站在日出游艇俱乐部的停车场上。清风不来,水波不兴。金汉姆湾外,帆船静静浮在水上。在午后烈阳的照耀下,弗罗斯特苍白的额前沾着一缕缕头发。巴里·弗罗斯特是那种在人群中最容易被忽略的人,要是一间屋子里全都是人,你绝对不会注意到他,而他则会静静地退到某个角落里,微笑着站在那里,不被人注意。他性格温和,这种性格恰恰让他能经受住简偶尔疾风骤雨般的脾气。在过去的两年半里,他们在合作中培养出了信任。现在,这两个关心她的人——她的丈夫和她的搭档,正怀着忧虑面对彼此。

"没有人告诉我们她在里面。"弗罗斯特嘟囔着,"我们什么都不知道。"

"这个信息是保密的,不能让媒体知道。"

弗罗斯特倒吸了一口凉气:"可别让媒体知道,要是他们知道那可就糟透了。"

"跟我说说那个女人,把你知道的一切都告诉我。"

"相信我,我们会调查清楚,结束这出闹剧,你得相信我们。"

"我不可能袖手旁观,我得知道全部信息。"

"你不可能在这个案子上保持客观,她是你妻子。"

"确实,她是我的妻子。"加布里埃尔的声音里染上了一丝恐慌。他停住,压下激动的情绪,轻声说:"如果是你,你会怎么办?如果被困在里面的是爱丽丝呢?"

弗罗斯特盯着他看了一会儿。最后,他点头道:"进来吧。我们正在和他们的老大谈话,是他把那女人从水里拉出来的。"

他们从耀眼的阳光下走进俱乐部,那里阴暗又凉爽,闻起来和加布里埃尔去过的其他海滨酒吧一样,空气中混合着柑橘、酒精和大海的腥味。日出游艇俱乐部坐落在一个俯瞰金汉姆湾的码头上。屋子看起来不大结实,两台便携式空调挂在窗户上吱吱作响,掩盖了玻璃杯的叮当声和低沉的谈话声。他们朝休息室走去,地板在脚下嘎吱作响。

吧台旁,有两个人正在与一个秃顶男人说话,加布里埃尔认出了他们。他们都是波士顿警察局的警探,一个叫达伦·克罗,另一个叫托马斯·摩尔,都是简在凶案组的同事。两人和加布里埃尔打招呼时,眼里的惊诧显而易见。

"嘿,"克罗说,"我还不知道联邦调查局也介入了?"

"联邦调查局?"那个秃顶男人说,"天哪!那这还是件大事呢!"他朝加布里埃尔伸出手,"我是日出游艇俱乐部主席,斯基普·博因顿。"

"我是联邦探员加布里埃尔·迪恩,你好。"加布里埃尔握了握他的手。他尽力做出公事公办的样子,但他能感觉到托马斯·摩尔困惑的目光,摩尔能看出来,有什么事不对劲。

"我正在跟两位警探说我们是怎么找到她的。我跟您说,这事可太吓人了。您想想,在水里看见个尸体,多可怕。"他顿了顿,"啊,您想不想喝点儿什么?我们这里什么都有。"

"不了,谢谢。"

"啊,对,值班呢,是吧?"斯基普的笑容中透出一丝同情,"你们这些人真是规矩得很,滴酒不沾。行吧,你们不喝,我可得喝点儿。"他溜到吧台后面,把冰块扔进玻璃杯里,又在上面浇上伏特加。加布里埃尔听到冰块在杯子里叮当作响,环视着房间,看着坐在休息室里的十几个俱乐部成员,几乎都是男人。加布里埃尔不禁好奇,他们中有谁真的会驾船吗?还是专门来喝酒的?

斯基普又从吧台后晃了出来,手里托着一杯伏特加。"这种事可不是天天都能碰见的,我现在还心有余悸呢。"

"您刚才说,您是怎么发现尸体的?"摩尔问。

"啊,对。大概是早上八点,我想早点儿来,看看我的大三角帆状态如何。两周之后,我们要举办一场比赛,我要开一艘新船,得给它漆个新标。哈哈,给它漆条绿色的大龙,可显眼了。我来了之后,就扛着我的新船帆去甲板上,然后就看到了一个人体模型似的东西浮在水面上,好像被一块礁石拦住了。我上了划艇想凑近看看,结果,那居然是个人!还是个女的!长得还挺好看。于是我就叫了几个人,我们三个把她拉了上来,然后就打了报警电话。"他喝了一大口伏特加,深吸口气,"我们从没想过她还活着。我的意思是,妈的,在我们看来那女的就是死了。"

"消防救援队肯定也觉得她死了。"克罗说。

斯基普笑了:"他们才是专业的,他们都看不出来,我们更不行了。"

加布里埃尔开口道:"您在哪里找到她的?带我们去看看。"

斯基普带着他们走出客厅,上了码头。海水反射的太阳光格外刺眼，加布里埃尔不得不眯起眼睛才能看清斯基普指给他看的那些岩石。

"看见那边那个浅滩了吗？那里很容易搁浅，所以我们用浮标标记了。涨潮的时候，那里的水能有几英寸深，根本看不出来，太容易搁浅了。"

"昨天什么时候涨潮的？"加布里埃尔问。

"说不好，大概早上十点？"

"那时候，那片浅滩露出水面了吗？"

"露出来了。要是当时我没看见她，几个小时之后她就被冲进海里了。"

他们几个默默地站了一会儿，眯着眼睛眺望着金汉姆湾。一艘摩托游艇隆隆驶过，尾流激起波澜，停泊处的船只摇摇晃晃，桅杆上的升降索叮当作响。

"你之前见过那个女人吗？"摩尔问。

"没见过。"

"你确定？"

"长成那样的姑娘？我可太确定了。"

"俱乐部里也没人认识她？"

斯基普笑了："就算认识，也没人会承认的。"

加布里埃尔转头看他："为什么？"

"原因嘛，你知道的。"

"你来告诉我，为什么？"

"俱乐部里这些男人……"斯基普短促地笑了一笑，"我的意思是，你看到那些停在这里的船了吗？你觉得是谁开船？不是女人，都是男人。男人对游艇有种痴迷，女人则不是。在这里闲逛的都是男人，船是他们的第二港湾，"他停顿了一下，"在各种意义上。"

"你觉得她是这里某个人的女朋友？"克罗问。

"我可不知道。我只是觉得有这种可能性。你知道的，晚上带个妞过来，在船上鬼混，喝点儿酒，嗑点儿药，很容易掉到海里的。"

"或是被推进海里。"

"等等。"斯基普看起来有些警觉，"您可别这么想。我这里可都是良民，守法公民。"

在船上召妓又鬼混的"守法公民"，加布里埃尔暗自想。

"我不该那么说的。"斯基普说，"并不是每天都会有人喝醉掉到海里。而且，这事可能发生在任何一艘船上，不仅限于我们俱乐部的船。"他指了指金汉姆湾，一艘带客舱的游艇恰好划过波光粼粼的水面，"看到那些船了吗？她也可能是从汽艇上摔下来的，不过是顺着潮水漂过来而已。"

摩尔说："即便如此，还是需要您提供一份会员名单。"

"有必要吗？"

"完全有必要，博因顿先生。"摩尔的回答平静又坚定，"谢谢您的配合。"

斯基普把剩下的伏特加一饮而尽。炽烈的阳光把他的头皮晒得通红，他用手抹去汗水，"这事可算捅了马蜂窝了。我们是履行公民义务才把她从水里救出来的，怎么，现在我们都变成嫌疑人了？"

加布里埃尔把目光转向岸边的船舷坡道，那里有一辆卡车正在倒车，准备把一艘摩托艇放下水，另外三辆拖着船的车正在停车场排队等候。"博因顿先生，你的夜间安保工作是怎么安排的？"他问道。

"安保工作？"斯基普耸耸肩，"我们午夜就关门了。"

"码头呢？船呢？没有保安巡逻吗？"

"我们这儿从来没有发生过入室抢劫这种事。所有的船都上锁。再说，这里很安静。如果离市里再近一点儿，整晚水边都有人闲逛。但我这儿只不过是个小俱乐部，安静得很，是个可以远离一切的地方。"

也是一个晚上可以把车开到船坞的地方，加布里埃尔想。你可以直接倒车到水边，没有人会看见你打开后备厢，没人会看到你把尸体拖出来扔进金汉姆湾。如果潮水方向合适，尸体会漂过海岸附近的岛屿，直接漂进马萨诸塞湾。

但如果是涨潮，就不会。

加布里埃尔的手机响了。他沿着码头走了几步避开众人，才接起电话。

是莫拉。"我觉得你可能会想回来看看，"她说，"我们要开始验尸了。"

"验谁的尸？"

"医院保安的。"

"死因难道不是很明显吗？"

"又有了个新问题。"

"什么问题？"

"我们不知道这个人是谁。"

"医院的人也认不出来？他不是医院的雇员吗？"

"问题就出在这里，"莫拉说，"他不是。"

尸体依旧未能确定身份。

加布里埃尔对验尸房里的恐怖场面并不陌生。在他见过的众多尸体中,这具尸体并不算吓人。尸体只在左脸颊有一处枪伤,其他部位完好无损。这是具男尸,三十多岁,留着整齐的黑发,下巴肌肉发达。他的眼睛半睁,露出的棕色眼球已经混浊不堪。制服口袋里放着胸牌,上面写着"皮兰"。加布里埃尔盯着解剖桌,最让他不安的不是尸体身上的血,也不是那双不能再看见这个世界的眼睛,而是他知道,杀死这个人的武器如今正威胁着简的生命。

"我们一直在等你,"亚伯·布里斯托医生说,"莫拉觉得你可能会想从头看。"

加布里埃尔看了看莫拉。她穿着防护服,戴着面罩。平时她经常站在尸体的右侧,但今天她站在桌子脚边。每次加布里埃尔进来,她都是握着解剖刀指挥全局的那个。今天她并没有主持解剖,加布里埃尔还有些不习惯。"你不操刀吗?"他问。

"我不行,我是目击者。"莫拉说,"这次得亚伯来。"

"你们还是没确定他的身份吗?"

莫拉摇头:"医院没有叫皮兰的员工,保安经理也来看了,但他并不认识这个人。"

"指纹呢?检查指纹了吗?"

"指纹已经送检了,目前还没有结果。开枪那个女人的指纹检测一样没有结果。"

"所以这两个人的身份我们都不知道,对吧?"加布里埃尔盯着尸体说,"这些人到底是谁?"

"开始吧,先把他的衣服脱了。"亚伯对吉岛说。

他们俩先把尸体的鞋子脱掉,然后是袜子,解开他的皮带,脱掉他的裤子,把脱下来的衣服放在一张干净的床单上。亚伯戴着手套掏了掏裤子兜，什么都没有。没有梳子，没有钱包，也没有钥匙。"连点儿零钱都没有。"他说。

"怎么着也得有几个硬币吧。"吉岛说。

"这兜可真干净，"亚伯仔细检查了一遍，"新制服？"

他们又开始检查衬衫。衬衫上的血迹已经干硬，他们只得把衬衫从胸前剥下来，露出发达的胸肌和厚厚一层毛发，还有几条伤疤。麻绳那么粗的伤疤交错横在尸体胸前，一条从右乳头下面斜斜划下，另一条从腹部一直到左髋骨。

"这几个可不是手术留下的。"莫拉站在桌角处，看着那些伤疤皱眉。

"我敢说这家伙肯定没少打架，"亚伯说，"这看起来像旧刀伤。"

"袖子剪开吗？"吉岛问。

"不用，能弄下来。把他翻过去。"

两人把尸体侧过来，把左袖子扯了下来。吉岛看到尸体的后背，突然说："天哪！快来看这个。"

一大片蝎子样的文身盖住了整个左肩胛骨。莫拉俯下身去，刚看了一眼就往后一缩。那蝎子仿佛是活的，露出毒刺蓄势待发。它的甲壳是亮蓝色的，一对钳子环在尸体的脖子上，尾巴盘绕着，中间写着阿拉伯数字十三。

"是蝎子。"莫拉轻声说。

"这个肉标也真够显眼的。"吉岛说。

莫拉皱眉："什么？"

"我们在部队里就这么叫。我在停尸间工作那会儿还见过好几个，堪称艺术，眼镜蛇、狼蛛什么的。有个家伙甚至把自己女朋友的名字文在了……"吉岛顿了一顿，"反正我是不会让人对我那地方下针的。"

右边的袖子也被扯了下来,他们把一丝不挂的尸体放了回去。虽然这尸体还很年轻,但他的身体已经伤痕累累。伤疤遍布,满肩文身,现在他有了最后一个疤痕,也是最侮辱人的一个:左脸颊上的枪伤。

亚伯拿着放大镜查看伤口。"这里有一片灼烧的痕迹,"他扫了莫拉一眼,"他们离得很近吗?"

"那女人开枪的时候,他正弯腰给她系束缚带呢。"

"头骨 X 光片拿来看看?"

吉岛从信封中抽出胶片,夹在灯箱上。X 光片有两张,一个正后方和一个侧方。亚伯挺着便便大腹在桌子周边转来转去,仔细查看头盖骨和面部骨骼的投影。他安静了一会儿,然后看向莫拉。"你说她开了几枪来着?"

"一枪。"

"你过来看这个。"

莫拉绕到灯箱边上。"这不可能,"她嘟囔着,"她开枪时我还在场呢。"

"这绝对是两颗子弹。"

"我确定,枪只响了一次。"

亚伯走回尸检台边,低头盯着尸体的头。弹孔处有黑色的椭圆形灼烧痕迹。"只有一个射入伤口。如果是连续两枪,就能解释为什么只有一处伤口。"

"亚伯,我只听到了一枪。"

"在那种紧急的情况下,你也可能听错了。实际可能开了两枪呢。"

莫拉依旧盯着 X 光片。加布里埃尔从没见过莫拉如此怀疑自我的表情。看得出来,在灯箱上不可否认的证据之下,她努力想给自己的记忆找个合理的解释。

"莫拉,说说当时都发生了什么。"加布里埃尔说。

"当时只有我们三个人,正在试图给她上束缚带,"她说,"我没看见她伸手抓保安的枪,只是盯着束缚带,想给她绑好。枪响的时候我刚碰着那条带子。"

"另一个目击者呢?"

"另一个目击者是个医生。"

"他记得什么?一声枪响,还是两声?"

莫拉转过身,盯着加布里埃尔。"警方从没询问过他。"

"为什么?"

"因为没人知道他是谁。"加布里埃尔第一次从莫拉的话语中听出明显的忧虑,"看起来,我是唯一一个知道他在场的人。"

吉岛走向电话。"我打电话问问弹道分析那边,"他说,"他们应该知道现场到底残留了几个弹片。"

"开始吧。"亚伯从托盘里拿起手术刀。他们对死者知之甚少,不知道他的真名,不知道他的身世,也不知道他是怎么来到这家医院的,又为什么会在这个时候来。但尸检之后,他们几个就会是这个世界上最了解他的人。

第一刀下去,亚伯踏上了解他的旅程。

刀刃切开皮肤和肌肉,刮过肋骨,切了一个 Y 形口,切口从肩膀向下倾斜,在剑突处会合,然后沿着腹部切下一片,在肚脐处绕了一小圈。亚伯与莫拉不同,莫拉解剖的手法灵巧又优雅,但亚伯的大手像屠夫的手一样,手指粗大,但效率很高。他把肉从骨头上剔下,然后去拿断口大钳,每钳一下,就有一根肋骨折断。练出这样的体格肯定需要好几年时间,现在躺在这里的受害者肯定也花了好些时间在杠铃和拉力器上，但他所有的肌体器官，无论发达与否，都将屈服于法医的大钳。

亚伯钳断了最后一根肋骨，取出胸骨角。没有了胸骨的遮挡，心脏和肺袒露无遗。亚伯把手臂深深插进胸腔，准备剥离内脏组织。

"布里斯托医生？"吉岛放下电话，"我问弹道那边的人了，他们说只发现了一个弹壳残留。"

亚伯直起身，手套上都是血。"他们只找到一个？"

"实验室检测结果就是一个。"

"亚伯，我只听见了一声枪响。"莫拉说，"只有一声。"

加布里埃尔走到灯箱边。他盯着X光片，感到越来越沮丧。一枪，两颗子弹。这可能会改变一切。他转过身看着亚伯，说："我想看看那些子弹。"

"有什么想法吗？"

"我觉得，我可能知道为什么会有两个。"

亚伯点头："我先把这个弄完。"他手上的刀片迅速切过血管和韧带，他取出心脏和肺，称重检查，然后又去检查腹部。所有器官看起来都很健康，还能正常工作十来年呢。

最后，他开始解剖头部。

加布里埃尔眼都不眨地看着亚伯划开头皮，掀开头顶皮肤，露出头盖骨——尸体的脸已经垮了。

吉岛打开了电锯。

即便如此，加布里埃尔依旧十分专注地看着。电锯呜呜作响，骨头吱吱嘎嘎地断开。他甚至往前迈了一步，想第一时间看到颅腔。

吉岛撬开头盖骨，血流了出来。亚伯把手术刀伸进去，将脑组织剥离开来。他把子弹从颅腔里取出来时,加布里埃尔就在他旁边,拿着盆准备接住从里面滚出来的第一颗子弹。

加布里埃尔拿着放大镜看了一眼子弹,说:"我得看看另一个。"

"怎么了?"

"先找到另一个再说。"加布里埃尔的要求直截了当,让所有人都吃了一惊。他看到亚伯和莫拉对视了一眼,显得有些惊诧。但他失去了耐心,他需要知道。

亚伯把剥离出来的脑组织放在砧板上。他盯着 X 光片仔细研究,然后确定了第二颗子弹的位置。第一刀下去,他在一堆出血的组织中找到了它。

"你在找什么?"亚伯看着加布里埃尔拿放大镜从各个角度对比这两颗子弹。

"口径一样,差不多八毫米……"

"应该是一样的子弹,毕竟是从同一支枪里射出来的。"

"不,它们不一样。"

"什么?"

"我把第二颗子弹立起来,你看看。不太明显,但能看出来。"

亚伯弯下腰,皱着眉贴近放大镜:"有点儿歪。"

"对,有点儿歪。"

"可能是撞击导致的变形。"

"不,它造出来就是这样。这是个双头弹,它的斜角是九度,这样第二个弹头的行进轨迹就会与第一个有些许不同。两个弹头的目的是控制扩散,这样命中率更高。"

"但只有一块弹片。"

"和一个伤口。"

莫拉看着灯箱上的 X 光片皱眉。两颗子弹在头骨微弱的光芒下闪闪发光。

"一发两弹。"她说。

"这就是你为什么只听到一声枪响。"加布里埃尔说,"因为她确实只开了一枪。"

莫拉沉默着,盯着那些 X 光片看。尽管听起来很不可思议,但 X 光片上并没有显示出这两颗子弹在软组织中留下的破坏痕迹。子弹射入会导致血管破裂,灰质受损,这串痕迹会伴随受害人终生,不可逆转。

"双头弹是为了造成最大伤害。"她说。

"确实,这就是双头弹的设计目的。"

"为什么一个保安要配双头弹呢?"

"我觉得,我们应该已经达成了一个共识:他不是医院的人。他穿着一身假制服,戴着个假名牌走进医院,身上的武器也不是为了控制人,而是杀人。我只能想出一种合理的解释。"

莫拉轻声说:"死的本该是那个女人。"

一时间,没人说话。

莫拉的秘书打破了这一沉默。"艾尔斯医生?"通讯器中传来她的声音。

"我在。怎么了?露易丝?"

"不好意思,打扰您了,但我觉得您和迪恩探员可能都想知道……"

"怎么了?"

"对面出事了。"

11

他们几人跑了出去,跑进午后的烈阳里。外面太热了,加布里埃尔甚至觉得他一脚踏进了桑拿间。阿尔巴尼大街一片混乱,负责拉警戒线维持秩序的警员一直在喊"退后!退后!",而记者依然在向前挤,好像一只只坚定的阿米巴虫想要涌出屏障。战术队的警官们满头大汗,努力不让人群挤进来。一名警员回头看了一眼,加布里埃尔看到了他眼里的困惑。

他也不知道发生了什么。

加布里埃尔问离他几步远的一位女士:"怎么了?"

她摇头说道:"我不知道。警察好像突然疯了,都朝大楼去了。"

"开枪了吗?你听到枪响了吗?"

"没有,我什么也没听到。我正打算去诊所呢,这边就开始大呼小叫的。"

"都是蠢蛋。"亚伯说,"没一个人知道发生了什么。"

加布里埃尔跑向指挥车,但被一群记者堵住了路,他只得拽过一个电视台的摄影师,抓住他的胳膊问:"发生什么了?"

"嘿!离我远点儿!"

"到底发生什么了!"

"封锁线被突破了,有人穿过了警方的警戒线。"

"开枪那女的跑出来了?"

"不,有人进去了。"

加布里埃尔死死盯着他:"谁进去了?"

"鬼知道。"

法医鉴定中心里,一半的员工都聚在会议室里看电视。电视机调到了当地新闻台,屏幕上出现一位名叫佐伊·福西的金发记者,站在警察设立的路障前。电视画面的背景中,警察在车辆间走来走去,人们大吵大嚷,一片混乱。加布里埃尔瞥了一眼窗外的阿尔巴尼大街,只觉电视里的转播内容真是分毫不差。

"……案件出现重大进展,没有人想到居然真的有人能进入警方的封锁线。据悉,进去的是名男子。进入时,该男子径直穿过我身后这条警戒线,走进控制区,神态自若,就好像是内部人士一样。这可能就是让警察猝不及防的原因。另外,这名男子全副武装,穿着黑色制服,装束也与警察十分相似,很容易与战术队的警官混淆……"

亚伯从鼻子里哼出一声,十分难以置信的样子:"那家伙就这么大摇大摆地从街上走进去了?他们居然让他进去了?"

"……据说里面还有一圈内部警戒线,位于大厅处,我们从这里看不到。目前,尚不清楚那位男子是否已穿越第二道防线,但鉴于他能够如此轻松地穿过外围防线,我们有理由相信,里面的警官一定会对他的到来大吃一惊。在我看来,驻扎在楼内的警方会将重点放在绑架者身上,可能没想过会有持枪歹徒闯入。"

"他们应该预料到的。"加布里埃尔盯着电视,眼中闪烁着怀疑的光,"他们应该早些想到的。"

"……现在已经过去差不多二十分钟了,依旧没有见到该男子再次出现。起初有人猜测他是否认为自己是某种孤胆英雄,想要单枪匹马去营救人质。显而易见,他这样做的后果将是灾难性的。但到目前为止,我们没有听到枪声,也没有看到因他进入大楼所引发的任何暴力行为。"

男主持人插了一句:

"佐伊,现在我们要再播一遍当时的画面。有些刚打开电视的观众可能还不清楚发生了什么,不过没关系,很快你们就会知道了。二十分钟前,案件出现了令人吃惊的重大进展,我们的摄像机恰好捕捉到了当时的画面……"

佐伊·福西消失在电视画面中,取而代之的是一段视频。这是阿尔巴尼大街的远景,几乎和加布里埃尔从会议室的窗户看到的一模一样。一开始,加布里埃尔甚至不知道他应该看什么。但电视台贴心地在屏幕上加了一个箭头,指向一个沿着画面下沿移动的黑影。那是个男人,他走过警车,走过移动指挥车。附近没有警察上前阻止,只有一人疑惑地扫了他一眼。

"我们放大一下,好好看看这个家伙。"说着,男主持人把画面放大,定格在那人的背上。

"看起来他好像带着一把来复枪,还有个背包。他的衣服是深色的,确实与周边的警官很像,所以我们的摄影师当时并没有意识到不对劲。乍一看会觉得他穿的是战术队的行动制服,但如果我们放大了仔细看,就会发现,他的后背上并没有队标。"

画面又开始移动,过了几帧再次定格。这一次,摄像画面拍到了他的正脸,因为他回头了。从画面中来看,他一头黑发,发际线有些后移,脸型狭长,面色憔悴,看起来并不像个孤胆英雄。这个从远处捕捉到的画面是在场所有摄像设备捕捉到关于他的唯一信息。在下一帧里，他又一次背对镜头，向大楼走去，直至消失在门厅里。

佐伊·福西又回到电视画面中，手里拿着麦克风。

"本台已尝试就所发生的事情询问官方意见，但迄今无人回答。戴夫。"

"你是否认为在这起事件里，警方的表现有些尴尬呢？"

"我觉得有一点儿，而且更让他们难堪的是，我听说联邦调查局刚刚介入了。"

"这是否意味着，这起事件将会得到更有效的处理？"

"至少现在的局面已经一团糟了。"

"目前关于被挟持人质的数量有最新消息吗？"

"绑架者在与电台的电话中提到，她挟持了六名人质。经证实，这个数字可能是对的，其中三名是医院工作人员，还有一名医生和两名病人。至于是谁，目前还在调查之中……"

加布里埃尔僵在椅子里，愤怒地盯着电视，看着佐伊·福西。她如此渴望暴露简的身份，这几乎不啻于在无意中判她死刑。

"……正如大家所见，我身后有很多人在大喊大叫。天气炎热，人们的情绪也随之高涨。我们的另一位摄影师曾尝试靠近警戒线，但被推倒在地。已经有人浑水摸鱼溜进去了，警方不会让这种事再次发生。不过这就像是亡羊补牢，羊已经跑了，或者说在现在的情况下，羊已经进去了。"

"能确定闯入者的身份吗？"

"目前还不能，所有人的口风都很紧。但我们听说，警方正在调查两个街区外的非法停靠车辆。"

"哦？警方认为那是闯入者的车？"

"警方显然是这样认为的。有目击者看到了闯入者从其中一辆车上下来。毕竟就算是孤胆英雄,也不可能从天而降。"

"但他的动机何在?"

"可能得从两方面考虑。其一,这个男人想当英雄。可能他认识某个人质,想自己进去救人。"

"那另一种动机呢?"

"第二种可能就比较可怕了,那就是:这个男人是绑架犯的同伙,他是进去找他的同伴的。"

加布里埃尔重重靠在椅背上,被自己的恍然顿悟惊得心惊肉跳。"原来是这样,"他轻声说,"'骰子已掷下',原来是这样。"

亚伯转过来看他:"什么意思?"

加布里埃尔没有回答,他迅速起身:"我要见海德副巡长。"

"那是个行动代码。"加布里埃尔说,"那女人给电台打电话,广而告之,就是为了让她的同伙听见。"

"什么行动的代码?"海德副巡长问。

"召唤同伴,表明行动开始了。"

海德哼了一声:"那她怎么不说'弟兄们,快来帮把手'?为什么非得弄个代码?"

"你们根本就没想过要应对这种事,是不是?一种应对策略都没有。"加布里埃尔看着斯蒂尔曼。指挥车热得像个蒸笼,斯蒂尔曼已是满脸汗水。"那个男的直接走进了警戒区,就背着个包,里面还不知道装了什么武器。你们从没想过会有持枪分子大摇大摆走进去,所以根本没有应对策略。"

"我们知道总有这种可能,"斯蒂尔曼说,"这就是为什么我们设置了警戒区。"

"那这么说,他是怎么进去的?"

"因为他太了解我们了。他穿的衣服、背的包,都是经过精心挑选的。迪恩探员,这个人做了万全的准备。"

"而波士顿警方没有做好准备。这就是为什么他们会有代号,就是为了打你们个措手不及。"

海德沮丧地望着指挥车敞开的门。虽然车里有两个风扇正在摇头晃脑,但在傍晚阳光的笼罩下,车内仍然热得让人无法忍受。外面,阿尔巴尼大街上,警察们仍站在烈阳之中,晒得满脸通红,汗流浃背,记者们则已回到了装有空调的新闻车上。每个人都在等,等接下来会发生什么。这是暴风雨来临前的宁静。

"不过这事也算有点儿眉目了。"斯蒂尔曼听着加布里埃尔的观点,皱起了眉,"就目前情况来看,那女人不肯跟我交流,甚至一句话都不愿跟我说,是因为她没准备好。她得先招来同伙帮忙,给她点儿助力。她给电台打电话,把这个代码播出去,五个小时后,背包的那个男的来了。他为什么来?因为他听到代码了。"

"然后他就开开心心地一头撞进去自我毁灭了?"海德问,"谁的朋友能做到这份儿上?"

"海军陆战队的战士都可以为自己的战友牺牲生命。"

"战友情?好吧,你最懂了。"

"看来你应该没有从军经历。"

海德的脸涨得更红了:"你是说,这是个什么军事行动吗?那下一步该怎么办?既然你这么熟悉流程,告诉我们接下来该怎么办吧。"

"跟他们谈判。"加布里埃尔说,"绑架者已经站住了脚,下一步就是要与我们联络了。"

旁边有人插了句:"推断很合理,迪恩探员。你很可能是对的。"

几个人都转过身,一个矮胖的男人跨进指挥车。他叫约翰·巴尔桑蒂。约翰一如既往系着丝绸领带,穿着纽扣衬衫,不过这装束也和往常一样不太合身。加布里埃尔认出了他,略带惊讶地看着他。巴尔桑蒂面容整肃,对着加布里埃尔点点头,算是打了个招呼。"他们跟我说你被扯到这团糟糕的事情里来了。"

"没人告诉我你要来,约翰。"

"我们只是在监控进展,警方如果需要帮助,我们再介入。"

"大老远从华盛顿派人来监控进展?为什么不直接从波士顿派人?"

"因为这件事很可能会进展到需要与绑架者谈判的阶段,还是得有经验的人来处理比较合适。"

两人默默地对视了一会儿。加布里埃尔想,经验不可能是约翰·巴尔桑蒂出现的唯一原因。联邦调查局可不会直接从副局长办公室派人去监督地方的人质解救案件。

"那谁主要负责?谁说了算?"加布里埃尔问,"是联邦调查局,还是波士顿警察局?"

"海德副巡长!"埃默顿突然喊道,"医院那边打电话进来了!就是我们监控的那几条线路!"

"他们要谈判了。"加布里埃尔说。嫌疑人的行动在他的预料之中。

斯蒂尔曼与巴尔桑蒂对视一眼。"你接吧,警官。"巴尔桑蒂说。斯蒂尔曼点点头,走到电话旁。

"我开了免提。"埃默顿说。

斯蒂尔曼深吸口气,按下接听键。"你好,"他冷静地说,

"我是勒罗伊·斯蒂尔曼。"

一个男人的声音从电话里传了出来。"你是警察?"他的嗓音尖厉刺耳,又带着南方人特有的温暾。

"是的,我是斯蒂尔曼警官,波士顿警察局的。您是哪位?"

"你已经知道我的名字了。"

"恐怕我并不知道。"

"那你为什么不去问问那个联邦调查局的家伙呢?指挥车里不是有个探员吗?"

斯蒂尔曼瞄了巴尔桑蒂一眼,满脸都是"他是他妈的怎么知道的"。

"不好意思,先生。"他说,"我真的不知道您的名字。您能告诉我吗?"

"乔。"

"好的,乔。"斯蒂尔曼松了口气。目前为止,一切都还好,至少他们知道了个名字。

"勒罗伊,你那辆指挥车里一共有几个人?"

"来谈谈你的事吧,乔……"

"联邦调查局的人跟你在一起吧?"

斯蒂尔曼什么也没说。

乔笑了:"我就知道这些人一定在。联邦调查局,中央情报局,国防情报部,五角大楼……他们都知道我是谁。"

加布里埃尔都能读懂斯蒂尔曼的表情:这人一定有被害妄想症。

"乔,"斯蒂尔曼说,"没必要搞得这么复杂。咱们聊聊怎么解决这件事,好吗?"

"我们想要个摄像机,能实时直播的那种。我们要宣布一个决定，还要给你们看个录像带。"

"慢点儿，慢点儿，咱们先了解下彼此。"

"我不想了解你，送个摄像机进来。"

"问题是，您这个要求我们得向上级申请。"

"上级？'上级'不就站在那儿呢吗，回头问问不就得了？勒罗伊，问问你身后那个'上级'，看他同不同意。"

斯蒂尔曼没说话。乔知道太多了。他想了半天，最后还是说："我们不能授权实时直播。"

"无论什么条件都不行是吗？"

"什么条件？"

"两名人质。我们放两名人质出去，你们送进来一个摄影师和一个记者，我们要直播。只要开播，我们就再送两名人质出去。勒罗伊，这就是四名人质。四条人命换十分钟的电视直播，一场会惊掉你下巴的电视直播。"

"乔，你这么做是为了什么呢？"

"为了什么？因为没人听我们说话，没人相信我们。我们不想再跑了，想过正常人的日子。这是唯一的办法，唯一让这个国家的人相信我们在说实话的办法。"

海德用一根手指划过喉咙，示意斯蒂尔曼中断谈话。

"等一下，乔。"斯蒂尔曼把手捂在听筒上，看着海德。

"你觉得他能分辨出来是不是实时直播吗？"海德问，"要是我们能骗过他，让他相信这就是实时直播——"

"他又不傻，"加布里埃尔插了一嘴，"别想玩弄他。你骗他，就会激怒他。"

"迪恩探员，这里好像没你什么事了。"

"他们只想要媒体的关注，仅此而已！要是实时直播能结束这件事，那就让他们说，让他们公开说！"

乔的声音从扬声器里传来："勒罗伊，你们到底同不同意？我们其实可以不跟你们谈的，也可以不送活人，送死人出去。我给你们十秒钟时间，你们好好想想。"

斯蒂尔曼说："我在听，乔。问题是实时直播这事不是我一个人能决定的，我得找愿意配合的电视台。这样，咱们录播可以吗？我们送进去一个摄影机，你想说什么就说，然后——"

"然后你们就把带子销毁掉，是吧？我说的东西永远不会有见天日的那一天。"

"我只能做到这里了，乔。"

"不，我们都知道你能做的比这多得多。你们那个指挥车里站的人也比这能耐多了。"

"实时直播不可能。"

"那就没什么好谈的了，再见。"

"等等——"

"嗯？"

"你认真的吗？你们肯定会释放人质吗？"

"只要你们说到做到，送一个摄影师和一个记者进来见证。一个真正的记者，不是你们警察假扮的那种。"

"听他的吧。"加布里埃尔说，"听他的这事很可能就结束了。"

斯蒂尔曼又一次捂上了话筒："实时直播是不可能的，迪恩探员，绝对不可能。"

"扯淡！要是他们能放人质出来，就让他们播！"

"勒罗伊。"乔又开口，"你还在吗？"

斯蒂尔曼深吸口气，说："乔，你得理解，这事需要时间。

我们得找个愿意进去的记者,不是吗?得有人愿意冒着生命危险——"

"我们只想跟一个记者对话。"

"等等,你刚才没指定人选。"

"他了解详情,他之前了解过相关情况。"

"我们无法保证这位记者会——"

"彼得·卢卡斯,《波士顿论坛报》的彼得·卢卡斯。让他过来。"

"乔——"

咔嗒一声,电话挂断了。斯蒂尔曼看着海德:"绝对不能送任何平民进去。这就是在给他们送人质。"

"他说他会先放两个人出来。"加布里埃尔说。

"你信他?"

"那两个里面就可能有一个是我妻子。"

"怎么能确定那个记者愿意干这事?"

"因为能报道他这辈子遇见的最大的新闻?只要是记者,可能都会愿意吧。"

巴尔桑蒂说:"我觉得还有一个问题,咱们都没有考虑。这个彼得·卢卡斯到底是谁?《波士顿论坛报》的记者?为什么非得是他?"

"叫他过来吧,"斯蒂尔曼说,"可能他自己知道。"

12

你一定还活着，你必须活着。如果你有什么事，我一定会知道，我会有感觉的。

是不是？

加布里埃尔瘫坐在莫拉办公室的沙发上，双手托着头，不断去想自己还能做些什么。然而，恐惧让他大脑中的一切逻辑都变得模糊不清。作为一名海军陆战队队员，他在战火中从未失去冷静，但现在他甚至无法集中注意力，无法排除自尸检以来一直萦绕在心头的那个画面——又一具躺在桌子上的尸体。

我究竟有没有告诉过你，我有多爱你？

他连开门的声音都没听到。直到莫拉坐在他对面，把两大杯咖啡放在茶几上，他才抬起头。她总是这么镇静，他看着莫拉想，跟他那个急脾气的妻子完全不一样。她们两个如此不同，却建立起了他也搞不懂的友谊，一处就是这么多年。

莫拉指了指其中一杯咖啡："你喜欢黑咖啡，我没记错吧？"

"对，谢谢。"加布里埃尔端起来，抿了一口又放下。他实在是喝不下去。

"你吃东西了吗？"莫拉问。

他双手搓着脸："我不饿。"

"你看起来糟透了。我给你拿个毯子，你乐意的话就在这里睡一会儿吧。"

"我怎么可能睡得着。她还在里面呢。"

"你联系她父母了吗?"

"联系过了。"加布里埃尔摇摇头,"实在太麻烦了。最难的就是劝他们一定要保密,不能到现场,不能给朋友打电话。我都开始怀疑是不是一开始就应该瞒着他们。"

"她父母应该想知道实情。"

"但他们对保守秘密并不在行。要是这事泄露出去了,简就死定了。"

他们两个人默默无言地坐了一会儿,屋里唯一的声音就是空调发出的嗡嗡声。办公桌后的墙上挂着装裱雅致的花卉图片。这间办公室反映了主人的性格:整洁、严谨、理智。

莫拉说:"简会熬过去的,我们都知道她可以。她一定会把握住所有可以求生的机会。"

"我只求她不要办什么蠢事。"

"她又不傻。"

"问题是,她是个警察。"

"那不是件好事吗?"

"有多少警察因为逞英雄,最后送了命?"

"她怀孕了,不可能冒险的。"

"不可能?"加布里埃尔抬头看着莫拉,"你知道她今天早上因为什么入院吗?她在法庭上作证,被告失控了。然后她,我万能的妻子,亲自动手去逮捕那个被告!所以她的羊水才破的。"

莫拉的表情有种意料之外又情理之中的无奈:"她真的这么干了?"

"这就是简能干出来的事。"

"我觉得你说得对，"莫拉一边摇头一边说，"这才是我们认识的简，也是我们所爱的简。"

"就这次，就这一次，我求求她忘记自己是个警察，千万别逞能了。"加布里埃尔笑了，"就好像她能听我的一样。"

莫拉也忍不住笑了："她听过吗？"

加布里埃尔抬头："你知道我们是怎么认识的，不是吗？"

"石溪那个案子，对吧？"

"对，在死亡现场，没到三十分钟我俩就吵起来了。五分钟后，她命令我滚出她的地盘。"

"听起来不是什么良好开端。"

"没过几天，她还用枪指着我。"看到莫拉一脸惊讶，加布里埃尔解释说，"当然，她有她的理由。"

"我只是惊讶，你竟然没被吓走。"

"她是挺吓人的。"

"那你可能是唯一一个没被她吓走的人了。"

"我觉得我可能就喜欢她这点。"加布里埃尔说，"她诚实又勇敢。我成长的家庭里没有人说真话，我妈恨我爸，我爸也恨我妈。但他们一直维持着生活的表象，直到死前都是如此。我一直认为大多数人都是这么过的，撒着谎过日子。但简不是。她永远不害怕说出她的真实想法，无论这些话会给她带来多大麻烦。"加布里埃尔顿了顿，又平静地补充道，"不过这也是我担心的地方。"

"你担心她会说出什么不该说的话。"

"简的性格就是以眼还眼，以牙还牙。我只希望这次，就这一次，她能老实待着，把自己当成一个吓坏了的孕妇，躲在角落里。可能只有这样，她才能撑到最后一刻。"

加布里埃尔的手机响了。他立刻拿起来，来电显示让他的心跳频率翻了一倍。

"我是加布里埃尔·迪恩。"他说。

"你在哪儿呢？"电话那头是托马斯·摩尔警探。

"我在艾尔斯医生的办公室里。"

"我去找你。"

"等等，摩尔，发生什么了？"

"我们知道那个'乔'是谁了。他叫约瑟夫·洛克，三十九岁。最新住址显示，他住在弗吉尼亚州的珀塞尔维尔。"

"你们怎么找到他的？"

"他把车扔在了距离医院两个街区之外的地方。有目击者看见一个全副武装的男人下了车，还认出了电视上的那个人就是她看见的人。车里的方向盘上都是他的指纹。"

"等等。这个约瑟夫·洛克，他有指纹记录？"

"军方的记录。你等我，我这就过去。"

"你还知道些什么？"加布里埃尔问。他能听出摩尔话中的急切，知道他肯定还有没说的事情。"都告诉我吧。"

"有对他的逮捕令。"

"什么罪名？"

"是……是起谋杀案。持枪杀人。"

"受害者是谁？"

"我二十分钟后就到，到了再跟你说。"

"受害者是谁？"加布里埃尔又问了一遍。

摩尔叹了口气："是个警察。两个月前，约瑟夫·洛克杀了个警察。"

* * *

"一开始只是例行的交通检查。"摩尔说,"整件事被警车前面的摄像头拍了下来。纽黑文警方没把完整录像传给我,不过他们传来了几张照片。"摩尔点了下鼠标,笔记本电脑的屏幕上出现了一张照片,上面是纽黑文那位警察的背影。他正大步走向停在他巡逻车前面的一辆车,这辆车的后牌照清晰可见。

"这是个弗吉尼亚的车牌,"摩尔说,"图片放大了之后看得更清楚,就是我们今天下午找到的那辆车,违章停放在哈里森大街上,距离医院只有几个街区远。"他看向加布里埃尔,"车主是约瑟夫·洛克。"

"你说他是弗吉尼亚人。"

"是的。"

"那两个月前,他去康涅狄格州做什么?"

"不知道。我们也不知道他这次来波士顿做什么。纽黑文警方只大略知道他的一些个人情况,"他指了指笔记本电脑,"还有这个。摄像头记下了完整的枪击过程,但照片并不能告诉我们全部。"

加布里埃尔盯着洛克的车,盯着车里的后视镜。"车上还有个乘客,"他说,"有人坐在洛克身边。"

摩尔点头。"图片放大了之后可以清晰地看到,这位乘客有着一头黑亮的长发。"

"就是她。"莫拉盯着屏幕说,"是那个女的。"

"所以,他们两个月之前一起出现在了纽黑文。"

"剩下的也给我们看看。"加布里埃尔说。

"我给你看最后一张——"

"不,我都想看。"

摩尔握着鼠标的手停下了。他看向加布里埃尔,平静地说:"你不必这样。"

"也许我能看出什么来呢。让我看完。"

摩尔犹豫了一下,点击了一下鼠标,屏幕上出现下一张照片。刚才那位警官站在洛克的窗前,看着那个在接下来的几秒钟内就要结束自己生命的男人。警官的手放在他的武器上。这仅仅是一种警告姿态吗?还是他已经察觉到了危险?

在播放下一张照片之前,摩尔又一次犹豫了。他已经看过了,知道下一张照片是什么。

他还是点击了鼠标。

照片定格的瞬间,所有可怕的细节都被捕捉到了。那位警官还站着,他的枪已经从枪套里拿了出来。可是,子弹的冲击力让他的下巴高高扬起。子弹击溃了他的脸,血肉在血雾中爆成一团。

第四张,也是最后一张照片揭示了最终结果:那位警官的尸体躺在凶手的车边。然而这并不算什么,吸引加布里埃尔注意力的是后视镜中的一个剪影。他盯着后视镜,那个身影在前三张图片中从未出现过。

莫拉也看见了:"洛克的后座上有人。"

"这也是我想让你们看的,"摩尔说,"洛克的车上还有一个人,可能是躲在后座,也可能只是在后座上睡觉。目前还分辨不出是男是女,只知道这个人是短头发,枪响之后立刻冒头。"他看了加布里埃尔一眼,"纽黑文的案子里,还有一个我们没见过也没听说过的涉事者。所以,那个代码很可能并不指向某一个人。"

　　加布里埃尔依旧牢牢盯着屏幕，盯着那个神秘的身影。"你说他有军方背景？"

　　"就是通过这个才查到了他的指纹。一九九〇年到一九九二年，他曾经服过役。"

　　"在哪支部队？"摩尔并没有立刻回答，加布里埃尔看向他，"他有特种训练经历？"

　　"爆炸性军械处理。"

　　"炸弹？"莫拉问。她看向摩尔，神色惊讶。"要是他知道怎么拆卸炸弹，也很有可能知道如何制作炸弹吧？"

　　"你说他只服役了两年？"加布里埃尔问。他被自己出奇冷静的声音吓了一跳，听起来就像是个冷血的旁观者。

　　"他……他在海外战场犯了点儿事情，在科威特的时候。"摩尔说，"他被开除了。"

　　"为什么？"

　　"拒绝履行指令，还打了他的长官。他和部队里的其他人不断发生冲突。有人担心他情绪不稳定，说他可能患有妄想症。"

　　摩尔的话就像重锤，一下下敲击着加布里埃尔的心脏。"天哪，"他嘟囔着，"这可不好办了，这下完全不一样了。"

　　"什么意思？"莫拉问。

　　加布里埃尔看向莫拉："我们不能再浪费时间了，得立刻把她弄出来。"

　　"谈判怎么办？不是要慢慢来吗？"

　　"不管用了。更别说这个男的还是个不安定因素，他杀了个警察！"

　　"他不知道简就是警察，"摩尔说，"我们也不会让他知道的。

你看,所有绑架案都一样。人质在里面待的时间越长,生还的希望越大。谈判还是有用的。"

加布里埃尔指着电脑说:"你怎么可能跟干出这种事的人谈判!"

"可能的,必须可能。"

"反正在里面的不是你妻子!"

莫拉惊讶地看向加布里埃尔,加布里埃尔转头走开,努力想让自己镇定下来。

摩尔接着说:"你现在的感受,你所经历的煎熬,我都懂。真的。我知道你每一分每一秒的感受。两年前,我的爱人凯瑟琳也被绑架过,绑架者你可能还记得,叫沃伦·霍伊特。"他的声音平静又温和。

加布里埃尔当然记得"外科医生"霍伊特。他会在深夜溜进女性的家,她们醒来,就会发现屋里有个怪物。一年前,正是霍伊特系列案件的余波将加布里埃尔带到了波士顿。他突然反应过来,正是"外科医生"霍伊特案件的前因后果将摩尔和他、简和莫拉联系在一起。他们或多或少都以这样或那样的方式介入过这个案子。[1]

"我知道是霍伊特绑架了凯瑟琳。"摩尔说,"但我无能为力,根本想不出救她的办法。要是我能拿自己的命去换她的,我立马就去换。但当时,我只能干等着。最糟糕的是,我知道他会对凯瑟琳做些什么,因为我看过其他受害人的尸体。所以,我完全能理解你的想法。相信我,我会不惜一切代价把简活着带出来,不仅因为她是我的同事,或是你的妻子,更因为是她帮我重返幸福

---

[1] 相关故事请见《外科医生》《学徒》。

人生。当初，是简找到了凯瑟琳，是简救了她。"

最后，加布里埃尔看向摩尔，问："我们怎么跟他们谈判？"

"我们得知道他们想要什么。这两个人知道自己已经是困兽了，他们别无选择，只能与我们谈判，所以我们得抓住这个机会和他们谈。你也处理过其他绑架案，你知道谈判专家一贯的做法。这起案子其实也一样。你之所以觉得它不一样，是因为你的立场不同了。你得把你的情绪、把她是你妻子这件事剥离出去，客观看待。"

"你能吗？"加布里埃尔问。

摩尔的沉默便是答案，他当然不能。

加布里埃尔心想：我也不能。

13

米拉

今天晚上，我们要去参加一个宴会。

妈妈告诉我们今晚有大人物要来，我们要打扮得漂漂亮亮的，她还给我们换上了新衣裳。我穿着黑色的天鹅绒连衣裙，腰身紧到我几乎迈不动步。为了爬上车，我几乎把裙摆一直往上拉到了大腿根。其他姑娘也陆续爬进来，她们穿着丝绸裙子或缎面裙子，上车的时候面料摩擦发出簌簌的声响。她们的香水味撞在一起，弥漫在车里。上车之前，我们花了好几个小时擦粉底、抹口红、刷睫毛膏，在脸上化了厚厚一层妆，就像日本的歌舞伎。我们脸上没一样东西是真的，眼睫毛不是，红唇不是，粉嘟嘟的脸蛋也不是。车里太冷了，我们抱在一起瑟瑟发抖，等着奥莱娜上车。

司机从窗口探出头大喊："再不走就迟到了！"终于，妈妈出来了，手上拽着奥莱娜。奥莱娜使劲儿甩掉妈妈的手，大踏步走了过来。她穿了一件绿色的丝质立领长裙，裙边开衩一直到大腿根，一头黑发笔直地垂下来，落到肩上。我从没见过有谁比她还漂亮。我不由得盯着她看，直到她上了车。和往常一样，药物能让她平静，让她温顺，但也让她站不稳，让她踩着高跟鞋摇摇晃晃。

"进去!"司机命令她。

妈妈扶着奥莱娜上车。奥莱娜瘫进我前面的座椅里,头倚在窗户上。妈妈关上门,坐进副驾驶。

"时间差不多了。"说着,司机发动了引擎。

我知道我们为什么要去这个宴会,也知道等待我们的是什么。尽管如此,这依然让我有种逃离之感,因为这是几周来我们第一次获准出门。车拐上柏油马路的时候,我把脸使劲贴在窗户上。我看到了路牌——鹿田路。

车开了很久。

我看着一路上的路标,上面写着城镇的名字:莱斯顿、阿灵顿、木桥市。我看向旁边车里的人,想知道他们中间是否有人能看到我脸上无声的恳求——如果有人在乎的话。隔壁车道上的一位女司机看了我一眼,我们的目光相遇了一瞬,然后她把注意力转回到公路上。她到底看到了什么?只是一个穿着黑裙子的红发女孩,出去寻欢作乐?人们只能看到自己愿意看到的东西。他们从没想过,最可怕的事情往往看起来光鲜亮丽。

我能看见远处有水光出现,宽缎带一般蜿蜒向前。面包车终于停了下来,停在一个码头边,码头上泊着一艘大游艇。我没想过晚宴会在船上举行。其他姑娘都伸长了脖子去看,想知道这艘大游艇里面究竟是什么样子,有点儿好奇,又有点儿害怕。

妈妈拉开车门:"今晚都是大人物。你们都多笑笑,高兴点儿。记住了吗?"

"记住了,妈妈。"我们嘟囔着答道。

"下车。"

我们从车上跌跌撞撞地爬下来,我听见奥莱娜含含糊糊地嘟嚷了句:"操,妈妈!"但除了我,没有其他人听见。

我们穿着高跟鞋,跟跟跄跄地排成一排,在冷风中哆嗦着走上坡道,上了船。甲板上有个男人在等我们。妈妈急忙凑上去打招呼,所以我知道这个人很重要。他匆匆扫了我们一眼,点头表示满意。他用英语对妈妈说:"带进去,给她们喝几杯。我希望客人到的时候,她们已经调整好状态了。"

"好的,德斯蒙德先生。"

奥莱娜站在栏杆边上摇摇晃晃,男人扫了她一眼,问:"那女的今晚不会再给我们找麻烦了吧?"

"她吃药了,会安安静静的。"

"她最好保持安静。我可不希望她今晚再闹出什么好戏。"

"去,"妈妈指挥我们,"进去。"

我们穿过门廊,进入船舱。一进去,我就被明亮的水晶灯晃到了眼。灯吊在顶棚上,闪闪发亮,屋内的木镶板都是深色的,沙发是奶白色的翻毛皮。酒保打开一瓶酒,身穿白西装的侍者给我们端来一杯杯香槟。

"喝了它,"妈妈说,"然后找个地方坐下,调整心情。"

我们每人拿了一杯,在船舱里四散开来。奥莱娜和我一起坐在沙发上,小口小口地抿着香槟,跷着二郎腿,她修长的大腿从裙边的开衩里露出来。

"别忘了,我看着你呢。"妈妈用俄语警告奥莱娜。

奥莱娜耸耸肩:"其他人也看着我呢。"

酒保宣布:"客人来了。"

妈妈瞪了奥莱娜最后一眼以示警告,然后从门廊出去了。

"看见了吧,她得把她那张大肥脸藏起来。"奥莱娜说,"没人想看她。"

"嘘,"我小声说,"别找麻烦。"

"我亲爱的米拉,如果你还没发现,那么让我来告诉你,我们已经有麻烦了。"

我们听到了笑声,还有同事之间亲切的问候。来的是美国人。舱门打开,走进来四个男人。所有姑娘都立刻把笑容堆在脸上。其中一个是德斯蒙德先生,就是我们在甲板上看到的那位,他是今晚的主人,其他三位都是客人。他们都西装革履,穿戴整齐,其中两个很年轻,身材又好,昂首挺胸,自信满满。但第三个年纪稍大些,比我爷爷还要大了。他戴着金属镶边的眼镜,花白的头发已然稀少,看样子免不了会秃顶。客人们扫视了一圈,看向我们的眼神带着明显的兴趣。

"有新来的。"那个年纪大些的说。

"卡尔,你应该多来几次,多了解了解。"德斯蒙德先生伸手示意,"喝点儿什么吗?"

"苏格兰威士忌吧。"年纪大的说。

"你们呢?菲尔?理查德?"

"一样。"

"香槟吧。"

引擎轰鸣起来。我透过窗,看到船驶出了港口,缓缓前进。起先,这些男人并没做什么。他们只是在吧台附近待着,喝酒聊天。奥莱娜和我能听懂英语,但其他姑娘只能听懂一点点。时间一分一秒地过去,太无聊了,她们脸上挂着的机械性微笑都快撑不住了。男人们在聊生意。我听见他们聊合同,聊投标,聊路况和伤亡人数,聊谁在争夺哪个合同、合同价值多少。这才是这种宴会的首要目的:先谈钱,然后再找乐子。他们喝完杯里的酒,酒保又倒了一轮。这算是风流之前的助兴节目。我看到他们手上的婚戒闪闪发光，我想象着他们与自己的妻子在干净的大床上做爱。妻子不会知道自己的丈夫在别的床上，与我这样的女人都做了些什么。

即便是现在，男人看过来的时候，我的手心依旧会出汗，因为我知道今晚会经历什么样的痛苦。年纪大的那个一直盯着奥莱娜。

她对他笑笑，压着嗓子用俄语对我说："简直就是猪。我倒是要看看他办事的时候会不会发出猪叫。"

"他能听见。"我轻声说。

"没事，他一个字也听不懂。"

"你又不确定他听不懂。"

"你看，他还笑呢。他肯定觉得我在对你夸他帅。"

那个男人把空杯子放在吧台上，朝我们走过来。我觉得他想要奥莱娜，所以我站起身来给他腾地方。结果他一把抓住我的手腕，不让我离开。

"你好啊，"他说，"你会说英语吗？"

我点头。我的嗓子突然发干，一句话都说不出来，我只能哀怨地盯着他看。奥莱娜站起身来，同情地看了我一眼，然后走了。

"你多大了？"他问。

"我、我十七岁。"

"你看起来可比十七岁小多了。"他听起来有点儿不高兴。

"嘿，卡尔。"德斯蒙德先生喊他，"怎么不带她出去走走？"

另外两个男的也选好了同伴，其中一个正领着卡佳朝走廊走去。

"随便哪个包房都可以。"德斯蒙德先生说。

卡尔盯着我看了一会儿，握着我手腕的手紧了紧，也带着我朝走廊去了。他把我带进一间漂亮的包房，屋里的木地板擦得锃亮。我往后退了几步，心脏怦怦直跳。他把门锁上了，然后回身，我看到他的裤子已经支起了一顶小帐篷。

"你知道接下来该干什么。"

但我不知道。我一点儿都不知道他想让我干什么，所以他挥过来的手臂结结实实吓了我一跳。他一巴掌把我扇到地上，我在他脚底下缩成一团，脑子里乱成一锅粥。

"没听见吗？你个蠢婊子！"

我点点头，低下头盯着地板。灵光一闪间，我突然明白了他想要什么。

"我一直都很坏。"我低声说。

"那我得惩罚你。"

天哪！赶紧结束这一切吧！

"说！"他厉声说。

"您得惩罚我。"

"把衣服脱了。"

我浑身颤抖，害怕再挨打，只能服从。我拉开裙子拉链，脱下丝袜，脱下内衣，垂下眼帘。好姑娘要懂得尊重客人。我躺在床上舒展四肢，一个字都没说。没有反抗，只有服从。

他一边脱衣服一边盯着我，审视着这具顺从的躯体。他爬到我身上，进入时呼吸变得急促。我咽下恶心，闭上眼睛，把注意力集中在发动机的轰鸣声和河水拍打船体的声音上。我的灵魂破体而出，居高临下地看着肉体。他进来了，他又咕哝了些什么，我却一点儿感觉都没有。

结束的时候，他没等我穿衣服。他只是起身，穿好衣服，径直走了出去。我慢慢坐起来。发动机的轰鸣声已经消失了，取而代之的是低沉的嗡鸣。我看向窗外，发现我们已经开始回程。宴会结束了。

等我终于从包房里出来的时候，船已经停在了码头，客人们都走了。德斯蒙德先生在吧台慢慢喝着剩下的香槟，妈妈正等着大家集合。

"他跟你说什么了？"妈妈问我。

我耸耸肩。我能感觉到德斯蒙德的视线落在我身上，上下打量着我，我生怕说错话。

"他为什么选你？他都说什么了？"

"他只问了我多大。"

"没了？"

"他只关心这个。"

德斯蒙德先生饶有兴致地看着我们，妈妈转身对他说："看见了吧？我说什么来着，他总是挑最年轻的那个。他根本不在乎长相，只想要年轻的。"

德斯蒙德先生想了一会儿，然后点头："我们的任务就是让他开心。"

奥莱娜醒来的时候，我正站在窗边，透过护栏向外看。我把窗格拉开了一点儿，冷风扑进来，但我不在乎。我只想呼吸新鲜空气。我想把晚上吸进来的那些污浊的空气从肺里呼出去，从灵魂里呼出去。

"天太冷了，"奥莱娜说，"把窗户关上吧。"

"我要憋死了。"

"这里太冷了,"她绕过来走到窗前,关上窗,"我都睡不着觉。"

"我也睡不着。"我轻声说。

月光从肮脏的窗户透进来,奥莱娜打量着我。我们身后,一个姑娘在睡梦中呜咽。我们站在黑暗里,听着她们的呼吸声。我突然感到窒息,完全无法呼吸。我推着窗格,想再次打开窗户,但奥莱娜按住了我。

"米拉,别这样。"

"我就要死了!"

"你有点儿激动。"

"求你了!开窗吧!开窗!"我抽泣起来,使劲抓着窗框。

"你想吵醒妈妈吗?你找打?"

我太痛苦了,双手蜷成爪子,却根本抓不牢窗框。奥莱娜抓住我的手腕。

"听着,"她说,"你想呼吸新鲜空气是吗?我帮你。但你得保持安静,不能让其他人知道。"我实在太痛苦了,根本顾不上她说了些什么。她双手捧住我的脸,迫使我看着她。"你什么也没看见。"她轻声说,然后从兜里掏出了个什么,在黑暗里发出微弱的光亮。

是钥匙。

"你怎么——"

"嘘——"奥莱娜从床上抓起毯子,越过中间的姑娘们,把我拉到门口。她回头看了她们一眼,确认她们都睡着了,然后把钥匙插进了锁里。门开了,她把我拉了出去,进到走廊。

我惊呆了。一时间,我都忘了我几乎要窒息这件事——我们居然逃出来了,我们自由了。我转向楼梯想逃跑,但奥莱娜一把将我拉了回去。

"走这边,"她说,"我们没有大门钥匙,不能出去,只有妈妈能打开大门。"

"那我们去哪儿?"

"跟我走。"

她把我拉到走廊上,我几乎什么也看不见。我全身心地信任她,跟着她穿过一条门廊。月光从窗户透进来,奥莱娜像个苍白的幽灵飘过卧室,拿来一把椅子,静静地将它放在房间中央。

"这是做什么?"

她没回答我,而是爬到椅子上去够天花板。一个活板门在她头上吱的一声打开了,折叠梯落了下来。

"这是去哪儿的?"我问。

"你不是想呼吸新鲜空气吗?咱们这就去。"说着,她爬上了梯子。

我跟着她爬上梯子,穿过活板门,进了一间阁楼。月光透过一扇窗户照进来,我隐约看到了一些箱子和旧家具的影子。这里的空气很混浊,一点儿也不新鲜。她打开窗户爬了出去。我突然反应过来,这扇窗没有护栏!但把头探出去后,我就明白为什么不装护栏了——这里太高了,我们逃不掉的,从这里跳下去就相当于自杀。

"怎么样?"奥莱娜问,"出来吗?"

我转过头,看见她坐在屋顶上,正在点燃一根烟。我又低头看了看地面,太高了。一想到要爬到外面的壁架上,我的手心就汗涔涔的。

"别那么胆小。"奥莱娜说,"没什么的,最不济也只是掉下去摔断脖子而已。"

她手中的香烟一明一灭。她惬意地呼气时,我闻到了烟味。她一点儿都不紧张。在那一刻,我想成为她,我也想无所畏惧。

我爬出了窗,沿着窗台一步步蹭过去,然后长长地舒了口气,在屋顶上挨着她坐了下来。她抖开毯子披在我们肩上。我们挤在一起,羊毛毯温暖又舒适。

"这是我的秘密。"她说,"在我看来,你是唯一一个能够保守秘密的人。"

"为什么是我?"

"只要有盒巧克力,卡佳就能把我这个秘密泄露出去。娜迪亚太蠢了,管不住自己的嘴。但你不同,"她看着我,眼神很温柔,一副若有所思的样子,"你可能有点儿胆小,但你不蠢,也不会告密。你不是那样的人。"

她夸得我脸上热辣辣的,这比任何毒品带来的快感都要强烈,比爱情还要美好。我突然有种大胆的想法:奥莱娜,我愿意为你做任何事,我愿意为你献出一切。我靠近了一点儿,寻求她带来的暖意。我只知道男人的身体给我带来的惩罚,但奥莱娜不一样。她的身体柔软又舒适,曲线温柔美好,她的头发像缎子一样轻轻拂过我的脸。我看着她手中的香烟一明一暗,看着她优雅地将烟灰掸下去。

"来一口吗?"她问,把烟递给我。

"我不抽烟。"

"哈,反正对你没什么好处。"她说着,又吸了一大口,"对我也没什么好处,但我也不想浪费。"

"你从哪里拿的?"

"船上,拿了一整盒,没人注意。"

"你偷的?"

她大笑:"我可偷过太多东西了。你以为我怎么拿到的钥匙?妈妈以为她把这钥匙弄丢了,那头蠢母猪。"奥莱娜又抽了一大口,脸上微微泛着橙色的光,"我原来在莫斯科就是干这个的,这是我的拿手绝活。只要你说英语,就能进去酒店里卖几个笑,掏几个兜。"她又呼出一大口烟,"这就是为什么我不能回去——那里的人都认识我了。"

"你不想回家吗?"

她耸了耸肩,掸掉烟灰:"家里也没什么值得我回去的,所以我就走了。"

我抬头望着天,星星仿佛闪烁得更厉害了。"这里也什么都没有。我都不明白为什么事情会变成这样。"

"米拉,你想跑,是吧?"

"你不想吗?"

"你跑回家能干什么呢?你以为家里人知道你在这儿都做了什么之后,还想让你回去吗?"

"我家只有祖母了。"

"那你要是梦想成真了,回克里维奇做什么?你会变有钱吗?嫁个好男人?"

"我没有梦想。"我轻声说。

"这样最好,"奥莱娜苦笑,"这样你就不会失望。"

"但无论是什么,无论在什么地方,都比这里强。"

"你这么想?"她看向我,"之前有个姑娘也跑了。那次我们出去参加一个宴会,就跟今晚的一样,也在德斯蒙德那里。她从窗户翻出去跑了。但这只是她面临的第一个问题罢了。"

"什么意思?"

"你在外面吃什么?住在哪儿?没有钱你就无法生存,只能重归老本行，就像在这里一样。所以她最后只能去找警察。但你知道后来发生什么了吗？警察将她驱逐出境，送回了白俄罗斯。"奥莱娜吐出一个大烟圈，看着我，"绝对不能相信警察，他们不是你的朋友。"

"但她逃出去了，她回家了。"

"你知道逃出去、回家之后，会发生什么吗？他们会找到你，找到你的家人。一旦他们找到了你，你就离死不远了。"奥莱娜掐灭烟头，"这里可能是地狱，但他们不会生吞活剥了你。可那个逃跑的姑娘，他们活剥了她。"

我颤抖着，不是因为冷，而是因为我又一次想到了安雅。我总会想到安雅，逃走的安雅。不知她的尸体是否还躺在荒漠里，她的血肉是否已经腐化。

"那就没的选了。"我轻声说，"别无选择。"

"选择还是有的。你得玩他们那一套，每天上几个男人，给他们想要的。等过几个月，等个一年，等妈妈手里有下一批姑娘了，你就人老珠黄了。这时候他们就会让你走，你就自由了。但如果你现在就想跑，他们一定会杀鸡儆猴，而你就是那只鸡。"奥莱娜看着我，伸出手来碰我的脸，我吓了一跳。她的手指慢慢划过我的脸颊，留下一道有温度的痕迹。"米拉，你得活着。"她说，"只要活着，总有一天能看到头。"

14

就算以灯塔山的标准来看,这幢房子也豪华得很。这片街区早有盛名在外,里面住着一代又一代的本土婆罗门,而这幢房子则是街上最大的一幢。加布里埃尔曾不止一次在昏暗的日色中站在鹅卵石铺就的人行步道,欣赏那些雕花的门楣、装饰性的铁艺围栏和大门上造型奇特的黄铜门环,但他的确是第一次拜访这幢房子。然而今天,他完全没有注意那些精美的建筑,也没有在人行步道上停留片刻,他只是急匆匆地走上台阶,按下门铃。

应门的是一个戴着玳瑁眼镜的年轻女子,面容冷峻。是新来的助理吗?他想,之前从没见过。但他不得不承认,这位女性确实符合康韦一贯的招聘风格:精明、能干——很可能还是哈佛毕业的。国会山上那些人把他们称为"康韦的书呆子们",大家都知道,这群年轻人才华横溢,还对议员先生忠诚无比。

"我是加布里埃尔·迪恩。"加布里埃尔说,"康韦议员叫我来的。"

"迪恩探员,他们正在办公室等你呢。"

他们?

"请跟我来。"年轻女人转过身,脚步轻捷地将他带上楼,她的低跟鞋——不时尚却很实用——在黑色橡木楼梯上咔嗒作响。一路的墙上挂着一组肖像:男性长者在写字台前坐着,姿势威严；一名男子戴着扑了粉的假发，穿着黑色法袍；还有一个，站在绿色天鹅绒帘子前面。在这条走廊里，康韦的家族血统展现得淋漓尽致。不过在乔治敦的联排别墅里，康韦却有意避免炫耀这些，因为在那里，贵族血统对政治发展毫无帮助。

女人轻轻敲了敲门，然后探头进去轻声说："迪恩探员来了。"

"好的。谢谢你，朱莉安。"

加布里埃尔走进房间，门在他身后轻轻关上。康韦立刻从一张巨大的樱桃木办公桌后面走出来迎接他。虽然已经六十多岁、满头银发，但康韦依然有着海军陆战队队员的力量和敏捷。两人一握手就知道彼此曾上过战场，也因此互相敬重。

"你怎么样？还好吗？"康韦轻声问。

这句话再温柔不过，加布里埃尔的眼中立刻充满了泪水。他显然猝不及防，清了清嗓子才说："我正努力保持冷静。"

"我听说她是今早才到医院的。"

"预产期其实在上周，今天早上她羊水破了，然后……"他顿住了，一阵脸红。老兵之间的对话内容很少涉及妻子生产这样亲密的话题。

"所以我们得把她弄出来，越快越好。"

"您说得对。"不仅要快，还要保证她活着。"我希望您能告诉我里面究竟发生了什么。波士顿警方真的毫无头绪。"

"迪恩探员，你这些年也帮了我不少，我保证会尽己所能。"康韦转身，指了指砖砌壁炉前摆得很密的几件家具，"也许西尔弗先生能帮上我们。"

加布里埃尔这才注意到那边的皮质扶手椅上还有个人安静地坐着，几乎要融进背景里去。那人站了起来，很高，一头黑发向后梳着，戴着一副大学教授似的眼镜，温和的双眼透过镜片审视着他。

"我觉得你们应该没见过，"康韦说，"这是大卫·西尔弗，国家情报副总监，刚从华盛顿飞过来。"

这可真没想到。加布里埃尔握上了大卫·西尔弗的手。国家情报总监是内阁的高级职位，有权管理美国的所有情报机构，从联邦调查局到国防情报局，再到中央情报局，都归他管。而大卫·西尔弗可是情报部门的二把手。

"一听说这事，"西尔弗说，"韦恩总监就让我飞过来。白宫认为这并不是一起通常意义上的人质危机。"

"无论这个'通常'代表什么。"康韦补充道。

"我们已经架设了一条直通警察局局长办公室的线路，"西尔弗说，"正在密切关注波士顿警方的调查。但康韦议员告诉我，你还有可能会影响我们决策的其他信息。"

康韦指了指沙发："我们坐下来谈，得谈上好一阵子呢。"

"你说你觉得这不是起通常意义上的人质危机，"加布里埃尔坐在沙发上，"我也觉得不是，而且我这么说并不仅仅是因为我妻子是人质之一。"

"你觉得哪里不同？"

"很明显，第一位嫌疑人为女性，她还有个全副武装的同伴大摇大摆地走进去了，她通过广播广而告之了一个类似于激活码的东西。"

"这些都是韦恩总监担心的地方，"西尔弗说，"还有一件事也让我们担心许久。我必须得承认，我最初听到这段录音的时候，并没能理解其中的内涵。"

"什么录音？"

"就是她给电台打的那通电话。我们请国防情报局的语言学家分析了她的话语结构。她的语法很好,可以说是非常好,没有缩略语,没有俚语。这个女人显然不是在美国本土长大,而是在外国长大的。"

"波士顿警方也做出了同样的推断。"

"接下来就是让我们担心的部分了。如果你仔细听她说的话,尤其是那句'骰子已掷下',你能听出她有口音,非常明显。可能是俄罗斯的,或乌克兰的,或其他某种东欧语言。分辨出她的确切出身有些困难,但口音来自斯拉夫语。"

"这就是让白宫担心的地方。"康韦说。

加布里埃尔皱眉:"他们觉得会涉及恐怖主义?"

"具体来说,是车臣。"西尔弗说,"我们不知道这个女人是谁,也不知道她是怎么进入美国的。不过车臣经常在恐怖袭击中利用他们的女性同胞。之前在对莫斯科剧院的围攻中,几名女性被绑上了炸药。而几年前,两架客机于莫斯科起飞后在俄罗斯南部坠毁,我们认为这两架客机都是被携带炸弹的女乘客炸毁的。重点是,这些恐怖分子经常在恐怖事件中利用女性。这是我们情报部门最害怕的事情。这些人没有兴趣和我们谈判,他们可能已经做好了充分的准备赴死,而且是大场面。"

"车臣的矛盾是针对莫斯科的,又不是针对我们。"

"但反恐战争是全球性的,这就是为什么要建立国家情报局,是为了要保证'九一一'那样的惨案不再发生。我们的工作就是要确保所有情报人员齐心协力,而不是像之前那样各自为政。不要再恶意竞争,不要再互相监视,我们都是一家人。而且,我们都同意波士顿港对于恐怖分子来说是块香饽饽,他们可能会攻击油库或油轮,任何一辆装满炸药的汽艇都可能会造成一场灾难。"

他顿了一下,接着说,"那位女性嫌疑人是在水里被发现的,对吗?"

康韦说:"迪恩探员,你看起来不太相信他说的话。你在困惑些什么?"

"那个女人沦落到现在的状况纯属意外。你知道她是被当成溺亡者送到太平间,醒了之后才被送到医院的吗?"

"我知道,"西尔弗说,"这件事太离谱了。"

"她不过是个孤独的女人——"

"她现在可不孤独了,有人陪她。"

"反正这事听起来怎么都不像是个恐怖主义事件。"

"我们并不是说这次劫持人质是预先计划好的。时机是被迫的,也许一开始不过是个意外,也许她是在偷渡入境时落水的。在医院里醒来时,她意识到她可能要被当局审问,于是她慌了。她可能只是个小虾米,是某个大组织、大行动的一部分,现在这个行动已经暴露了。"

"约瑟夫·洛克可不是俄罗斯人,他是美国人。"

"的确。我们也查了洛克先生的档案,了解了一些他在部队里的事情。"

"他可不太像是你们口中那些同情车臣的人。"

"你知道洛克先生从军时曾接受过引爆训练吗?"

"很多其他这样的士兵最后也没沦为恐怖主义者。"

"洛克先生有反社会人格,有纪律问题,你知道吗?"

"我知道他是被开除的。"

"他打了一个军官,迪恩探员,他还几次三番不服从命令,甚至有一些严重的情感障碍问题。部队的精神病学家认为他患有偏执型精神分裂症。"

"他接受过治疗吗?"

"洛克拒绝接受任何药物治疗。离开部队后,他基本过着隐居的生活。他是个炸弹客一样的人,离群索居,心怀怨恨。对洛克来说,一切都是政府的阴谋,所有人都要迫害他。他非常痛苦,认为政府没能知人善任。他曾经给联邦调查局写了很多信,多到局里给他建了一本特殊档案。"西尔弗从茶几上拿了个文件夹递给加布里埃尔,"这是其中一封信,二〇〇四年六月写的。"

加布里埃尔打开文件夹,开始读信。

……我已经一次又一次给你们提供关于PRC-25与点燃的烟草混合可诱发心脏病的案例了。国防部已经了解它会产生致命神经毒气。几十名老兵已经因此死亡,让退伍军人管理局省下了几百万美元。难道联邦调查局对此毫不关心吗?

"这只是其中之一,他还给国会议员、报纸和电视台写过几十封类似的信件。《华盛顿邮报》收到过太多他的胡言乱语,干脆把他的来信统统扔掉了。你看到了吧,这个人很聪明,很会讲话。而且他确信政府是邪恶的。"

"他为什么没接受精神治疗?"

"他不认为自己疯了。尽管所有人都能看出来他确实不正常。"

"但恐怖分子可不会招个疯子。"

"如果他有用,那就未必。"

"这样的人无法控制,根本无法预测他们会做些什么。"

"但他们很容易被煽动,几句话就可以让他们诉诸暴力。你能让他们确信政府站在他们的对立面,还能利用他们的技能。洛克可能有点儿多疑,但他的专业技能很好。他有怨气,孤独,又有军事技能,简直是恐怖分子的理想招募对象。迪恩探员,在我们找到证据证明这一切并非如此之前,我们必须假设这可能会影响国家安全。我们认为,波士顿警察局没有能力独立处理这个案子。"

"所以约翰·巴尔桑蒂来了。"

"谁?"西尔弗看起来并不知情。

"联邦调查局副局长办公室的巴尔桑蒂探员。地方发生案件时,如果当地有人员可派遣到现场,局里一般不会派人来的。"

"我还不知道联邦调查局已经介入了。"西尔弗说。加布里埃尔有些吃惊,他并没料到西尔弗对此一无所知。情报总监办公室的行政级别要高于联邦调查局,西尔弗应该对巴尔桑蒂的介入知情才对。

"不过联邦调查局不会接手案件的,"西尔弗说,"我们已经授权战略支持部门的一个反恐小组介入了。"

加布里埃尔盯着他说:"你要让五角大楼的人介入?在美国本土开展军事行动吗?"

康韦议员打断了对话:"我知道这听起来不太合法,迪恩探员,但最近颁布了一个部际联合反恐应急计划0300-97,授权五角大楼在必要时于境内组织部署反恐部队。这个法案刚颁布不久,大多数人都还不了解。"

"您也觉得可以这样做?"

"坦白说吗?"议员叹了口气,"这事都快把我吓死了。但这项指令本身是有案可查的,军队可以介入。"

"而且军队介入是有好处的。"西尔弗说,"不知道你是否注意到,我们的国家正在遭受攻击。这是我们在对手发动攻击前端掉他们老巢的一次机会，可以避免更多的人受到伤害。所以从更大范围来看，这场意外可能是幸运的。"

"幸运的？"

话已出口，西尔弗才察觉到自己这句话过于冷血。他举起手表示歉意："对不起，我不该这样讲。我太专注于任务，有时候讲话考虑得不太周全。"

"你确实考虑得不周全。"

"什么意思？"

"看到这个，你自然而然会想到恐怖主义。"

"我必须考虑到这点，别忘了，是这些恐怖主义者将我们逼迫至此。"

"不考虑任何其他情况吗？"

"当然不是。很有可能我们面对的就是两个疯子，是两名在纽黑文枪击警察后想要逃逸的罪犯。我们当然考虑过这个可能性。"

"但你只关注恐怖主义。"

"韦恩先生也觉得这是一场恐怖主义行动。作为国家情报部门的一把手，他对自己的工作还是非常认真的。"

康韦一直看着加布里埃尔，观察他的表情。"我能看出来，你对恐怖主义的说法还心存疑虑。"

"我只是觉得，从这个角度解释过于简单了。"加布里埃尔说。

"那你有什么想法？这些人到底想要什么？"西尔弗问。他向后靠在椅背上，一双长腿跷着二郎腿，双手放松地放在扶手上，看不出一丝关切的迹象。他对我的意见一点儿都不感兴趣，加布里埃尔想，他已经拿定主意了。

"我现在没有任何想法，"加布里埃尔说，"倒是有一堆无法解释的细节。正因如此，我才来拜访康韦议员。"

"什么样的细节？"

"我刚刚参加了医院保安的尸检工作，就是被那个女人枪杀的保安。我们发现，他并不是医院雇员，截至目前，我们还不知道他是谁。"

"做过指纹检测了吗？"

"系统里没有他。"

"那就意味着他没有前科。"

"是的。我们还搜索了其他指纹资料库，但没有任何结果。"

"并不是每个人都录过指纹。"

"但这个人大摇大摆地走进医院，还带着一把上了双头弹的枪。"

"这倒是出人意料。"康韦说。

"双头弹是什么？"西尔弗问，"我只是个律师，你得跟我解释解释。一谈到枪，我就一无所知了。"

"双头弹就是在一个弹壳里装上两枚弹头，"康韦解释道，"杀伤力更强。"

"我刚刚和波士顿警察局的弹道实验室通过话。"加布里埃尔说，"他们在医院病房现场提取到一枚弹壳，是 M-198。"

康韦转头看他："美国军方武器。这可不是一个保安能搞到手的。"

"所以这个医院保安是假的。"加布里埃尔掏出一张叠起来的纸，展开放在茶几上，"而且，还有另一件事情让我困惑不已。"

"这是什么？"西尔弗问。

"这是我在尸检的时候画的速写，是那个保安背后的文身。"

西尔弗把纸转向他："一只蝎子？"

"是的。"

"这有什么大不了的？我敢说外面文着蝎子文身的人可不少。"

康韦拿过纸看了一眼："你说这是文在他背上的？我们还不知道他是谁？"

"指纹查找没有任何线索。"

"他居然没有指纹记录在案？"

"为什么这么问？"西尔弗问道。

加布里埃尔看向他说："因为他很可能也有过从军经历。"

"从这文身能看出来？"

"这不是个普通文身。"

"这文身——有什么特殊的？"

"它没文在胳膊上，而是文在了背上。在海军陆战队，我们把这东西叫'肉标'，一旦牺牲，队友就可以根据它确定你的身份。人很容易在爆炸中丢胳膊少腿，所以很多战士会选择把文身文在胸口或背上。"

西尔弗苦笑了一下："这个原因倒是特别。"

"但很有用。"

"那蝎子呢？蝎子有什么说法吗？"

"是数字十三引起了我的注意。"加布里埃尔说，"你看，数字被毒针环绕，我觉得这可能是指第十三小队。"

"部队上的作战单位吗？"

"海军陆战队远征部队，执行特殊任务的。"

"你是说，他以前是海军陆战队的？"

"一朝加入海军陆战队，永远都是海军陆战队的人。"康韦说。

"哦，对。"西尔弗改口，"他是个死了的海军陆战队队员。"

"而这件事又引出了另一件让我非常困扰的事情，"加布里埃尔说,"他的指纹没有入库,他没有服役记录。"

"那没准你对文身的解读是错的呢?还有那个什么双头弹。"

"又或者我是对的,但他的指纹因为某些原因被从系统中抹去了,目的是将他从执法部门的视线中移除。"

一时间,没人说话。

一阵沉默过后,西尔弗突然明白过来加布里埃尔话中所指。他瞪大了眼睛。"你是说,是哪个情报人员抹掉了他的指纹信息?"

"为了掩盖他曾经在国内做过的那些坏事。"

"你在指控谁?中央情报局?陆军军事情报兵团?如果他曾经是自己人,我肯定不知道这件事。"

"无论他是谁、为谁工作,现在很明显的是,他和他的伙伴出现在那个医院只为了一件事。"加布里埃尔看向康韦,"您在参议院情报委员会,您肯定知道些什么。"

"但我完全没跟上你的节奏。"康韦摇头,"如果是我们哪个部门下令打击那个女人,那就是非常严重的丑闻了。难不成是发生在美国本土的暗杀事件?"

"而且还闹得十分不堪。"加布里埃尔说,"他们还没办完事,就被艾尔斯医生横插了一脚。目标不仅没死,还挟持了人质。现在这事被媒体广泛关注。秘密行动失误了不说,还登上了头版头条。真相总会水落石出的,所以如果你们知道些什么,还是赶紧告诉我。这个女人到底是谁,为什么政府非要她死不可?"

"这完全是推测。"西尔弗说,"迪恩探员,你的推测没有任何证据。从文身和子弹推断这是政府授意的暗杀?有点儿匪夷所思。"

"这些人想杀我妻子,"加布里埃尔平静地说,"我愿意从各个方向推测,哪怕听起来再匪夷所思也好。我需要知道如何才能让这件事结束,如何才能不搭进去人命。这就是我全部的诉求:没有人因此而丧命。"

西尔弗点头:"这也是我们所有人的诉求。"

15

莫拉回到家的时候,夜幕已经降临,布鲁克莱恩大街一片寂静。她开车经过熟悉的房子、熟悉的公园,看见每天都能见到的红发男孩把篮球扔进车库上方的篮筐。她突然有些想念这一切。在这里,今天和昨天一样,都只是城郊一个炎炎夏日的晚上。但对她来讲不是,今晚她不能再喝着葡萄酒看最新一期的《名利场》了,她怎么能在简受难的时候,独自一人寻欢呢?

前提是简还活着。

莫拉把车开进车库,走进屋子,感受着中央空调给她带来的凉爽气息。她在家待不了多久,回来只是为了吃口晚饭,洗个澡,再换身衣服。可就算是这短暂的休息,她也感到内疚不已。她会给加布里埃尔带上三明治,她甚至怀疑他根本没想过要吃东西。

她刚洗完澡,就听到门铃响了。她穿上浴袍急匆匆去开门。

站在门口的是彼得·卢卡斯。他们早上还说过话,但从他皱巴巴的衬衫和血丝满布的眼睛来看,过去这几个小时显然不怎么好过。"不好意思我就这么冒冒失失地敲门了,"他说,"我之前给你打电话来着,你没接。"

"我没听见,在洗澡呢。"

卢卡斯的目光在莫拉身上停留了一瞬,也只有一瞬,然后就越过她看向她身后的某个地方,好像有些不太习惯盯着一个衣冠不整的女人。"我们能谈谈吗?我需要你的建议。"

"建议?"

"关于警方让我做的那些事情。"

"你跟海德副巡长谈过了?"

"还有联邦调查局的那个人,叫……巴尔桑蒂的。"

"也就是说,你已经知道绑架者想要什么了。"

卢卡斯点点头:"这就是我为什么来找你。我得知道你对这个离谱的安排是怎么看的。"

"你还真的考虑要进去?"

"艾尔斯医生,我想知道如果是你,你会怎么做。我相信你的判断。"卢卡斯的目光终于对上了莫拉的,莫拉觉得脸上在发烫,等她回过神来,手已经把浴袍攥得紧紧的。

"进来吧,"她最后还是同意了卢卡斯的请求,"我先换身衣服,然后我们谈谈。"

卢卡斯在客厅里等待的时候,莫拉正在衣橱里翻找,想找条干净的长裤和衬衫换上。站在镜子前面,她对着自己花掉的眼妆和乱糟糟的头发皱了皱眉。算了,她想,他不过个记者,这又不是约会,打不打扮都无所谓。

等莫拉终于回到客厅的时候,她发现卢卡斯站在窗前,盯着外面漆黑的街景。"全国人民都知道这事了,"卢卡斯回身看她,"就在此刻,洛杉矶的人都在电视前等着看后续报道。"

"这是不是你选择进去的原因?因为这是个出名的机会?上头版头条的机会?"

"可不是吗,我现在就能知道头条会写什么——记者被射中头部死亡。我对头版头条可是真爱。"

"那你意没意识到这个选择其实并不明智。"

"我还没决定。"

"如果你想知道我的建议——"

"我不仅想知道你的建议,还想知道其他信息。"

"我能告诉你什么?"

"首先,为什么联邦调查局的人会在这儿?"

"你不是说已经见过巴尔桑蒂探员了吗?你没问他?"

"我还听说有个迪恩探员也介入了。巴尔桑蒂探员不肯跟我谈他的事情。为什么局里会千里迢迢从华盛顿派两名探员过来,处理一个通常都是由波士顿警察局处理的案件呢?"

卢卡斯的这个问题提醒了莫拉。要是他已经知道了加布里埃尔,过不了多久他就能知道简也是人质之一。

"我不知道。"她撒了个谎,不敢看卢卡斯的眼睛。卢卡斯的目光太专注,她不得不转头,坐在沙发上。

"如果有什么是我必须知道的,"卢卡斯说,"我希望你能告诉我。我得在进去之前知道。"

"目前为止,你知道的几乎和我一样多。"

卢卡斯坐在莫拉对面看着她。他的目光毫无掩饰,把她钉在沙发上动弹不得。"这些人到底想要什么?"

"巴尔桑蒂怎么和你说的?"

"他跟我说了他们的条件。他说这两个绑架者承诺会释放两名人质,然后我和一个摄影师一起进去,跟他们谈谈,接下来他们会再释放两名人质。他们是这么谈的,但这之后会发生什么,谁也不知道。"

这个人也许能救简的命,莫拉想。如果他进去了,简可能会在被放出来的两名人质里。如果是我,我甘愿自己进去把简换出来,但我不能开口让他去冒生命危险,就算为了简也不行。

"不是谁都有机会当英雄的。"卢卡斯说,"这是千载难逢的机会,大把大把的记者等着往里跳呢。"

莫拉笑了:"很诱人,不是吗?回头就能出书上电视。赌一条命,换一世声名和财富。"

"嘿,我还开着叮咣作响的旧丰田、背着二十九年的贷款呢,追名逐利有什么不好?"

"只要你能活到可以享用名利的时候。"

"这就是为什么我来找你谈。你跟她在一起待过,你知道她是什么样的人。他们讲理吗?能信守诺言吗?采访结束后,他们能让我活着走出来吗?"

"我可预测不了。"

"这答案可没什么用。"

"我拒绝对你可能面对的后果负责。我无法预测他们会做些什么,我甚至不知道他们想要什么。"

卢卡斯叹了口气:"我就怕你会这么说。"

"我现在有个问题想问你,我觉得你应该知道答案。"

"什么问题?"

"这世上有那么多记者,为什么他们偏偏要找你呢?"

"我不知道。"

"你肯定之前跟他们有过什么交集。"

卢卡斯犹豫了一下。莫拉一下子明白了,她身体前倾,问:"你是不是之前收到过他们的信?"

"你得明白,作为记者,我们每天都会收到各种奇怪的来信。每周我都会收到各种内容的信件或电话,说什么政府的秘密行动、政府阴谋之类的。不是石油公司大逆不道,就是航空公司有什么密谋，再就是联合国的阴谋。大多数情况下我会无视这些东西，也并没想过太多。只有一通莫名其妙的电话我还有点儿印象。"

"什么时候的电话？"

"几天前，是我的一个同事接的，他要是不提醒我，我还想不起来。说实话，电话打进来的时候我太忙了，根本没顾上。当时已经很晚了，而我眼看就要交稿子了，这时候我最不想做的就是跟这些脑子不正常的人讲话。"

"是个男人打来的？"

"是的，直接打进了《波士顿论坛报》办公室。那个人问我看没看他之前寄给我的一个包裹。我根本不知道他在说些什么。他说几周前寄给了我一个包裹，但我根本没收到。于是我就这么告诉他，他说那天晚上会有个女的把包裹给我放在前台，还说等这个包裹一到，我就得走到大厅去取上来，因为里面装的东西很敏感。"

"这第二个包裹你收到了吗？"

"根本没有。前台保安说根本没有什么女的来送包裹，连个人影都没有。于是我就回家了，把这事抛在脑后——直到今天。"他顿了一顿，"今天我想起来，说不定是那个乔给我打的电话。"

"为什么选择你呢？"

"我不知道。"

"看起来这些人好像以前就知道你。"

"可能他们读过我的专栏，又或者他们是我的粉丝。"莫拉沉默着，卢卡斯自嘲似的笑了笑，"很有可能，是吧？"

"你上过电视吗？"莫拉一边问一边想：他还真有点儿绿林好汉的气质，没准他们看中了这点呢。

"从来没有。"

"你只在《波士顿论坛报》上发表过作品吗?"

"只在《波士顿论坛报》上?艾尔斯医生,你未免也太小看我了。"

"我不是那个意思。"

"我从二十二岁就开始做记者了。一开始是给《波士顿凤凰报》和《波士顿杂志》做自由撰稿人。做自由撰稿人确实挺快乐,但稿费不够付账单,所以我找到现在的工作时还挺开心的。一开始是做采访记者,后来去华盛顿待了几年,做通讯记者,然后又回到波士顿来开专栏。这么说来,我是在记者这个行当里干过几年的。我没挣到什么大钱,但确实有些读者——毕竟连约瑟夫·洛克都知道我是谁。"他顿了一顿,"至少我希望他是我的粉丝,而不是一个对我不满意的读者。"

"就算他是你的粉丝,你要去的地方也是个狼窝。"

"我知道。"

"你知道他们是怎么安排的吗?"

"我跟一个摄影师进去,采访会实时在本地电视台直播。我觉得绑架者应该有某种方式能够知道我们是否真的在实时直播。我也猜他们可能不会反对五秒的延迟标准,万一……"卢卡斯没有继续说下去。

万一事情发展到不可收拾的地步。

卢卡斯深吸一口气:"艾尔斯医生,如果你是我,你会怎么做?"

"我又不是记者。"

"所以你会拒绝进去?"

"任何一个正常人都不会愿意踏入陷阱的。"

"那是不是说，记者都不是正常人。"

"再想想吧，好好想想。"

"我告诉你我是怎么想的。如果我进去了，会有四个人质活着出来。这辈子，我终于做了件值得大书特书的事情。"

"就为了这个，你愿意把命搭进去？"

"我愿意试试。"卢卡斯说，他的话语中添了几丝诚恳，"但我也很害怕。"他的坦诚让莫拉放下了戒心：很少有人会勇敢到承认自己害怕。

"海德副巡长让我在晚上九点之前给他答复。"

"你准备怎么做？"

"摄影师已经同意进去了，我要是不同意，显得我多胆小。我俩进去可以救四个人呢。我一直在想巴格达的那些记者，还有他们每天要面对的事情。和他们比起来，我们这实在是小菜一碟。我进去跟那些疯子谈谈，让他们讲讲他们的故事，然后就可以出来了。可能这就是他们想要的——他们就是想要一个发泄的机会，让人们听他们说话。我进去，没准这整件事就能结束了。"

"你这是想当救世主啊。"

"不！不！我只是……"卢卡斯笑了，"我只是想给我的疯狂找点儿理由罢了。"

"你觉得自己疯了，我可不觉得。"

"事实就是如此。我不是什么英雄，要是能有其他办法，我肯定不会去冒这个险。但其实我和你一样困惑，我想知道他们为什么选我。"卢卡斯扫了一眼手表，"就快九点了，我最好给巴尔桑蒂打个电话。"卢卡斯站起来，走向门口。突然，他停下来，回过身。

莫拉的电话响了。

莫拉接起来，是亚伯·布里斯托打过来的。"你看电视了吗？"他问。

"没有，怎么了？"

"快看，六频道。不是什么好事。"

卢卡斯站在那里，莫拉绕过沙发把电视打开，心突然沉了下去。发生了什么？什么不好的事？她打开遥控器，佐伊·福西的脸又一次出现在电视屏幕上。

"……官方发言人拒绝发表意见，但我们确认其中一名人质是波士顿警方人员。上个月，简·里佐利警探在调查纳蒂克的一名家庭主妇被绑架案时登上了全国新闻头条。我们不知道里面人质的情况如何，也不知道为什么里佐利警探会身处其中……"

"我的天哪。"卢卡斯站在莫拉身侧嘟囔着，莫拉都没意识到他走到了离她这么近的地方，"人质里有个警察？"

莫拉看向卢卡斯："而且现在，她很有可能已经死了。"

16

好极了，我的死期到了。

乔的目光从电视上移开，又转向简。简僵在沙发上，等着那声枪响。然而，步步逼近的是那个女人。她脚步缓慢，极其谨慎。乔叫她奥莱娜。至少简会知道杀她的人叫什么名字。她感受到护工往边上挪了挪，好像不想让她的血溅到自己身上。简一直盯着奥莱娜的脸，她不敢看那把枪，不想看到枪管指着她的头，也不想看到那女人的手牢牢握着枪。好在我看不到子弹射过来，她想，好在我可以看着她的眼睛，逼她看着这个要被她一枪崩死的人。在那个女人的眼里，她看不到情感。那是一双洋娃娃般的眼睛——两只蓝色的玻璃珠子。奥莱娜穿着从更衣室里找来的衣服——洗手衣的裤子，还有白大褂。一个伪装成白衣天使的杀手。

"是真的吗？"奥莱娜轻声问。

简感觉到子宫在收紧，新的一阵宫缩来了，痛感急速攀升，她咬着下唇忍耐着。可怜的孩子，她想，你可能永远看不到这个世界了。她感觉到塔姆医生攥住她的手，静静地支持着她。

"电视里说的，是真的吗？你是个警察？"

简咽了口唾沫，答道："对。"她的声音如同蚊子的叫声。

"他们说你是个警探。"乔打断了她们的对话，"是吗？"

宫缩愈发剧烈,简不禁俯下身,眼前逐渐昏黑。"对,"她咕哝了一声,"对,妈的!我、我是凶案组的……"

奥莱娜低头扫了一眼她之前从简手腕上扯下来的手环,手环还在沙发附近的地上。她捡起来递给了乔。

"简·里佐利。"他说。

宫缩最疼的部分已经过去了,简深吸一口气,靠在沙发上。她的病号服已经被汗水湿透了,她疲惫不堪,连还嘴的力气都没有,更别提救自己的命了。她怎么反击呢?要是没人帮我,我甚至连从这软塌榻的沙发上站起来都做不到。她感到深深的挫败,看着乔捡起她的病例,翻开封面。

"简·里佐利,"乔大声读道,"已婚。住址:克莱蒙特大街。职业:波士顿警察局凶案组警员。"他用那双锐利的黑眼睛望向简,看得她不由得想找个地方躲开他的凝视。与奥莱娜不同,乔非常冷静自持,这是让简最害怕的——他看起来十分清楚自己在做些什么。"凶案组警探,为什么会碰巧出现在这里?"

"今天一定是我的幸运日。"简嘟囔着。

"什么?"

"没什么。"

"回答我,你为什么会出现在这里。"

简猛地抬头:"你没看出来吗?我是个孕妇。"

塔姆医生说:"我是她的大夫,我今早收她入院的。"

"今早?真不是个好时候。"乔说,"典型的在错误的时间待在了错误的地方。"

乔抓起简的病号服猛地一拉,简哆嗦了一下。乔盯着简看了一会儿:她隆起的腹部、沉重的乳房现在都露在外面,屋里每个人都能看到。乔什么也没说,一松手,病号服又滑落到简的身上。

"满意了吗？你个浑蛋！"简大吼，双颊因羞辱涨得通红，"你指望能看到什么？大号警服吗？"话一出口，她就意识到自己犯了个愚蠢的错误。人质存活指南第一条：永远不要激怒一个拿枪的人。但他扯了她的衣服，侮辱了她，让她赤身裸体暴露在大庭广众之下，她现在气得浑身发抖。"你以为我愿意跟你们两个疯子一起被困在这里吗？"

她能感受到塔姆医生攥紧她的手腕，示意她别说了。简甩开她的手，继续对这两个绑架她的人发泄怒火。

"是的，我是个警察。你知道吗？你们简直是胆小鬼。你杀了我，然后就知道接下来会发生什么了，难道不是吗？你知道我的同事会如何对待杀害警察的人吗？"

乔和奥莱娜对视了一眼。他们在干什么？在做决定吗？就她的生死交换意见吗？

"这完全是个错误。"乔说，"你们都一样，都是在错误的时间待在了错误的地方罢了。"

你说什么就是什么吧，浑蛋。

乔突然大笑起来，简被吓了一跳。他走到房间的另一端，一边走一边摇头。然后，他回过神看她，她看到他的武器现在指着地板，而不是她。

"所以你是个好警察吗？"他问。

"什么？"

"电视上说，你正在调查一个案子，与一个失踪的家庭主妇有关。"

"一个孕妇，她被绑架了。"

"最后怎么样了？"

"她活下来了，犯事的死了。"

"所以你是个好警察。"

"我不过是在做我的工作罢了。"

奥莱娜和乔又交换了一个眼神。

乔走过来,一直走到简的正前方。"要是我向你报案呢?要是我告诉你,正义没有得到伸张呢?要是我说,正义永远不会被伸张呢?"

"为什么不会?"

乔拖了把椅子摆在简面前,坐下来。他们现在可以平视彼此了,乔的黑眼睛看向简,目光毫无波澜,却十分专注。"因为这桩罪孽,是由美国政府犯下的。"

原来是阴谋论者。

"你有证据吗?"简努力让自己的声音听起来客观中立。

"我们有证人,"他指向奥莱娜,"她看见了。"

"只有目击证人的报告是不够的。"尤其是你这个证人还是个疯子。

"你知道美国政府都犯了什么滔天大罪吗?他们每天都在犯罪,你知道吗?暗杀,绑架,以'有好处'为名毒害自己的公民,这些事他们每天都在干。管理美国的是那些大企业,我们都是可有可无的。不信?就拿软饮举例子。"

"软饮?"

"无糖饮料。美国政府成箱成箱地买那些无糖饮料,然后送到驻扎在海湾地区的部队。当时我就在那儿,坐在烈日下看着这些瓶瓶罐罐。无糖饮料暴露在高温下时,里面的化学物质会发生什么变化你知道吗?会变质,变成有毒的东西。这就是为什么参加海湾战争的军人都病了,成千上万个士兵,回来之后都病了。是的,美国政府知道这事,但民众永远不会知道。饮料工业太庞大了，他们也知道该贿赂谁。"

"所以，就是因为饮料？"

"不！还有更糟糕的。"乔又靠近了些，"这次我们终于抓到他们了！我们有证人，还有证据。国家注意到我们了，这就是为什么他们开始害怕了，这就是为什么他们想让我们死。如果你是我，你会怎么做？"

"做什么？我还没弄明白。"

"如果你知道有政府官员犯了罪，还知道他逃脱了惩罚，你会怎么做？"

"这很简单，我恪尽职守，一向如此。"

"你会保证正义得到伸张？"

"是的。"

"无论谁挡你的路？"

"谁会来挡我的路？"

"你不了解这些人，不知道他们有多强大。"

又一阵宫缩袭来，她浑身绷紧。她感到塔姆医生又握住了她的手，而她也紧紧回握。突然，疼痛潮水般袭来，眼前的一切失去了焦点。她痛得向前倾倒下去，低声呻吟着。天哪，产前教育课上护士都教她什么来着？她怎么一点儿也想不起来了？

"深呼吸，"塔姆医生低声说，"集中注意力。"

对了，现在她想起来了。深呼吸，注意力集中在一点上。接下来六十秒内这两个疯子又不会杀了她，她只需要熬过这场疼痛。深呼吸，然后集中注意力。深呼吸，集中注意力……

奥莱娜走过来。简的视线中突然出现了她的脸。"看着我，"奥莱娜指着自己的眼睛，"看这里，看着我，别想其他的。"

简直无法相信，一个疯女人想做我的助产士。

简开始大口喘息,她的呼吸频率随着疼痛加剧迅速攀升。奥莱娜就站在她前面,一直看着她。她的眼睛让简想起了冰冷的蓝色湖水,平静清透,不起一丝涟漪。

"很好,"奥莱娜嘟囔道,"你做得很好。"

简如释重负地长舒一口气,仰面靠在垫子上。汗水顺着她的面颊流下。又有五分钟的时间来恢复体力了。她想到千百年来所有忍受分娩之痛的女性,想到了她的母亲。她母亲在三十四年前的一个夏夜,挣扎了一个晚上才把她带到这个世界上。以前我没有感激过你所经历的一切,但现在我明白了。这是每个女性为孩子所付出的代价。

"里佐利警探,你信任谁?"

乔又开始和她说话。简抬起头,大脑依旧恍惚,半天都没弄明白他在说些什么。

"你一定有很信任的人,"乔说,"你的同事,可能是另一个警察,你的工作伙伴之类的。"

她微微摇了摇头:"我不明白你是什么意思。"

"那我用这把枪帮你想怎么样?"

乔突然举起武器顶在简的太阳穴上。她僵住了,听到接待员倒抽了一口凉气。沙发上的其他人都紧紧缩在一旁,躲得远远的。

"现在告诉我,"乔冷冷地说,"有谁能替你挨这颗枪子儿吗?"他的声音听起来还很理智。

"你为什么要这么做?"简轻声嘟囔。

"我再问一遍,有谁愿意替你挨这颗枪子儿吗?这个世界上,有谁是你可以交托生命的吗?"

她盯着拿着枪的那只手,想:这是个测试,但我并不知道答案，我不知道他到底想听到谁的名字。

"告诉我，警探女士，在这个世界上，你完全信任谁？"

"加布里埃尔……"简咽了口唾沫，"我丈夫，我信任我的丈夫。"

"我不是说家人，我是说警察，像你一样能戴警徽的，手上干净的，能恪尽职守的。"

"你为什么要问这些？"

"回答我！"

"我回答你了，我已经给你答案了。"

"你说是你的丈夫。"

"对！"

"他是警察吗？"

"不，他是……"简停住了。

"他是干什么?!"

简挺起腰杆，她的目光越过枪口，直接看向乔的眼睛。"他是联邦调查局的。"她说。

乔盯着她看了几秒，然后转头看向自己的同伴，说："这下完全不同了。"

17

米拉

我们这里来了个新人。

今天早上,一辆面包车停在车道上,两个男人把一个姑娘抬进我们的房间。他们在路上给她吃了药,所以整整一天,她都躺在奥莱娜的小床上睡着。我们都看着她,看着她那张苍白的脸。她的脸瓷白如玉,仿佛透明,呼吸温柔浅淡,每呼气一次,一缕金发就随着呼出的气体飘动。她的手很小,像洋娃娃一样。我看着她的小拳头,看着她的拇指压在嘴唇上。大家看得太入迷了,连妈妈开门进来都没人注意。

"叫醒她。"妈妈命令我们。

"她多大?"奥莱娜问。

"把她弄起来。"

"她还是个孩子呢。她到底多大?十二?十三?"

"反正能出来工作了。"妈妈绕到小床边晃了晃那姑娘。"起来!"她大喊,把毯子掀了起来,"睡够了吧!"

那姑娘瞬间惊醒,翻了个身,我看到了她胳膊上的瘀青。她睁开眼睛,看到我们盯着她看,柔弱的身躯立刻僵住了。

"别让人家等。"妈妈说。

我们听到有汽车驶近房子的声音。夜幕降临了,我向窗外望去,看到枝叶间有车灯在闪烁。汽车停进车道,轮胎压在沙砾上噼啪作响。那是今天晚上的第一个客人,我害怕极了,但妈妈连看都没看我们一眼,径直抓住新人的手把她拉了起来。那姑娘睡眼惺忪,跌跌撞撞地跟着妈妈出了房间。

"他们从哪儿找来那么小的姑娘?"卡佳轻声说。

门铃响了。这种声音是我们避之不及的,门铃响起证明折磨我们的人来了。我们一动不动地站着,静静地听着楼下的声音。妈妈在用英语招呼客户。这个男人很少说话,我们只听到了只言片语。紧接着,楼梯上传来沉重的脚步声。我们退了几步远离门口,而他径直走过我们的房间,到了大厅。

楼下传来那姑娘的高声抗议,紧接着是一记耳光,一声啜泣。然后,妈妈把那姑娘拖进客户的房间。门砰地关上了,妈妈离开了,留下那姑娘和男人在一起。

"婊子,"奥莱娜嘟囔着,"她会下十八层地狱的。"

但今晚,至少今晚我不用遭罪了。这个想法一在我的脑海里冒出来,我就觉得内疚。但它依旧存在。最起码不是我去。我走到床边盯着夜色,至少夜色能掩盖我的羞愧。卡佳拉过一条毯子盖在头上。我们都尽力不去听,但即便隔着一道关上的门,我们还是能听到那姑娘的尖叫声。我们能想象得到她在经历些什么,毕竟我们自己也有过同样的经历——只是做那事的男人不同罢了,痛苦是一样的。

哭喊声停止了,一切终于结束了。我们听到那男人走下楼梯,走出大门。我深吸了一口气。别再来人了,我想,求求老天,今晚别再有其他客户了。

妈妈上楼来接那姑娘,随后是一段沉默,长时间的沉默。突然,她跑过我们的房间,又下了楼梯。我听到她在和别人打电话。她的声音很平静,语气却很急。我看着奥莱娜,想知道她是不是听懂了妈妈的话。但奥莱娜没有回应我的目光。她坐在小床上,弓着背,双手放在膝盖上紧紧攥着。有什么东西从窗前飘过,像一只白色的飞蛾,在风中翩翩飞舞。

下雪了。

那姑娘没熬过去。她挠了一把客户的脸,客户当然很生气。这样的姑娘不能拿来做生意,所以她被送回乌克兰了。这都是妈妈昨天晚上在我们还没回房之前告诉我们的。

至少,这是个说辞。

"可能是真的呢。"我说,我的呼吸在黑夜中化作一道白烟。奥莱娜和我又上了屋顶,今晚,在月光的照耀下,整个屋顶像个冰封的蛋糕。昨晚下雪了,雪不过一厘米厚,但足以让我开始想家。家里,路面上的积雪几周都化不开。我很高兴又能看见星星了,也很高兴能跟奥莱娜一起坐在星空下面。我们把毯子带了出来,紧紧依偎在一起。

"你要是信了她的话,你可就真的傻了。"奥莱娜说。她点燃一根烟,这是她从船上带回来的最后一根烟了。她慢慢品着,吸气的时候抬头看着天空,好像在感谢上帝赐予她烟卷。

"你为什么不信?"

她笑了:"他们可能把你卖到另一间妓院去,卖给另一个老鸨,但绝对不会把你送回家。反正她说的话我是一个字都不会信的,那女人就是个老婊子。你知道吗,她之前也是干这行的,干了好多年呢。不过她现在人老珠黄了,胖得像头猪一样。"

我不敢想象妈妈也有年轻漂亮的时候，也能搔首弄姿地诱惑男人。我实在难以想象，妈妈也有不那么让人厌恶的青春华年。

"总是冷血无情的婊子最后来经营这些妓院，"奥莱娜说，"她们比那些拉皮条的还可恶。她明明走过我们的路，知道我们受的苦，但她不管，她只在乎钱。她可是挣大钱了。"奥莱娜弹掉烟灰，接着说，"米拉，这个世界坏透了，但我们也无力改变。你最多只能保证自己活下来。"

"而且别变坏。"

"有时候我们没得选，真没得选。"

"你不可能变坏。"

"你怎么知道？"她看向我，"你怎么知道我曾经是个什么样的人，做过什么样的事？相信我，如果有必要，我是可以杀人的，甚至连你都不会放过。"

她盯着我看，月光下，她的眼神凶狠极了。在那一瞬间，就那么一瞬，我觉得她说的是真话，她真的会杀了我，她真的会为了活下去不择手段。

下面传来汽车轮胎压过石板路的声音，我们俩都坐直了。

奥莱娜立刻捻灭了手里那根只抽了一半的珍贵香烟，说："这他妈的是谁？"

我爬起来，小心翼翼地爬过斜屋顶的浅坡，从边缘往车道那边看。"我没看见灯光。"

奥莱娜爬到我身边，也扒着边缘往下看。"好了，"她嘟囔着，看着一辆车从林子里冒出来。车的前灯没开，只能看到停车灯发出暖黄色的微弱光亮。车子停在车道旁，两个男人下了车。几秒之后，门铃响了。即便是这么早，男人们已经想要了，他们只想满足自己的需求。

"妈的。"奥莱娜嘶声说,"这下他们要吵醒妈妈了,我们得回去,免得她发现我们不在。"

我们连毯子都没拿,就从屋顶轻轻溜下来,爬上窗台。奥莱娜从窗户溜进去,钻到漆黑的阁楼里去。

门铃又响了,我们听到了妈妈的声音,她正打开前门,迎接她的新客户。

我跟在奥莱娜身后爬进窗户,穿过活板门。梯子还是放下来的,这是我们跑出去的铁证。奥莱娜倒退着,顺着梯子一步步爬下去。突然,她停了下来。

妈妈在尖叫。

奥莱娜抬头,透过活板门看着我。在我投下的阴影里,我能看到她眼中疯狂的光芒。砰!我们听到一声巨响,还有木头破裂的声音。咚!咚!咚!沉重的脚步声在楼梯上响起。

妈妈的尖叫声愈发尖锐了。

电光火石之间,奥莱娜又爬了上来,把我推到一边,从活板门爬了回来。她伸手下去从门洞里把梯子拖了上来。门关上了。

"回去,"她轻声说,"快去屋顶!"

"怎么了?"

"快去!"

我们跑回到窗口,我先钻了出去,但我太着急了,一只脚从窗沿滑了下去。摔倒时,我呜咽了一声,惊慌失措地抓住了窗台。

奥莱娜牢牢抓住了我的手腕。我摇摇欲坠,吓得魂飞魄散。

"抓住我另一只手!"她轻声喊。

我努力够到她的手,她把我拉了上来。我在窗台上蜷成一团,心脏在胸腔里咚咚作响。

"别他妈这么笨!"她嘶声骂道。

我重新站稳,汗涔涔的双手抓住窗台,沿着窗台爬回屋顶。奥莱娜也爬了出来,反手把窗子关上,然后跟在我后面,猫一样敏捷地爬上屋顶。

屋里的灯已经亮了,灯光透过下面的窗户照上来。我们能听到奔跑的脚步声、门突然打开的吱呀声,还有尖叫声——这次不是妈妈的声音。一声孤独、尖锐的叫声打破了可怕的寂静。

奥莱娜一把抓过毯子。"爬上去,"她说,"快点儿!爬到屋顶上,爬到他们看不见我们的地方去!"

我顺着沥青格子屋顶向上,连滚带爬地到了最高处。奥莱娜用毯子扫去我们在雪上的脚印,也扫掉了我们之前坐着的痕迹。她消灭了我们留下的所有痕迹,然后爬到我身边,坐在阁楼窗户上方的屋顶上。我们待在那儿,像是颤巍巍的屋脊兽。

突然我想起来了。"椅子,"我轻声说,"椅子还在活板门那儿!"

"太晚了。"

"他们要是看见了,就会知道屋顶上有人。"

奥莱娜抓住我的手,使劲握着,力气大到我觉得我的骨头都快断掉了。阁楼的灯已经亮了。

我们蜷缩在屋顶,一动也不敢动。一声轻响,一点点飘落的雪花都会告诉那些入侵者我们在这里。我能感受到自己的心在怦怦乱跳,我觉得下面的人都能透过天花板听到我的心跳声。

窗子打开了,然后是一阵静默。他看到了什么?窗沿上的脚印?奥莱娜用毯子疯狂消灭痕迹时,落下的某一点蛛丝马迹?随后,窗子又关上了。我如释重负地轻轻啜泣了一声,但奥莱娜的手指使劲按了一下我的手心,警告我不要出声。

他可能还在，他可能在听。

砰的一声响，紧接着是一声尖叫，紧闭的窗户也无法掩盖的尖叫。那是因剧痛发出的尖叫声，我通身颤抖，汗流浃背。一个男人用英语喊："剩下的呢？应该有六个！六个婊子！"

他们在找不见的姑娘。

然后是妈妈的啜泣与恳求。她的确不知道。

砰！

妈妈的尖叫声划破天际，我用手捂住耳朵，把脸埋在冰凉的屋顶上。我不想听，但我没得选，这声音不会停止。风声，尖叫声，一直在喊，在叫，我甚至觉得我们会冻死在这屋顶上，明早太阳升起的时候，人们会在屋顶上发现我们冻僵的尸体，手扒在房檐上。我闭上眼，与涌上的恶心暗自斗争。眼不见为净，耳不听为宁。我之前一直这么对自己说，妈妈折磨我的时候我都这么劝自己。眼不见为净，耳不听为宁。

尖叫声终于归于沉寂，我的手已经木了，牙齿在寒风中打战。我抬起头，冰冷的泪水顺着脸颊流下。

"他们要走了。"奥莱娜轻声说。

前门吱呀着打开，脚步声在门廊上响起。我们坐在房顶上，看着他们走过车道。这一次，他们不再是模糊的剪影了。他们没有关灯，从窗子透出的光线中，我们看到两个穿着深色衣服的男人。其中一个停下来，短短的金发上投下门廊灯光的阴影。他回头看了一眼，目光飘过房顶。我的心脏猛地跳动起来，我觉得他能看见我们。但光只在他眼睛里，我们依然在黑暗中。

最终，他们还是钻进车里，车开走了。

很长一段时间里，我们一动不动。月光洒在屋顶上，反射出冰冷的颜色。夜太静了，我都能听见自己的脉搏在跳动，牙齿在打战。最后,奥莱娜动了一下。

"别,"我轻轻说,"他们要是还在怎么办?他们要是躲在哪儿看着呢?"

"我们不能在屋顶上待一晚上,会冻死的。"

"再等一会儿吧,奥莱娜!求你了!"

但奥莱娜已经开始往下挪了,朝着阁楼的窗户一点点爬过去。我实在害怕一个人待在这里,只能跟着她。等我爬回屋里的时候,她已经穿过活板门,正从梯子慢慢下去。

我多想大喊"等等我!"但我太害怕了,一点儿声音都发不出来。我颤巍巍爬下梯子,跟着奥莱娜走进走廊。

奥莱娜在楼梯口停下脚步,目光定定盯着地面。我不明所以,走到她身边才知道是什么把她吓得呆住。

卡佳躺在楼梯上,死了。她的血像黑色的瀑布一样顺着台阶流下去。她就像一个泳者,潜进波光粼粼的水池,静静地躺在水底。

"别往卧室里看,"奥莱娜说,"她们都死了。"她的声音平静无波。那不是人类的声音,更像是机械女声,冰冷、不带一丝感情的陈述。我不认识这个奥莱娜,她的样子让我害怕。她避开血迹,避开尸体,走下楼梯。我跟着她,但眼神一直盯着卡佳。我看到子弹打在她的背上,在她的T恤上开了个大洞。那就是她每晚穿的T恤,上面印着黄色的小雏菊和英文字母"Be Happy[①]"。哦,卡佳!我想,现在你再也不会快乐了。楼梯底部还有一摊血迹,几只大号鞋印一直通向前门。

这时候,我才看到前门是半开的。

[①] 意为"要快乐"。

我想：跑啊！跑出这里，跑出门廊，跑到森林里去！这是多好的逃跑机会，这就是通向自由的机会！

但奥莱娜并没有立刻逃离，她反而右拐，进入餐厅。

"你去哪儿？"我轻声问。

她没回答，只是一路走进厨房。

"奥莱娜！"我央求着，跟在她身后，"我们走吧，别——"我脚步一顿，手捂住嘴，恶心得快吐出来了。墙上和冰箱上都是血迹。那是妈妈的血。她坐在厨房的餐桌旁，双手鲜血淋漓，血液在她面前汇成一摊。她双目圆睁，有那么一瞬间我甚至觉得她能看见我们。但显然她已不能。

奥莱娜绕过她，穿过厨房，走进后面的卧室。

我太想逃走了，我觉得我现在就应该离开，不管奥莱娜有什么疯狂的理由非得在这房子里徘徊，我都不想等她了。但她的脚步很坚定，我不自觉地跟着她走进妈妈的卧室——之前，这卧室都是锁着的。

这是我第一次走进这间卧室。我看着那张铺着缎子床单的大床，看着镶着花边的梳妆台和一排精致的小银梳，目瞪口呆。奥莱娜径直走到梳妆台前，拉开抽屉，匆匆忙忙地翻找着。

"你在找什么？"我问。

"我们需要钱，没钱根本没办法在外面生活。她肯定把钱藏在哪儿了。"她从抽屉里拽出一顶羊毛帽扔给我，"给，你得有点儿暖和的衣服穿。"

我连碰都不想碰这顶帽子，因为它是妈妈的。我甚至能看到她脏兮兮的棕色头发粘在上面。

奥莱娜快步走到床头柜边，拉开抽屉，找到一部手机和一小把现金。"她不可能只有这么多，"她说，"一定在哪里还有。"

我只想逃离，但我知道奥莱娜是对的，我们需要钱。我绕到衣柜边，衣柜门开着，凶手肯定已经翻过一遍了，几个衣架被扔在地上。但他们是在找那些惊慌失措的姑娘，不是在找钱，所以上面的架子并没有被翻动过。我拉出一个鞋盒，里面的旧照片掉了出来。我看到了莫斯科，看到年轻的笑靥，还看到一个熟悉到令我不安的青年女郎。我想：妈妈也年轻过。这就是证据。

我拉下一个大手提袋，里面有个装珠宝的袋子，很沉，还有一盘录像带和一打护照。还有钱，一大捆美元，用橡皮筋捆着。

"奥莱娜！我找到了！"

她绕到我身旁，扫了一眼袋子里的东西。"都拿上，"她说，"回头再把袋子扔了。"她把手机也扔了进去，然后从衣柜里扯出一件毛衣，扔给我。

我不想穿妈妈的衣服，因为衣服上都是她的气味，酸臭酸臭的，但我还是压住内心的厌恶穿上了。我在自己的衬衣外穿了一件高领线衣和一件毛衣，外面围了条围巾。我们默默地迅速穿戴整齐，而这些衣服的主人正在隔壁的房间里坐着，死了。

我们走到前门，犹豫了一瞬，盯着小树林看。那些人还在吗？他们是不是还坐在车里，在黑暗里等待着，知道我们最终会自己走出来？

"不能从这边走，"奥莱娜看出了我的顾虑，说，"不走大路。"

我们从后门溜了出去，一头扎进树林里。

18

加布里埃尔冲进一堆记者中间,盯着将近二十米外聚光灯中心那个发型时髦的金发女郎。他走近,看到佐伊·福西正在对着镜头说话。佐伊看到加布里埃尔,愣住了,话筒停在嘴边。

"关掉。"加布里埃尔说。

"安静,"摄像师说,"我们在直播——"

"我让你他妈的关掉!"

"嘿!你以为你是谁——"

加布里埃尔把摄像机推到一旁,扯掉电线,打光灯一下子灭了。

"把他弄出去!"佐伊大喊。

"你知道你干了什么吗?"加布里埃尔说,"你他妈的知道吗?"

"我在做我的工作。"佐伊反驳他。

加布里埃尔往前走,佐伊被他的眼神吓得退了几步,撞到了新闻转播车上,再无路可退。

"你刚才可能已经杀了我的妻子。"

"我?"佐伊摇头,话音里含了一丝轻蔑,"我又不是拿枪的那个。"

"你刚刚告诉他们她是个警察。"

"我不过是在报道事实。"

"不管后果吗?"

"新闻就是这样,不是吗?"

"你知道你像个什么吗?"加布里埃尔又往前走了几步,极力遏制住自己掐死她的欲望,"你就是个婊子。不,我说错了,你还不如婊子。终有一天,你不仅会出卖你自己,还会出卖所有人。"

"鲍勃!"佐伊对摄影师喊道,"把他赶出去!"

"出去!"摄影师的大手推向加布里埃尔的肩膀。加布里埃尔甩开他的手,眼睛依然盯着佐伊。"要是简出了什么事,我发誓——"

"我说了,出去!"摄影师又去抓加布里埃尔的肩膀。

突然,加布里埃尔所有的恐惧和绝望都在一瞬间被怒火点燃。他转过身径直向摄影师冲过去。摄影师的块头不小,可依然跟跄着后退几步,倒在一堆缠成团的电线上。加布里埃尔能听见空气从摄影师的肺里呼出,看到他惊恐的脸。只一瞬,加布里埃尔就跨坐在他身上,青筋暴起,对着他举起了拳头,憋着劲想给他一拳。然后,他的视线突然清晰起来。他认出那个蜷缩在他身下的是一个普通人,也意识到周围已经围了一圈看客。毕竟,谁不爱看热闹呢?

加布里埃尔的胸膛剧烈地起伏着,他松开手,站了起来。佐伊站在不远处,脸上闪烁着兴奋的光。

"拍到了吗?"她问另一名摄影师,"妈的!谁录下刚才那幕了!"

加布里埃尔觉得恶心极了,他转身走开,一直走到人群外围,走到聚光灯照不到的地方。他走啊走,突然发现自己已经走到离医院两个街区之外的地方,独自站在一个角落里。这条街黑漆漆的,但即便如此,夏日的燥热依然没有得到一丝缓解。在太阳下被烤了一整天的人行道敬业地散发着余热。他突然走不动了,双脚像生了根一样。悲伤和恐惧化为实体,将他牢牢绑在原地。

我不知道怎么救你。我的工作就是保护民众免受伤害,但我竟不能保护最爱的人。

他的手机响了。他认出了显示屏上的电话号码,但是没有接听。那是简的父母。佐伊的新闻刚刚播出时,他就在车里接过他们的电话了。安吉拉·里佐利在电话里哭得歇斯底里,弗兰克·里佐利要求他立刻采取行动,而他只能默默地听着。我无能为力,他想。可能五分钟或者十分钟之后会有转机,但现在,他什么也做不到。

夜色里,他独自一人站着,努力恢复镇定。他不是冲动的人,但就在刚刚,他差点儿动手打人。要是简看到他这样冲动,一定会大吃一惊,可能也会觉得好笑。有一次,简正发脾气的时候给他打电话,还因为他过于镇静跟他闹别扭来着。简,这次你可得以我为荣了,我终于展露出了真性情。

但你又没看到,也不知道我这样都是为了你。

"加布里埃尔?"

加布里埃尔神情一僵,回头看到莫拉正静静地走过来。她的脚步放得很轻,轻到加布里埃尔都没意识到她过来了。

"我可看不下去那出戏了。"他说,"否则我一定会扭断那女人的脖子。不过我不该拿那个摄影师出气。"

"我听说了。"莫拉顿了一顿,接着说,"简的父母刚刚到了。我在停车场看见他们了。"

"他们给我打电话了,看了新闻之后第一时间打的。"

"他们在找你呢,你要不要过去看看?"

"我还没准备好面对他们。"

"那你也得回去,还有另一件事需要处理。"

"什么事?"

"科尔萨克警探到了。他对没人通知他这件事不太满意。"

"天哪!我现在最不想看到的人就是他。"

"科尔萨克是简的朋友,他认识简的时间几乎和你一样长。你可能跟他处不来,但你不能否认他很在乎简。"

"我知道。"加布里埃尔长叹出声,"我知道。"

"这些都是爱她的人。你不是唯一一个,加布里埃尔。巴里·弗罗斯特整个晚上都在这儿,连克罗警探都来过了。我们都很担心,都很害怕。"莫拉顿了一顿,又补充道,"至少我很害怕。"

加布里埃尔转头看向医院的方向:"我还得安慰他们?我现在连自己都安慰不了。"

"这就是问题,你什么都自己扛,都是你来处理。"她拉了拉加布里埃尔的胳膊,"去吧,去跟她的家人在一起,去跟她的朋友待一会儿。你们现在需要彼此。"

加布里埃尔点点头,然后深吸了一口气,朝医院方向走去。

文斯·科尔萨克以前在牛顿市工作,现在已经退休了。他最先看到了加布里埃尔,快步迎上去,在人行道上与加布里埃尔碰了面。在街灯的笼罩下,科尔萨克就像是怒目圆睁的巨怪,五大三粗,怒气冲冲。

"你怎么不告诉我?"他质问道。

"我还没找到机会,文斯,一切来得太快——"

"他们说简已经在里面待了一整天了。"

"唉,你说得对。我应该告诉你的。"

"'本应该''应该',这些话都不算数。迪恩,你在搞什么?你难道觉得这事不值得给我打个电话吗?你以为我不想知道究竟发生了什么吗?"

"文斯,冷静一点儿。"加布里埃尔伸手去拉文斯,但被怒气冲冲的文斯用力甩开了。

"她是我的朋友!他妈的!"

"我知道。但我们一直在努力不让这消息外泄,我们并不想让媒体知道里面有个警察。"

"你觉得我会泄露消息吗?你以为我会干那种蠢事吗?"

"不,你肯定不会。"

"那你就应该给我打电话!对,你是娶了她,但我也关心她!"科尔萨克嘶吼着。紧接着,他降低了音量,又轻柔地补了一句:"我也关心她。"随后,他猛地转过了头。

我知道你关心她。我还知道你爱着她,尽管你从来不肯承认。这就是为什么我们从来做不成朋友。我们都想跟她在一起,但最终是我娶了她。

"现在里面是什么情况?"科尔萨克问,声音闷闷的,依然没看向加布里埃尔,"有谁知道里面的情况吗?"

"什么也不知道。"

"那婊子半个小时之前就昭告天下了,迄今为止没有一个电话打出来?没有枪声?"科尔萨克顿了一顿,"没有其他行动?"

"可能他们没看电视吧,或者没听到他们绑架了个警察。后者正是我所希望的——他们不知道自己绑了个警察。"

"他们最后一次联系外界是什么时候?"

"五点左右他们打过一次电话出来，当时他们提了个方案。"

"什么方案？"

"他们想上电视直播，交换条件是释放两名人质。"

"那就赶紧啊！还等什么呢！"

"警方不想送平民进去，答应他们就意味着一名记者和一名摄影师要暴露于危险之中。"

"嘿！找个人教教我，我就能演那个摄影师，你来演记者，让他们把咱俩送进去！"

"绑架者对人选有要求，他们指名彼得·卢卡斯进去。"

"你是说给《波士顿论坛报》供稿的那个？为什么非得是他？"

"我们也想知道。"

"不管怎么样，先动起来再说，先把她从里面弄出来——"

加布里埃尔的手机响了。他瑟缩了一下，心想一定是简的父母打来的。他无法再回避，他伸手去拿电话，却对着屏幕皱起眉头。这是个他不认识的号码。

"我是加布里埃尔·迪恩。"他说，"您是哪位？"

"是迪恩探员？联邦调查局的迪恩探员吗？"

"您是哪位？"

"我是乔。我觉得你应该知道我是谁。"

加布里埃尔僵在当场。他看到科尔萨克在看着他，立刻警觉起来。

"迪恩探员，我们得谈谈。"

"你怎么知道——"

"你妻子告诉我们，你是她最信赖的人，你的话绝对可信。我们希望她说的是对的。"

"让我跟她说话,让我听到她说话!"

"稍等,只要你答应我的条件,什么都好说。"

"什么条件?告诉我是什么条件!"

"正义。我们只想让你承诺,你会履行自己的职责。"

"我不明白。"

"我们需要你来作证,听听我们要说的话,因为我们俩很有可能活不过今天晚上了。"

迪恩打了个冷战。他们要自杀。他们自杀,要拉着现场所有人陪葬吗?

"我们想让你告诉全世界真相,"乔说,"人们会听你说话的。迪恩探员,跟着记者一起进来吧,听我们讲讲。一切结束之后,告诉大家你听到的故事。"

"你不会死的,你没必要寻死。"

"你以为我们想寻死?我们试过,但不可能了。这是我们唯一的选择。"

"为什么非要选择这种方式呢?为什么非得威胁无辜的人?"

"不然没有人愿意听我们讲话。"

"不会的!只要你们放了人质,投降走出来!"

"然后你就再也看不见会喘气的我们了。外面的人总会找到理由,他们做这种事都轻车熟路了。新闻上到处都是。他们会说我们自杀了。我们在开庭之前就会死在监狱里,然后所有人都会觉得:'没什么大不了的,监狱里都这样。'迪恩探员,这是我们最后的机会,吸引别人的注意——这是我们最后一次讲出自己故事的机会。"

"什么故事?"

"在阿什本到底发生了什么。"

"我不知道你在说些什么,但只要你让我妻子离开,我愿意答应你的条件。"

"她就在这儿,好好的。实际上,我会让你们——"

电话突然断了。

"乔?乔?"

"发生什么了?"科尔萨克大声问,"他说了什么?"

加布里埃尔没有回答,他所有的注意力都在重新拨通电话上。他调出刚刚的来电号码,按下拨号。

"……对不起,您拨打的电话暂时无法接通,请稍后再拨。"

"到底他妈的怎么了?!"科尔萨克大喊。

"电话打不通。"

"他挂了?"

"不,通话被中断了,就在……"加布里埃尔没说下去。他回头看向医院那边,视线落在了指挥车上。他们在监听,他想,有人听到了乔的话。

"嘿!"科尔萨克喊他,"你要去哪儿?"

加布里埃尔已经朝着指挥车跑过去了。他没有敲门,直接推门进去。海德和斯蒂尔曼从视频监控中回过头看他。

海德说:"迪恩探员,我们现在没时间听你讲。"

"我要进去,我要去接我妻子出来。"

"可以,"海德大笑,"你一定能张开双臂迎接她。"

"乔刚刚给我打了电话,他们要我进去,他们想跟我谈谈。"

斯蒂尔曼一下子直起身,脸上露出实实在在的疑惑。"他什么时候打给你的?没人告诉我们。"

"就几分钟之前。乔知道我是谁,也知道简是我妻子。我可以和他们讲讲道理。"

"他们不可能和你讲道理。"海德说。

"你们刚刚还同意把那个记者送进去呢。"

"他们知道你是联邦探员。在他们眼里，你可能是狗屁政府阴谋的一部分，他们害怕你还来不及呢。你要是能在里面待上五分钟，都算你走运。"

"我愿意冒这个险。"

"你会成为他们的筹码，"斯蒂尔曼说，"一个强有力的筹码。"

"你是谈判专家，是你一直说要慢慢来的。现在这些人想跟我们谈了。"

"他们为什么选择你呢？"

"因为他们知道，我不会让简出事的。我会耍花招，但我不会陷害他们。进去的人必须是我，只有我才能完全遵守他们提出的条件。"

"太晚了，迪恩探员，"斯蒂尔曼说，"我们不准备跟他们玩这一套了。突击队已经准备就绪。"

"什么队？"

"联邦调查局从华盛顿送来的，什么反恐小队。"

这和康韦议员说得一模一样。留给谈判的时间显然已经过去了。

"上面要求波士顿警方不要插手，"海德说，"我们的工作就是肃清周边环境，保证突击队突入时不被打扰。"

"打算什么时候行动？"

"不知道，现在是他们说了算。"

"那你们跟乔谈好的条件呢？那个摄影师呢？那个记者呢？乔以为条件还算数呢！"

"并不算数了。"

"谁叫停的?"

"联邦调查局的人。我们只是还没告诉乔而已。"

"他已经准备好要释放两名人质了。"

"我们依然希望他能释放两名人质,那样至少能救两条人命。"

"如果你们不遵守承诺——如果你们不把彼得·卢卡斯送进去,里面的四个人质就救不出来了!"

"我希望那时候突击队已经就位了。"

加布里埃尔盯着他:"你想让他们都丧命吗?你这就是让他们送死!你这么做,会让两个原本就疑神疑鬼的人认为他们幻想出来那些事情都是真的!他们会认为你们要杀了他们。天哪!没准他们是对的,你们就是要杀了他们!"

"现在,听起来疑神疑鬼的人是你吧。"

"我觉得我现在是唯一一个能搞清楚状况的人了。"加布里埃尔转身,走出了指挥车。

他听到斯蒂尔曼在后面喊他:"迪恩探员?"

加布里埃尔没理他,脚步不停地走向警戒线。

"迪恩!"斯蒂尔曼赶忙追上了他,"我只是想让你知道,我不同意这个突击计划。你是对的,突击只会造成伤亡。"

"那你为什么同意?"

"好像我能阻止似的。你觉得海德有那个能耐吗?现在指挥的是华盛顿。我们都得靠边站,他们才说了算。"

突然,人群中传来嗡嗡声。那群记者蜂群一般涌上前去。

发生了什么?

随着一声大喊,大厅的门开了,一个身穿护工制服的高个子非裔美国人在两名战术警员的护送下走了出来。那个人走了几步，停了下来，在突然对准他的聚光灯下无措地眨眼，随后被匆匆送上一辆早就停在一旁的汽车。几秒钟后，又有一名坐在轮椅上的男子被波士顿警察推了出来。

"他们在履行承诺，"斯蒂尔曼嘟囔说，"他们放了两个人。"

但没有简。简还在里面，而突击马上就要开始了。

加布里埃尔挑开警戒线。

"迪恩！"斯蒂尔曼大喊，拉住他的胳膊。

加布里埃尔转身看向他。"一颗子弹就能终结这一切。让我进去吧，让我跟他们谈谈。"

"联邦调查局的人不会同意的。"

"波士顿警方控制着外围，叫你的人让我过去。"

"这可能就是个陷阱！你可能会死在里面！"

"我妻子在里面。"加布里埃尔坚定地看着斯蒂尔曼，"我必须进去，你知道的。你也知道，这是她脱险的最好机会了，这是他们所有人脱险的最好机会。"

斯蒂尔曼长出了一口气。片刻后，他点点头，好像用光了全身的力气。他说："祝你好运。"

加布里埃尔从警戒线下钻了进去，一名警察上来拦他。

"让他过去，"斯蒂尔曼说，"他要进去。"

"长官？"

"迪恩探员现在是新任谈判人员了。"

加布里埃尔对斯蒂尔曼微微颔首以示感谢。随后，他转过身，走向大厅的门。

19

米拉

奥莱娜和我都不知道要去哪里。

我们从没来过这片树林,也不知道它通向哪里。我没穿袜子,冰冷的气息直往我脚里钻。尽管穿了妈妈的毛衣和高领线衣,我依旧在寒风里冻得瑟瑟发抖。在我们身后,房子的灯光渐渐远去,回头只能看见黑暗的森林。我拖着麻木的双脚在挂着冰凌的枝叶间跋涉,把注意力都集中在奥莱娜的背影上。她提着大手提袋走在我前面。我能看到自己呼出的哈气,听见碎冰在脚下嘎吱作响。我突然想到上学的时候看过的一部描写战争的电影:在对俄交战前线,冰冷饥饿的德国士兵踩着雪,一步一晃地走回宿舍。不要停,不要问问题,只要向前走。电影里的士兵一定是这么想的,因为此时此刻,我穿过这片树林的时候,也是这么想的。

我们前面,一点光芒在闪烁。

奥莱娜骤然停下,把我拦住。我们像森林里的树木一样,一动不动地看着灯光从眼前经过。我们听着轮胎压过潮湿路面的声音,拨开最后一丛灌木,踩在了坚硬的柏油路上。

那是条路。

我的脚已经冻得失去了知觉,只能跌跌撞撞地跟上奥莱娜。奥莱娜则步伐坚定,像个机器人。我们看到了房子,但她并没有停下来。她是领头的将军,我只是冻得要死的小兵,只能跟着她,她比我懂得多。

"我们不能一直这么走。"我对她说。

"也不能待在这儿。"

"你看,那些房子亮着灯呢,我们可以去问问他们能不能帮忙。"

"现在不行。"

"还得走多久?一夜?一周?"

"只要能走,就得走下去。"

"你到底知不知道我们要去哪儿?"

奥莱娜突然回过身,怒气冲冲,吓了我一跳。"你知道吗?我受够你了!你什么也不会,就是个累赘!是个蠢到家又胆小如鼠的累赘!"

"我就是想知道我们要去哪里。"

"你始终在抱怨,在发牢骚!我受够了,咱们分道扬镳吧。"她从手里的大袋子中掏出一捆美元,拉断橡皮筋,塞了一半到我手里,"给你!拿着钱滚吧!你要是够聪明,就自己走!"

"为什么?"我的眼里盈满热泪,不是因为害怕,而是因为她是我唯一的朋友。我不能失去她。

"你在拖我的后腿,米拉,你拖慢了我的速度。我不想一直照顾你。我不是你妈妈!"

"我也没想过让你照顾我。"

"那你为什么不能长大呢!"

"你为什么不能好好说话呢!"

前方突然来了一辆车,这实在让我们措手不及。我们俩都太专注于彼此,根本没注意到车子。这辆车转过弯道,车灯突然亮起。我们像是横穿马路的小动物,被车灯定在原地。我们听到了轮胎摩擦地面的声音,刺耳极了。这是辆旧车,怠速时发动机会发出叮叮当当的声音。

司机从车窗探出头:"两位女士,你们是不是需要帮助?"他的问题听起来更像一个陈述句,因为我们看起来确实需要帮助——两个女人在一个寒风呼啸的夜晚站在路中间,我们当然需要帮助。

我张口结舌,最终什么也没说,而奥莱娜像往常一样过去交涉。她走路的姿势、她的声音、她扭动的柳腰和浑圆的双臀都告诉我,她在充分发挥自己的女性魅力。她笑着,用低哑的嗓音说着英文:"我们的车抛锚了,你能送我们一程吗?"

那男人打量了她一番。他是不是在怀疑她的话?没准他能感觉到有什么不对,然后叫警察来呢!我几乎要拔腿跑回森林里。

但最后,他还是接了奥莱娜的话。他的声音很平缓,似乎丝毫没被奥莱娜的魅力所影响。"往前走有个服务区。反正我都得在那里加油,就帮你们叫个拖车吧。"

我们钻进车里。奥莱娜坐在副驾驶,我坐在后面。我已经把她塞给我的钱放进了口袋里,现在这些钱就是我的希望。我还生她的气呢,她怎么能这么残忍?有了这些钱,没有她我也可以,没有谁我都可以。她不是让我走吗?我一定会走的。

那男人开车的时候不说话,起初我觉得他是在故意忽略我们,他对我们根本没有兴趣。然后我发现他在偷偷瞄后视镜,这时我才意识到他其实在打量我,打量我们俩。他虽然不说话,却像一只警觉的猫。

服务区的灯光在前面闪烁，车开进去，停在加油泵边。男人加了油，然后对我们说："我去问问拖车的事。"说完他便走向了服务区。

奥莱娜和我待在车里，不知道该怎么办。透过车窗，我们能看到那个男人正在跟收银员说话。他指了指我们，然后收银员拿起了电话。

"他要报警了！"我轻声对奥莱娜说，"我们走吧，现在就走。"我去摸门把手，就要打开的那一瞬，一辆黑色的车甩进加油站，停在我们边上。两个黑衣男子走出来，其中一个有着淡金色头发，短胡子。他们看向我们。

那一刻，我全身的血液都凝固了。

我们被困在一个陌生人的车里，像是两只猎物，而外面恰恰有两名猎手。金发男子就站在我这边的车门口，透过车窗盯着我。我也只能隔着车窗看回去，看着他——那是妈妈临终前见过的最后一张脸，很可能也会成为我这辈子见过的最后一张脸。

突然，金发男子下巴一扬，目光转向服务区。我转过身来，看到那男人恰好走出来，走向车子。他已经付了油钱，正把钱包往口袋里塞。他抬头，放慢了脚步，皱着眉头盯着站在他车旁边的两个人。

"二位有事吗？"他问。

金发男子答道："先生，我们能不能问您几个问题？"

"你是谁？"

"我是联邦调查局的史蒂夫·奥尔曼探员。"

他似乎并不在意这个金发男子的身份，伸手从加油站的桶里拿出一把橡胶清洁刷，拧干多余的水，开始擦拭脏兮兮的挡风玻璃。"你们想问什么？"他一边问，一边把玻璃上的水刮下来。

金发男子靠近了一点,轻声对他说了些什么。我只能听见"女的""逃走"和"危险"。

"所以——你为什么要来跟我说这个?"他问。

"这是你的车吧?"

"是的。"男人点头,突然笑了起来,"啊,我知道你们是什么意思了。我来给你们介绍一下,这是我妻子,后面坐着的是她表妹。她们俩看起来可太危险了,对吧?"

金发男子瞟了一眼他的同伴,眼里一阵惊讶,不知道该说些什么。

男人把清洁刷扔回桶里,溅起一阵水花。"先生们,祝你们好运。"说着,他打开车门,一边坐进来一边大声对奥莱娜说,"亲爱的,对不起,这里没有艾德维尔①卖,咱们到下一个加油站去看看吧。"

我们开走了。我回头看了一眼,那两个男的还站在原地看我们,其中一个正在抄录我们的车牌号码。

一时间车里没人说话。我仍然害怕得说不出话来,只能盯着男人的后脑勺看。他刚刚救了我们的命。

最后,还是他先开口了:"你们不打算告诉我到底发生了什么吗?"

"他们骗你的,"奥莱娜说,"我们一点儿都不危险。"

"他们也不是联邦调查局的。"

"你知道?"

男人看着奥莱娜:"我又不是傻子。我一看到他们就知道他们在搞什么鬼,要是有谁骗我,我也心知肚明。所以,你俩不如

---

①艾德维尔,一种止痛药。

说真话。"

奥莱娜疲倦地叹了一口气,轻轻说:"他们想杀了我们。"

"这我想到了。"男人摇着头大笑,声音中却没有丝毫笑意,更像是一种不肯相信他竟如此倒霉的自嘲,"屋漏偏逢连夜雨,"他说,"所以,他们到底是谁,为什么想杀了你们?"

"因为我们今天晚上看到了一些不该看的东西。"

"什么不该看的东西?"

奥莱娜望向窗外。"那可太多了,"她嘟囔着,"我们看到的可太多了。"

男人没有追问下去,车拐了个弯,行驶在颠簸的土路上,一路向森林深处驶去。男人把车停在一座房子前,那房子看起来很不牢固,周围都是树,而且十分简陋,是只有穷人会住的那种,屋顶上却有一个巨大的卫星接收器。

"你家?"奥莱娜问。

"是我住的地方。"男人回答。

前门上了三道锁,每道锁都有不同的钥匙。站在门廊上等待他开锁的时候,我注意到所有的窗户都有围栏。我一时对是否要进去这件事充满了犹豫。我想起我们刚刚逃离的那座房子,但我又意识到,这些围栏应该与之前的围栏不同——这些围栏的作用不是把人锁在里面,而是把人拦在外面。

走进屋子,我闻到了木头散发出的烟熏味,还有潮湿的羊毛味。他没开灯,却可以在黑暗的房间里自由穿行,好像对这里的一切都了如指掌。"每次我离开几天这里都会有点儿霉味。"说着,他划亮一根火柴。我看见他跪在壁炉边。柴火已经准备好,不一会儿,火光就燃了起来。火焰映红了他的脸,在这阴暗的房间里,他的脸色看起来更加憔悴、阴沉。我之前觉得他长得挺帅，但现在，我发现他的双眼空洞得很，瘦削的下巴也已经布满胡茬儿。火光映亮了屋子，我环顾四周，看到的是一个堆满报纸和杂志的小房间，墙上还钉着十几份简报，让这个原本就不大的房间更显逼仄。在这个房间里，简报无处不在，像是发黄的鳞片，一张张贴在墙上。我甚至可以想象，这个男人把自己关在小屋里，狂热地剪下那些只有他才能理解的文章，日复一日，年复一年。我看着窗外的围栏，又想起前门的三把锁。我想：这个男人一定是被吓坏了。

他走到一个柜子前，打开锁。我大吃一惊，因为里面有六把步枪。他拿出一把，又锁上了柜子。看着他手里那把枪，我不禁后退了一步。

"没关系，没什么好怕的。"他看我害怕，解释了一句，"我只是今晚想让手边有把枪罢了。"

一阵好像时钟报时的声音传来。

男人猛一抬头，拿着步枪走到窗前，盯着窗外的树林看。"有什么东西触发了传感器。"他说，"可能只是只动物，不过……"他握着步枪，在窗前站了很长时间。我记得加油站那两个人站着看我们离开，还记下了车牌号码。现在，他们一定已经知道车主是谁，也知道他住在哪里。

男人跨过一堆木头，捡起一根刚砍下来的原木扔进火里。然后他坐进摇椅，看着我们，来复枪放在大腿上。炉火噼啪燃烧，火星在壁炉里舞蹈。

"我叫乔，"他说，"你们俩叫什么？"

我看着奥莱娜，我们都没说话。尽管这个奇怪的男人救了我们的命，但我们依然很怕他。

"反正路是你们自己选的，也是你们自愿上了我的车，"椅子在木地板上摇晃，发出吱吱嘎嘎的响声，"现在再惜字如金显然来不及了。"他说，"骰子已掷下。"

我醒来时，天还没有亮，炉火已经燃尽了。陷入睡眠之前我记得的最后一件事，是奥莱娜和乔在轻声交谈。现在，借着壁炉的火光，我能看到奥莱娜睡在我身边的编织地毯上。我还在生她的气，也还没原谅她说过的话，不过这几个小时的睡眠让我明白，这是不可避免的——我们不可能永远在一起。

摇椅的吱嘎声吸引了我的目光，我看到乔的步枪反射出微弱的光，感觉到他在看着我。这段时间里，他可能一直在看睡着的我们。

"叫醒她，"他对我说，"我们得走了。"

"为什么？"

"他们来了。他们一直在监视这里。"

"什么？"我跌跌撞撞起身冲向窗边，心脏怦怦作响。可我只能看到一片漆黑的树林，然后我才意识到，星星的光芒已经减弱，夜色也逐渐褪去，天要亮了。

"我觉得他们还在路上停着，因为第二道传感器还没被触发。"乔说，"但我们得走了，趁天还没亮。"他站起身走到一个橱柜旁，拿出了一个双肩包，里面不知装了什么，发出了金属撞击的声音。"奥莱娜。"他一边喊，一边用靴子轻轻踢她。奥莱娜从梦中惊醒，抬头看他。"我们得走了。"他说，"你要是还想活命，现在就得走。"

我们没有走前门，乔拉起一块地板，下面一团漆黑，散发出潮湿的泥土气味。他顺着一架梯子爬下去，然后对我们说："下来吧。"

我把从妈妈那里拿的大包递给乔,然后跟着他爬了下去。他打开手电,在手电筒的光束中,我看到了一排排堆在墙边的板条箱。

"在越南,村民会在家里挖一个地窖,就像这个一样,"他一边说,一边往前走,地势一路走低,"他们挖地窖主要是为了储存食物,但有时,这地窖也能救命。"他停下来,打开一把挂锁,然后关掉手电筒,推开了头顶的一个木盖子。

我们爬出隧道,外面是漆黑的树林。树木掩盖了我们的行踪。我们什么也没说,也不敢说。我沉默着,再次跟上前面的人。我总是那个小兵,从来没做过领头的将军,但这次,我相信领头的人。乔静静地走着,自信地走着。他知道要把我们带到哪里。我跟在他身后,太阳初升,日光渐渐笼罩大地。他有一点儿跛,左脚不太灵便,他回头看我们的时候,我能看到他脸上痛苦的表情。但他依旧向前走着,走进灰蒙蒙的晨曦里。

终于,透过前面的树林,我看到了一间破败的农场。走近后,我能分辨出这里早已没人住了,窗子都是破的,屋顶的一头已经塌了进去。但乔没有到房子里去,他转向谷仓。谷仓也是一副破败的样子。乔打开了谷仓大门的锁,推开了门。

里面是辆车。

"我总在想什么时候能用上它。"他一边钻进驾驶座一边说。

我钻进后座,后面有块毯子,还有个枕头。我脚底下有几个罐头,足够我们过上几天。

乔打了火,发动机工作得有些勉强。"其实我不太想走,"他说,"但可能确实要离开一段时间了。"

"你是为了我们才离开的吗?"我问他。

他转头瞟了我一眼:"我是为了不惹麻烦。你们两个姑娘好像给我带来了一些大麻烦。"

乔把车倒出谷仓,我们开始在土路上颠簸前行。车子驶过摇摇晃晃的农舍,走过积水的池塘。突然,我们听到一声沉重的巨响。乔立刻停下车,摇下车窗,盯着我们刚刚离开的树林。

树丛里冒出黑色浓烟,汹涌地翻滚着,盘旋着升入明亮的天空。我的手心都是汗,想到我们刚刚离开的小屋现在很可能已经是一片火海,而我们也本有可能身处其中,便浑身发抖。乔什么也没说,只是盯着滚滚浓烟,无比震惊。我觉得,他肯定已经开始觉得,遇见我们真是倒了八辈子霉。

过了一会儿,他深深呼出一口气。"天哪,"他嘟囔着,"无论这些人是谁,他们都是来真的。"他又把注意力转回路上。我知道他也害怕,因为我能看到他握着方向盘的手轻轻颤抖,能看到他发白的指关节。"姑娘们,"他轻声说,"该走了。"

20

简闭上眼睛,像个冲浪者应对浪头一样忍受着一波波袭来的剧痛。快点儿过去吧。快停下来吧,停下来。宫缩袭来的时候,她能感受到汗水从脸颊上滑落。阵痛就像一只大手,紧紧地抓住她,让她无法呻吟,甚至无法呼吸。她闭着眼,感觉外面的光似乎都黯淡了,所有的声音都被她急促的心跳声所掩盖。她只能模模糊糊地感受到房间里的骚动。有人在砸门。一定是应乔的要求进来的人。

突然,一只手握住了简的手,触感温柔又熟悉。不可能,她在宫缩的间隙想。她慢慢睁开眼睛,眼前逐渐清明起来。她感受到了投在她脸上的目光,立刻僵在当场。

"不,"她轻声说,"不,你不该来。"

他双手捧起她的脸,在她额头上印上一吻,又去吻她的头发。"会好的,都会好的,亲爱的。都会好的。"

"你真是个傻子。"

他笑了:"你嫁给我的时候就知道我不太聪明了。"

"你想什么呢?"

"想你。只想你。"

"迪恩探员。"乔说。

加布里埃尔慢慢地站起来。简曾多少次看着她的丈夫,觉得自己实在太幸运了,但此刻她的感受最强烈。她的丈夫没携带武器,没有任何优势,但他回头看向乔的时候,脸上无比地坚定。
"我来了,现在你能让我妻子离开了吗?"
"我们谈过之后就可以,你得先听我们说。"
"我在听。"
"你得保证你会跟踪调查我们告诉你的事情,保证你不会让这事就这么过去。"
"我说了,我会听。你说过只要我来听,你就会让这些人离开。你们可能对人生不抱希望了,但这些人不同,他们还有希望。"
奥莱娜说:"我们不想让任何人因此丧命。"
"那就证明给我看。放了这些人,然后我会坐在这里听你们讲,讲几个小时、几天,讲多久都行,随你们的意。"加布里埃尔盯着他们俩,毫无畏惧。
一阵沉默。
突然,乔走到沙发边,抓住塔姆医生的胳膊把她拉了起来。
"去门那边站着,医生。"他命令道。他又转身指着另一个沙发上坐着的两名女性:"你们俩,起来!都起来!"
那两个姑娘没动,只是目瞪口呆地看着乔,好像觉得这一定是个陷阱,如果她们动一下,就会有什么无可挽回的后果。
"起来!过去!"
接待员抽泣了一声,跌跌撞撞地站起来,然后另一个姑娘才跟上她。她们一步步向门口蹭过去,塔姆医生还在那里一动不动地站着。这几个小时被囚禁的经历把她们吓坏了,她们还无法相信这场苦难即将结束。塔姆医生在走到门口的几步路上,还在看着乔,等着看他是不是会让她停下来。

"你们三个可以走了。"乔说。

这几名女性踏出去的那一刻,奥莱娜砰的一声关上了门,上了锁。

"我妻子呢?"加布里埃尔说,"让她也出去。"

"不行,至少现在还不行。"

"我们之前——"

"迪恩探员,我只说可以释放人质,可没说会放谁。"

加布里埃尔气得脸色涨红。"你以为我现在会相信你吗?你以为我会愿意听你讲那些废话吗?"

简拉住她丈夫的手,感受到他的掌心突突直跳。"听他说吧,让他们说出来。"

加布里埃尔重重吐了口气:"行,乔,你想告诉我什么?"

乔拉过两把椅子放在屋子中央,面对面摆着。"坐,咱们坐下来谈。"

"我妻子就要生产了,她不能在这里待着。"

"奥莱娜会照顾她。"他指了指椅子,"我要给你讲个故事。"

加布里埃尔看着简,简能在他眼睛里看到爱意与恐惧。你信谁?乔之前问她,谁会替你挨这一枪?她看着她的丈夫,想:除了你,世界上我再没有更信任的人了。

加布里埃尔很不情愿地把注意力转回到乔身上。两个人面对面坐着,看起来像是个体面又文明的会议——如果忽略掉其中一人腿上放着把枪的话。奥莱娜和简一起坐在沙发上,手里同样拿着武器,稍微一动便能要了人的命。这不过是两对男女之间的小小聚会罢了,唯一的问题是:哪对能活过今晚呢?

"他们是怎么跟你说我的?"乔问,"联邦调查局那些人怎么说的?"

"说了一些。"

"说我疯了,是吧?孤独,不合群,又疑神疑鬼。"

"对。"

"你相信他们吗?"

"我没有理由不相信。"

简看着她丈夫的眼睛。她知道,尽管加布里埃尔的声音很冷静,但她能看到他眼里的血丝和脖颈上暴起的青筋。你知道这是个疯子,她想,但你还是进来了,就是为了我。又一阵宫缩袭来,她把一声痛呼压在喉咙里。别说话,别让他分心,让他做他该做的事情。她重重地靠在沙发背上,牙关紧咬,静静地忍受痛苦。她死死地盯着天花板,盯着隔音板上的一处黑色污渍。专注,用思想战胜疼痛。天花板逐渐模糊了,那片污迹似乎也在翻涌的白色海洋中不停晃动,她一看就想吐。她闭上了眼睛,像一名在惊涛骇浪中晕船的水手。

直到宫缩渐退,阵痛也逐渐消减,她才慢慢睁开眼睛,继续盯着头顶的天花板。不过这次好像有点儿不一样了,那块污渍边上出现了一个小洞,在隔音板上那么多小洞中间十分不起眼。

简扫了一眼加布里埃尔,但他并没有看她。他的注意力完全放在了坐在他对面的男人身上。

乔问:"你觉得我疯了吗?"

加布里埃尔打量了他一会儿:"我不是精神病医生,不能下这样的诊断。"

"你走进来的时候,觉得会看见一个举着枪乱挥的疯子,是吗?"他向前探身,"他们就是这么告诉你的,对吧?说实话。"

"你真想让我说实话?"

"那当然。"

"他们告诉我你们是恐怖分子，至少他们是这么引导我的。"

乔坐了回去，哂笑一声。"所以这就是他们的手段。"他平静地说，"当然，他们确实会这么做。那我们算是哪种恐怖分子呢？"他扫了一眼奥莱娜，然后大笑，"哦，车臣分子吧。"

"是的。"

"是约翰·巴尔桑蒂在负责这事吗？"

加布里埃尔皱了皱眉："你认识他？"

"他从弗吉尼亚州一直追我们到这里。无论我们到哪儿，好像都能看见他。我知道他也会来，很可能他正等着把我们装进裹尸袋里。"

"你不一定会死。把武器给我，我们一起出去。不开枪，不流血。我保证。"

"啊，你保证。"

"你让我进来，就意味着在某种程度上，你相信我。"

"我现在谁也不敢信。"

"那我为什么会在这儿？"

"因为我不愿在正义都没得到伸张的情况下交待自己的生命。我们曾尝试把这事告诉媒体，甚至把证据都交给他们了，但没有人在乎。"他看向奥莱娜，"让他看看你的胳膊，让他们看看巴伦特伊怎么对你的！"

奥莱娜把袖子卷到手肘，指了指胳膊上参差不齐的伤疤。

"看到了吧？"乔说，"看到他们都对她做了什么吧？"

"巴伦特伊？你是在说那个国防承包商吗？"

"最新的芯片技术，是巴伦特伊用来追踪财产的。她是被人直接从莫斯科运过来的，是巴伦特伊的一个小副业。"

简又抬头去看天花板。突然，她发现天花板上有更多新的小洞。她扫了一眼那边的两个男人，但他们都没注意到她。没有人抬头看，没有人注意到天花板上已经开了好多个小洞了。

"所以整件事就是关于一个国防承包商？"加布里埃尔说。他的声音毫无起伏，一点儿没有流露出他内心深处的怀疑。

"不是'一个'国防承包商，而是巴伦特伊公司。这家公司与白宫和五角大楼可是有直接关联的。这可是那些一打仗就能赚几十亿美元的高管。你觉得为什么每次巴伦特伊都能拿到大合同？因为白宫就是他们的走狗！"

"乔，其实我不想这么说，但你所说的完全就是阴谋论。巴伦特伊现在是千夫所指，很多人都想扳倒他们。"

"奥莱娜的确能扳倒他们。"

加布里埃尔看着奥莱娜，目光里充满怀疑："怎么扳倒？"

"她知道他们在阿什本做了些什么，她知道他们都是什么样的人。"

简仍然盯着天花板，想弄明白她看到的究竟是什么。针尖般细的水汽从上面默默地流了下来。是气体。他们正在往房间里打气。

她看着她的丈夫。他知道这事吗？他知道这个计划吗？似乎没有人注意到屋里多了些气体，也没有人意识到，这些细微的气流便是突入行动的前兆。

我们都吸入了这些气体。

她又感到了一次宫缩，全身紧张起来。天啊，现在可不行，她想，尤其是这千钧一发的时刻，更是不行。她紧紧抓住沙发垫，等待宫缩达到高潮。痛苦啃噬着她，她能做的就是紧紧抓住垫子不放。这可糟了，她想，哦，这可太糟糕了。

但宫缩并没有如她所想到达高潮。突然，她手里的垫子不知怎么溜了出去，融成一团水，她感觉到自己被拖了下去，拖入黑甜的梦乡。随着肢体渐渐麻木，她听到了砰砰的声音，听到了男人的喊叫声，听到加布里埃尔的声音从远处传来，低沉缥缈，呼唤着她的名字。

现在几乎不痛了。

有什么东西撞到了她身上，一抹温柔轻抚过她的脸庞。那是一只温柔的手，在轻轻爱抚她的脸颊。一个声音在低语，柔和而急切，却说着些她听不懂的东西。那声音几乎淹没在砸门的砰砰声中。一定是个秘密，她想，她在告诉我一个秘密。

米拉。米拉知道。

一阵震耳欲聋的爆炸声后，一股暖流溅在她的脸上。

加布里埃尔，你在哪儿？

21

第一声枪响的时候,街上的人群不约而同地倒抽了一口冷气。莫拉心内一窒。里面又有枪声响起,战术队的人守在警戒线边。时间一分一秒地过去,莫拉能看到他们脸上露出困惑的表情。所有人都在等着里面的消息,想知道究竟发生了什么,但没有人动,没有人冲进去。

他们在等什么?

警用扬声器突然响了起来:"行动结束!突击队即将离开,行动结束!一切安全!医疗队!快拿担架来——"

医疗队冲了进去,像短跑运动员冲过终点线一样冲过警戒线。黄色的警戒线应声而断,人群骚动起来。突然间,记者和摄影师也涌向大楼,警方努力将人群挡在外面。一架直升机在头顶盘旋,叶片嗡嗡作响。

一片嘈杂声中,莫拉听到了科尔萨克大喊:"我他妈是个警察!我朋友在里面,让我进去!"科尔萨克一眼瞥到莫拉,对她大声喊,"医生!你得进去看看她!"

莫拉使劲往前挤,挤到警戒线那里。守卫的警察匆匆扫了一眼她的证件,摇了摇头。

"艾尔斯医生,里面得先顾活人。"

"我也是内科医生,我能帮上忙。"

街对面的停车场里刚停了一辆摩托,莫拉的声音几乎淹没在了摩托车的隆隆声中。警察的注意力被吸引了过去,转过头对记者大喊:"嘿!你!退后!"

莫拉从他身边溜过去,跑进了大楼,心里七上八下,不知道她会看到什么。她拐进通往诊断室的走廊,看见两名急救人员推着担架床向她飞奔过来。她一把捂住嘴,不敢呼吸。她看到大大的孕肚,黑色的头发。不,天哪,不。

简·里佐利浑身浴血,躺在那里。

就在那一刻,莫拉几乎忘记了自己受过的所有医学训练。她惊恐万分,只能注意到血,也只注意到了血。太多血了。担架床从她身边辘辘而过,她看到简的胸腔还在起伏,她的手也在动。

"简?"莫拉喊她。

急救人员已经把担架床推过大厅了,莫拉飞奔过去追上她。

"等等!她怎么样?"

其中一个男人回头瞟了她一眼:"这个要生了,得把她送到布里格姆医院去。"

"但这么多血——"

"不是她的血。"

"那是谁的?"

"后面那个女孩的。"他竖起一只拇指指了指后面,"她哪儿也去不了了。"

莫拉盯着担架床出了门,然后转身跑进走廊,一路跑过急救小组和波士顿警方人员,向危机的中心地带跑去。

"莫拉?"一个声音喊她,听起来遥远又沉闷。

她看见加布里埃尔在担架床上挣扎着坐起来。他的脸上绑着一个氧气面罩,手臂上挂着一袋生理盐水。

"你还好吗?"

加布里埃尔低下头嘟囔着:"就是……晕。"

急救医生说道:"是后遗症。我给他静脉注射了纳洛酮。他得休息一会儿,这就跟刚出麻醉的感觉一样。"

他拿下面罩,说:"简——"

"我刚看见她了。"莫拉说,"她挺好的,正在去布里格姆医院的路上。"

"我不能再待在这儿了。"

"里面发生了什么?外面听到了枪声。"

加布里埃尔摇头:"我不记得了。"

"面罩,戴上面罩。"急救医生说,"你现在需要吸氧。"

"其实可以不搞成这样的,"加布里埃尔说,"我能说服他们的,我可以说服他们,让他们投降。"

"先生,你得把氧气面罩戴上。"

"不,"加布里埃尔大声打断他,"我得跟我妻子待在一起,我得去找她。"

"现在还不行。"

"加布里埃尔,他说得对。"莫拉说,"看看你现在的样子,你连坐起来都费劲。再躺一会儿。我会开车送你去布里格姆医院,但得等你康复以后。"

"就躺一会儿。"加布里埃尔一边说,一边虚弱地躺回到担架上,"我一会儿就好了……"

"我马上就回来。"

莫拉看到了超声室。她走过去,第一眼看到的就是血。鲜血总会吸引人的注意。屋子里血色四溅,触目惊心,在脑海里留下挥之不去的颜色。血色在你的脑海里大喊：这里发生的事情实在太可怕了。尽管房间里有六个活人，地上也到处都是救护人员带进来的东西，但莫拉依旧盯着墙上的血迹，那是死亡在这面墙上留下的鲜活证明。然后，她看到了一具女尸。女尸瘫倒在沙发上，黑色的头发浸在血泊里，散在地板上。莫拉从不晕血，但见到这一幕，她忽然无法站稳，要抓着边上的门框才能保持平衡。一定是突击队之前用的那什么气体还有残留，她想，屋里还没完全通风。

耳边传来塑料布的摩擦声。她忍着眼前的眩晕，看到地板上铺着一张白色的单子，巴尔桑蒂探员和海德副巡长站在一旁，两个戴着乳胶手套的人正把约瑟夫·洛克①血迹斑斑的尸体搬到塑料布上。

"你们在做什么？"她问。

没人注意到她。

"为什么要挪动尸体？"

蹲在尸体边上的两人停下手里的动作，朝巴尔桑蒂的方向看了一眼。

"这两具尸体要被送往华盛顿。"巴尔桑蒂说。

"在我这边的人检查完现场之前，你们什么也不能动。"莫拉说。看到那两个人正准备拉上裹尸袋的拉链，莫拉问："你们是谁？你们不是我这边的人。"

"他们是联邦调查局的人。"巴尔桑蒂说。

莫拉的大脑现在无比清醒，适才的眩晕被怒气一扫而光。"你们为什么要把这两具尸体带走？"

---

①乔是约瑟夫的昵称。

"我们的法医会对他们进行尸检。"

"我还没签字同意你们带走他们。"

"艾尔斯医生,不过是签几份文件罢了。"

"可我没打算签字。"

房间里的其他人都在看着他们。周围站着的大多数人都和海德一样,是波士顿警察局的警官。

"艾尔斯医生,"巴尔桑蒂叹息道,"为什么分得这么清楚呢?"

莫拉看向海德:"案子是发生在我们辖区之内的,我们有权接管这两具尸体。"

"你说得像不信任联邦调查局一样。"巴尔桑蒂说。

我不信任的是你。

莫拉朝他走了一步。"巴尔桑蒂探员,你从没解释过你为什么会出现在这儿。你究竟是来做什么的?"

"纽黑文的枪击案里的两个嫌疑人逃出来了,我想你已经知道这个案子了。他们越过了州界。"

"这也不能解释你为什么要带走这两具尸体。"

"你会拿到尸检报告的。"

"你是不是害怕我会从尸体上发现什么?"

"艾尔斯医生,你知道吗?你这么说话听起来跟这两个疑神疑鬼的人没什么两样。"他转身对那两个抬着洛克尸体的人说,"把他们俩包起来吧。"

"不许碰他们。"莫拉说。她掏出手机,给亚伯·布里斯托打电话:"亚伯,我这里有个命案现场。"

"我知道,我看电视了。几个人?"

"两个。两个劫匪都在突击行动中死亡。联邦调查局现在要把尸体空运到华盛顿去。"

"等等。联邦调查局的人先是开枪杀了他们,现在又想把尸体带走做尸检?什么情况?"

"我就知道你会这么说。多谢支持。"莫拉挂了电话,看着巴尔桑蒂说,"法医鉴定中心不同意你们把尸体带走,请离开这个现场。现场勘查结束之后,我们的人会把尸体送到停尸间的。"

巴尔桑蒂看起来还想争辩几句,但莫拉冷冷地盯着他,很明显不会改变主意。

"海德副巡长,"莫拉说,"我需要就此给州长办公室打电话吗?"

海德叹了口气:"不需要,这确实在你的职权范围内。"他看着巴尔桑蒂,"看起来法医鉴定中心接管这事了。"

巴尔桑蒂和他的人一句话都没说,离开了房间。

莫拉跟着他们,一直看着他们的身影消失在走廊尽头。她想,这个现场也会与其他现场一样,由波士顿警察局凶案组而不是联邦调查局来处理。她正要打电话给摩尔警探的时候,突然注意到走廊上那张担架床空了,急救人员正在收拾工具。

"迪恩探员去哪儿了?"莫拉问,"就是之前躺在这里的那个人。"

"他不愿意在这儿待着,起来走了。"

"你没有拦住他?"

"没人能拦住他,什么都拦不住。他说他得去找他妻子。"

"他怎么去?"

"一个秃子说送他去。我觉得那是个警察。"

那是文斯·科尔萨克,莫拉想。

"他们这会儿正往布里格姆医院走呢。"

简根本不记得她是怎么到这里的,这个病房里有着明亮的灯光和闪亮的地砖,戴着口罩的人在里面走来走去。她只能零星回忆起一些事情:人们的喊叫声、轮床轮子发出的吱嘎声,还有警车顶上蓝色的警灯。然后她就被推到了这里,一路上能看见白色的天花板。她一遍又一遍地问起加布里埃尔,但没人能告诉她加布里埃尔在哪儿。

或者,他们不敢告诉她。

"这位妈妈,你做得很好。"医生说。

那是位有着湛蓝眼睛的医生,外科口罩上面是一双弯弯的笑眼。简眨了眨眼。不,一点儿都不好,她想,我丈夫应该在这里,我需要他。

还有,别叫我"这位妈妈"。

"下一次宫缩的时候用力,"医生说,"一直用力。"

"得有人给他打个电话,"简说,"我想知道加布里埃尔在哪儿。"

"我们得先帮你把孩子生出来。"

"不!你得先照我说的做,给加布里埃尔打电话!这是当务之急!你得——你得——"又一次宫缩来了,她深吸了一口气。她痛苦极了,也愤怒极了。这些人为什么不听她的?

"用力!妈妈,用力!就快好了!"

"他——妈的——"

"快!用力!"

疼痛瞬间加剧,她倒吸了一口冷气。但愤怒让她忍受住了这份痛苦,让她无比坚定地使劲用力直到眼前发黑。她没听到门嘭的一声开了,也没看到一个穿着蓝色手术服的男人溜进房间。她大喊一声,瘫在手术台上,大口大口喘气。直到这时她才发现,加布里埃尔正低头看着她,明亮的灯光从他脑后映出来。

"加布里埃尔。"她轻声说。

加布里埃尔一只手拉住她的手,另一只手轻轻抚摸她的头发。"我在这里,我就在这里。"

"我不记得了,我不记得发生了什么——"

"那不重要。"

"重要。我得记起来才行。"

另一次宫缩袭来,她倒吸一口气,抓住了加布里埃尔的手。她使劲攥着,就像一个坠落深渊的女人抓着她唯一的希望。

"用力!"医生说。

她向前蜷起,从喉咙里发出低沉的声音,每一块肌肉都在用力,汗水流进她的眼睛里。

"对,就这样,"医生说,"就快好了……"

加油啊,宝贝!别那么固执了!快帮妈妈一把!

她现在几乎要尖叫出来,喉咙快要爆裂了。突然,她感受到两腿之间冲出一股热流,她听到怒气冲冲的哭喊声,好像猫咪的低吼。

"生出来了!是个女孩!"医生说。

女孩?

加布里埃尔在笑,他的声音嘶哑,眼中带泪。他把吻印在简的头发上。"是个女孩,我们生了个小姑娘。"

"她很活泼,"医生说,"来看看吧。"

简转过头,看到两只小拳头在挥舞,看到一张气得通红的脸,还看到了黑色的头发——一大堆卷卷的黑头发,湿漉漉地贴在头皮上。她看着助产士把小婴儿擦干,又用毯子把她包起来,心中惊奇不已。

"妈妈想要抱一下吗？"

简一个字也说不出来，她的嗓子已经哑了。她看着助产士把襁褓递过来，满眼惊讶。她低头，看到一张哭肿了的脸。小婴儿扭动着身子，好像要从襁褓里挣脱出来，从妈妈的怀抱里挣脱出来。

你真是我生的吗？在简的想象里，她应该能一眼认出她的孩子，应该能透过孩子的眼睛看到她身体里的灵魂。但现在，她一丝熟悉的感觉都没有。她试图安抚挣扎不已的孩子，却只觉得自己笨得要命。她望着女儿，却只看到一个愤怒的小家伙，肿着两只眼睛，紧握着拳头，像只小动物一样发出抗议的尖叫。

"这孩子真漂亮，"护士说，"简直跟你一模一样。"

22

简醒过来的时候,太阳已经升起,阳光透过医院的玻璃窗照在她身上。加布里埃尔睡在床边的陪护小床上。此时此刻她才注意到,加布里埃尔的黑发中透出几丝灰白。他身上还穿着昨天那件衬衫,皱巴巴的,袖子上还蹭上了血迹。

谁的血?

像是感受到了简的目光,加布里埃尔睁开眼,明亮的光线从她身后透出来,他不由得眯了眯眼。

"早上好,爸爸。"简说。

加布里埃尔露出疲惫的微笑:"我觉得妈妈应该接着睡觉。"

"睡不着。"

"这可能是咱们最后一次能睡个整觉的机会了。待会儿孩子被抱回来,咱们就没时间休息了。"

"加布里埃尔,我得知道发生了什么。你还没告诉我。"

加布里埃尔脸上的笑容渐渐淡去。他坐起来,搓了搓脸,突然看起来老了几岁,神情十分疲倦。"他们死了。"

"他们俩都死了?"

"突击行动中,两个人都被射杀了。至少海德是这么说的。"

"他什么时候说的?"

"昨天晚上,他来过了,那时候你还在睡觉,我不想吵醒你。"

简仰面躺着，盯着天花板。"我很努力地回忆了，可是，天哪，为什么我什么都想不起来？"

"我也想不起来，简，他们在输进来的气体中添了芬太尼，那东西会让人记不住事情。至少莫拉是这么说的。"

简看着加布里埃尔："所以你也没看见发生了什么，是吗？你也不知道海德告诉你的究竟是不是真的？"

"我知道乔和奥莱娜都死了。法医办公室接收了他们的尸体。"

简沉默了一会儿，尽力回忆她在那间屋子里度过的最后十几分钟。她还记得加布里埃尔和乔面对面坐着讲话，乔想告诉他们什么，但没说完就……

"必须得这样吗？"她问，"他们两个真的该死吗？"

加布里埃尔站起身来绕到窗边，看着窗外说："这确实解决了问题。"

"我们都失去了意识。没必要非得杀了他们。"

"但很明显，突击队觉得有必要杀了他们。"

简盯着自己丈夫的后背，说："乔说的那些耸人听闻的事情，那些都不是真的，对吧？"

"我不知道。"

"奥莱娜手臂里有个芯片？联邦调查局在追杀他们？这不过是偏执妄想症的典型症状而已。"

加布里埃尔没有回答。

"好吧，"简说，"说说你是怎么想的。"

加布里埃尔转过头，看着简。"约翰·巴尔桑蒂为什么会在这儿？还没人给我一个满意的解释。"

"你和局里核实过了吗?"

"副局长办公室那里得到的消息是,巴尔桑蒂是来处理与司法部有关的特殊案件的,剩下什么也查不到。昨天晚上,我在康韦议员家与大卫·西尔弗见了面,他并不知道联邦调查局也介入了。"

"乔并不信任联邦调查局。"

"但现在乔死了。"

简盯着他,说:"你这句话让我有点儿害怕。这让我想到……"

敲门声突然响起,吓了简一跳。她的心怦怦直跳,一转头,她看见安吉拉·里佐利从门口探进头来。

"珍妮,你起来了吗?我们能进来看看你吗?"

"哦!"简笑了笑,"嗨,妈妈。"

"她太美了,真是太漂亮了!我们透过玻璃看到她了。"安吉拉冲进房间,手上拿着她特意带来的里维尔牌汤锅,里面飘出的香味在简闻来是世界上最迷人的——那是她妈妈炖的鸡汤。弗兰克·里佐利跟在妻子身后,手里捧着一大束花。花束太大了,他的脸只能露出一小部分,就像是从哪个浓密深林里走出来的探险家一样。

"啊,我的女儿怎么样?"弗兰克问。

"我觉得好极了,爸爸。"

"孩子在育儿室里哭得正欢呢,这孩子肺活量可不小。"

"米奇下了班就过来,"安吉拉说,"看,我给你做了羊肉意大利面。我就知道医院的伙食肯定不好。他们给你准备了什么早餐?"她走到托盘边上掀起盖子,"天哪!看看这鸡蛋,简直跟橡胶一样硬!医院的人一定要把吃的做成这样吗?"

"生个女孩挺好的,真的。"弗兰克说,"女孩多好呀?是吧,加布里埃尔。你得看着这姑娘,等她十六岁了,你得把她身边那些不怀好意的小伙子赶跑!"

"十六岁?"简从鼻子里哼出一声,"爸爸,那时候你就管不住她啦!"

"你说什么呢!别告诉我你十六岁的时候——"

"——所以你们打算给她起什么名字?我可不信你们现在还没想好名字。"

"我们确实还没想好呢。"

"还想什么呀?用你外祖母的名字吧——瑞吉娜。"

"可别忘了她还有祖母呢。"弗兰克说。

"谁会给一个女孩子起名叫伊纳缇雅呀!"

"我妈妈也会满意的。"

简看着站在屋子另一头的加布里埃尔,发现不知什么时候,他又开始盯着窗外了。他还在想约瑟夫·洛克的事,还在想他们的死亡。

门又被敲响,另一张熟悉的脸伸进来。"嘿!里佐利!"文斯·科尔萨克说,"生完啦?身材都变好了!"他走进门,手上攥着三条丝带,上面绑着三个气球,"您好,里佐利先生,里佐利太太。恭喜你们升级做外祖父母了!"

"科尔萨克警探,"安吉拉说,"你吃饭了吗?我给简带了她最喜欢的意大利面,还准备了一次性盘子。"

"唉,不好意思,我正在节食。"

"是羊肉意大利面哦。"

"哦,您太坏了,居然引诱一个在节食的人。"科尔萨克举起一根手指对她晃了晃,安吉拉咯咯大笑起来。

我的天哪,简想,科尔萨克是在跟我妈妈打情骂俏吗?我可不想看这个。

"弗兰克，你能去拿两个一次性盘子吗，在那个袋子里。"

"这才早上十点，还没到午饭时间呢。"

"科尔萨克警探想吃。"

"他刚跟你说完他在节食，你怎么不听人家说话呢？"

又是一阵敲门声传来，这次进来的是护士，推着个摇篮。"该看看妈妈啦！"她一边说，一边把孩子抱了起来，放进简的臂弯里。

安吉拉一步跨过来，像个看到了猎物的猛禽。"哦，天哪！快看呀弗兰克！她可太好看了，看她那张小脸。"

"我怎么可能看得见？你都把她挡住了。"

"她的嘴跟我妈妈长得一模一样——"

"确实，这是个值得炫耀的地方。"

"珍妮，你得试试给她喂奶了。你得练习，不然就该回奶了。"

简环顾一周，看着站在她病床周围的这些人。"妈，我还不太适应——"她顿住了，低头看向突然大哭起来的孩子。我干什么了？

"可能她噎住气了，小孩子经常这样。"弗兰克说。

"也可能是饿了。"科尔萨克说。他自己就饿了。

孩子哭得更厉害了。

"我来抱吧。"安吉拉说。

"到底谁是妈妈？"弗兰克问，"简得习惯。"

"那也不能让孩子一直哭。"

"要不你试试把手指放进她嘴里，"弗兰克说，"你小时候我们就这么办的，珍妮，就这样——"

"等等!"安吉拉说,"弗兰克,你洗手了吗?"

加布里埃尔的手机响了,铃声几乎淹没在这片混乱之中。他接起电话,简瞥了他一眼,发现他在皱着眉头看表。她听见他说:"我现在不行。你们先去吧,别等我。"

"加布里埃尔,"简问,"谁的电话?"

"莫拉要开始给奥莱娜验尸了。"

"你该去的。"

"我不想把你一个人扔在这儿。"

"不,你该去的。"孩子哭得更大声了,扭来扭去,好像要不顾一切地逃离妈妈的怀抱。"咱俩总得有一个人在现场。"

"你确定?你不介意吗?"

"看看我这儿这么多人。去吧。"

加布里埃尔弯下腰亲了亲她。"我一会儿就回来。"他嘟囔着,"爱你。"

"你看看他,"安吉拉看着加布里埃尔走出病房,然后颇为不满地摇头说,"我简直不敢相信。"

"不敢信什么?"

"他居然就这样把妻子和孩子扔在这儿,自己去看那个要被切开的死人?"

简低头看向女儿,小家伙依旧在她臂弯里号哭,小脸通红。她微微叹了口气。我多想跟他一起去啊!

加布里埃尔穿好防护衣和鞋套走进验尸房的时候,莫拉已经提起了胸骨,正把手伸进胸腔。她和吉岛合作,用手术刀切开了血管和韧带,拿出了心脏和肺,干净利落,一句废话都没有。莫拉工作的时候一丝不苟,口罩上方的眼睛看起来冷冰冰的,没有任何情绪。如果加布里埃尔不认识她,会觉得她的效率之高令人不寒而栗。

"你还是过来了。"莫拉说。

"我错过了什么重要的部分吗?"

"目前为止没什么特殊的。"莫拉低头盯着奥莱娜,"还是这间屋子,还是这具尸体。一想到这是我第二次看到她躺在这儿,就觉得有点儿奇怪。"

只是这一次,她是真的死了,加布里埃尔想。

"简怎么样?"

"她挺好的,现在估计快要被探望的人烦透了,来看她的人有点儿多。"

"孩子呢?"莫拉把粉色的肺组织扔进盆里,这几片肺叶再也不可能鼓胀起来,也不能为血液输送氧气了。

"也很好。八磅二盎司①,全须全尾的,长得跟简一模一样。"

莫拉的眼睛里终于有了些笑意:"叫什么名字?"

"暂时还是'里佐利和迪恩的女儿'。"

"你们赶快给她起个名字吧。"

"我也不知道起什么,我还有些喜欢现在这个名字。"他们中间正躺着个死去的女人,谈论这样的事情总会让人觉得是对死者的大不敬。加布里埃尔想到,奥莱娜的尸体开始变冷的时候,小家伙正开始她的第一次呼吸,第一次打量这个世界。

"我今天下午去医院看看她,"莫拉说,"还是说她想一个人休息休息?"

---

①约三点七千克。

"相信我，你肯定是她真心想见的那个。"

"科尔萨克警探去过了吗？"

加布里埃尔叹了口气："不仅来了，还带了一堆气球，可风光了。文斯叔叔真好。"

"别生气，可能他会自愿照顾孩子呢。"

"那孩子可太需要了，终于有人教她怎么优雅地打嗝了。"

莫拉笑了："科尔萨克是个好人，真的。"

"是啊，忽略他爱着我妻子的话。"

莫拉放下手中的手术刀，看着加布里埃尔："正因如此，他会真真正正地祝愿简幸福，也能看出来你们过得确实很幸福。"她又把刀拿起来，说，"你和简给了我们这些人希望。"

我们这些人。加布里埃尔想，应该指的是世界上所有孤独的人吧。不久之前，他还是其中一员呢。

他看着莫拉解剖冠状动脉，看着她平静地把一个死去的女人的心脏握在手里。手术刀切开了心室，那些组织赤裸地暴露在空气中接受莫拉的检查——探查、测量、称重。然而，莫拉·艾尔斯似乎把自己的心锁了起来，锁在一个安全的地方。

他的目光落在死者的脸上，他们只知道她叫奥莱娜。几个小时前，他还在跟她说话，这双眼睛还在看着他，而现在，它们暗淡无光，眼角膜笼在眼睛上，好像蒙上了一层雾。尸体上的血迹已经被冲净，子弹在左太阳穴上留下了一个粉红色的小洞。

"看着像死刑处决伤似的。"加布里埃尔说。

"左边还有其他伤口。"莫拉指着灯箱说，"X光片上能看到两颗子弹，就在脊骨这里。"

"但这个伤口，"加布里埃尔低头盯着尸体，"这是致命伤。"

"突击队显然不想冒险，约瑟夫·洛克被一枪毙命，致命伤在头部。"

"尸检结束了？"

"布里斯托医生一个小时前做完的。"

"为什么非要处决他们呢？他们已经快挺不住了，我们所有人都挺不住了。"

莫拉不再看尸检台上滴着血的肺组织，抬起头来："他们很可能带了炸弹之类的东西。"

"没有任何爆炸物，他们不是恐怖分子。"

"营救组的人又不知道。再说，芬太尼气体也可能是他们的考量因素之一。你知道吗？当年的莫斯科剧院围捕案中，最后突入时使用的也是芬太尼。"

"我知道。"

"在莫斯科那起案子里有多人伤亡。现在他们使用了类似的物质，人质里还有个孕妇，他们不能不考虑。他们不能让胎儿长时间暴露在芬太尼中，所以抓捕行动必须干净利落。这就是他们的考量。"

"所以他们的意思是，这几枪必须开。"

"斯蒂尔曼得到的解释就是这样。波士顿警方并没有参与突击行动的事前规划，也没有参与行动本身。"

加布里埃尔转身去看挂着 X 光片的灯箱，问："这些是奥莱娜的？"

"是的。"

他凑近了仔细看，在头骨上看见了一个明显的创伤，颅腔内都是散落的碎片。

"都是弹片反弹导致的内部创伤。"莫拉说。

"这块 C 形不透明区域呢？"

"是一块夹在头皮和头骨之间的碎片，子弹穿过骨头时有一块铅脱落了。"

"知道是突击队里的哪个人开了这枪吗？"

"就连海德都没有突击队的完整名单。我们的勘查人员去处理现场的时候，突击队可能都在回华盛顿的路上了，我们鞭长莫及。他们把现场打扫得干干净净，武器、弹药残留，什么都没有。他们甚至还拿走了约瑟夫带进大楼里的那个包，只给我们留下两具尸体。"

"现在都是这么干的，莫拉。五角大楼可以授权突击队进入美国任何一个城市。"

"不得不说，"莫拉放下手术刀，看向加布里埃尔，"这样挺吓人的。"

内线电话响了起来，莫拉抬起头，扬声器里来传来秘书的声音。"艾尔斯医生，巴尔桑蒂探员又打来了，他说想跟你谈谈。"

"你怎么跟他说的？"

"什么也没说。"

"很好，告诉他我会给他回电话的，"莫拉顿了一顿，又接着说，"如果我有时间的话。"

"他这次说话挺不客气的。"

"那你也不用跟他客气。"莫拉看向吉岛，"赶紧干完，免得又被人打断了。"

莫拉把手伸进张开的腹部开始切除腹部器官。首先拿出来的是胃、肝、胰腺和一大坨小肠，紧接着她剖开肚子，发现里面没有食物，滴进盆里的只有绿色的分泌物。"肝，脾脏，胰腺，都没问题。"她说道。加布里埃尔看着盆里散发出恶臭的内脏，想到自己肚子里也有这些油汪汪的器官，心里一阵恶心。他低头看着奥莱娜的脸,心想:一旦身体被解剖,就算是最漂亮的女人也和其他人没什么两样,不过都是骨头上裹着一团肉罢了。

"好了,"莫拉一边说,一般把手往里伸了伸,声音变得闷闷的,"我能看到其他几个子弹的弹孔了,在脊椎上,这里有腹膜后出血。"尸体的腹部基本被掏空了,莫拉盯着的不过是个空壳。"你能把腹部和胸部的片子挂上吗?我想看看那两个子弹的位置。"

吉岛绕到灯箱边,取下头骨的胶片,夹上一套新的X光片。心脏和肺部的影像在根根肋骨的包围下显映出来。肠子里,一个个充满气体的黑色袋子像碰碰车一样一个挨一个。一个个器官的阴影构成了一团背景,而在这背景之上,子弹十分醒目,像一块明亮的碎片立在突出的腰椎上。

加布里埃尔盯着X光片看了一会儿,突然想起来简曾经说过的一句话。他眼睛一眯,说:"怎么没有胳膊的影像?"

"除非有明显外伤,否则一般不会对四肢做X光透视。"吉岛说。

"这次可能得做。"

莫拉扫了他一眼:"为什么?"

加布里埃尔回到尸检台边仔细查看尸体的左臂。"看这里的疤痕,你们能想到什么?"

莫拉绕到尸体的左侧,也低下头检查手臂。"我看见了,就在左手肘上面。恢复得很好,摸不到肿块。"她抬头看向加布里埃尔,"这里怎么了?"

"是乔告诉我的,我知道听起来可能很扯。"

"怎么了?"

"他说奥莱娜的手臂上被植入了一个芯片,就在皮肤下面,好像能追踪到她的位置。"

莫拉盯着他，好长时间都没说话。突然，她笑了："这可不是什么新鲜说法了。"

"我知道，我知道这听起来很荒谬。"

"这事好多年前就开始传了，政府植入芯片什么的。"

加布里埃尔又一次转头去看 X 光片，说："你觉得为什么巴尔桑蒂这么想把这两具尸体带走？他觉得你会从上面发现什么？"

莫拉沉默了一会儿，盯着奥莱娜的胳膊看。

吉岛说："我可以立刻对她的胳膊做 X 光检查，只要几分钟就好。"

莫拉叹了口气，把手上满是污渍的手套脱下来："这肯定是在浪费时间，但还是别留疑点的好。"

吉岛把尸体推进 X 光室，莫拉和加布里埃尔站在铅板后面的观察室里，通过窗户看着吉岛把一条胳膊放在胶卷盒上，调整瞄准仪的角度。莫拉是对的，加布里埃尔想，这大概率是在浪费时间，但他还是需要分清楚乔究竟是害怕还是偏执，是在说实话还是在瞎编。他看着莫拉扫了一眼墙上的钟，知道她很想继续解剖尸体，因为尸体解剖中最重要的部分——头部和颈部的解剖工作还没做完呢。

吉岛把胶卷盒退出来，消失在操作室里。

"好了，他弄完了，我们继续吧。"莫拉说。她戴上一副新手套，回到尸检台前。她站在尸体头部，双手插进乱七八糟的黑发中。触达颅骨后，她又轻又快地切开头皮。这个美丽的女人沦落至此，加布里埃尔几乎不忍直视。哪怕再美丽，脸也不过是由皮肤、肌肉和软骨组合起来的，很容易就在医生的手术刀下现出原形。莫拉抓住划开的头皮向前一扯，长长的头发垂落下来，像黑色的帘子一样盖在脸上。

吉岛从操作室里出来，喊："艾尔斯医生？"

"X光片好了是吗？"

"是的，而且确实有东西。"

莫拉扫了他一眼："什么东西？"

"你能看到，就在皮肤下面。"吉岛把X光片放在灯箱上，"这个东西。"他一边说，一边指给他们看。

莫拉绕到X光片前盯着那个穿过了软组织的白色细条，没有说话。没有什么自然生长的东西会这么直，这么均匀。

"是人造的。"加布里埃尔说，"你觉得——"

"这不是个芯片。"莫拉说。

"这里面有东西！"

"但不是金属的，密度不够。"

"那是什么？"

"检查一下就知道了。"莫拉又回到尸体边上，拿起手术刀。她把左臂转过来，露出那个伤疤，又轻又快地割开皮肤。她割得很深，刀尖穿透了皮肤组织，穿透了皮下脂肪，一直深入肌肉层。这个病人再也不可能投诉医生割断她的神经了，她已经死了，化为一团无知无觉的血肉，再也无法感知到她在这间屋子里，在这个尸检台上，受到了怎样的非人虐待。

莫拉拿了个镊子伸进割开的伤口里，在刚切开的组织里挖来挖去，场面一度十分血腥。加布里埃尔有点儿无法接受，但又不能转身离开。他听见莫拉发出一声满意的咕哝，然后突然拔出镊子，镊子尖上夹了个东西，看起来像个闪闪发光的火柴棍。

"我知道这是什么了，"她把那东西放在标本盘上，说，"这是个硅胶管,只是在插入后移动得比最初更深而已。边上的疤痕组织包着它,所以我没摸到它,才需要拍个 X 光片去找。"

"这是什么?"

"是诺普兰①。这个小管里有黄体酮,可以缓慢释放到血液中,抑制排卵。"

"避孕用的。"

"是的。现在不多见了,美国已经不用这种避孕方式了。通常情况下,这些小管会六个一组植入体内,呈扇形排列。把另外五个取出去的人一定是落下了这个。"

内部电话又响了。"艾尔斯医生?"露易丝说,"有你的电话。"

"你能帮我接一下吗?"

"这个可能得你自己接。打电话来的是州长办公室的琼·安斯泰德。"

莫拉猛地抬头看向加布里埃尔。进屋以来第一次,加布里埃尔在她眼里看到了不安。她放下手术刀,扯下手套,绕过尸检台接起电话。

"我是艾尔斯医生。"她说。尽管加布里埃尔不知道电话那边说了些什么,但莫拉的肢体语言表明了这场对话并不愉快。"是的,已经开始了。案子发生在我们的管辖范围内。为什么联邦调查局会觉得……"长久的停顿。莫拉转过去,对着墙,脊背挺得笔直。"但这边还没结束,头部刚开始。要是再有半个小时——"又一次停顿。随后,莫拉冷冷地说:"我知道了。一小时内我们会准备好尸体,以备转运。"她挂断电话,深吸一口气,转向吉

---

① 诺普兰,一种高效、长效的女用避孕药,采用皮下埋植避孕法。

岛。"把她收拾收拾,约瑟夫·洛克的尸体也要运走。"

"发生什么了?"吉岛问。

"这两具尸体要运到联邦调查局去,所有相关的证据——器官和组织样本——都要送走。巴尔桑蒂探员会接管。"

"还从来没发生过这种事。"吉岛说。

莫拉扯下口罩,后退一步解开防护服,几下把它脱下来扔进满是脏污床单的垃圾桶。"是州长办公室直接下达的命令。"

23

简一下子从梦中惊醒,每一块肌肉都紧绷着。她睁开眼睛,面前一片黑暗。外面,街上的车流声呼啸而过,加布里埃尔在身边熟睡,发出均匀的呼吸声。我在家呢,她想,躺在我自己的床上,在自己家里,我们都很安全,我们三个都很安全。她深吸一口气,等着心跳平复下来。被汗浸湿的睡裙贴在皮肤上,冷冷的。没事,她想,这些噩梦最终都会消散,不过是些后遗症罢了。

她转向加布里埃尔,想从他的体温中汲取温暖。丈夫的气味无比熟悉,让她倍感舒适。可她刚把胳膊环在他腰上,就听到另一个房间传来婴儿的啼哭声。哦天哪,又来了,她想,我三个小时前刚喂饱你,再给我二十分钟,不,再给我十分钟,让我在床上再躺一会儿,让我先摆脱这些噩梦。

然而哭声一直不停,还越来越大,每一次新的哀号都比前一次更震耳欲聋。

简起身,没开灯,拖着脚从卧室里走出来,关上门,免得哭声吵到加布里埃尔睡觉。

她打开婴儿房的灯,低头去看她红着脸尖叫的女儿。才出生三天,小家伙就把她累坏了。她把女儿从婴儿床上抱起来,那张贪婪的小嘴立刻去舔她的乳头。她坐在摇椅上,小姑娘粉红色的牙龈像老虎钳一样钳住她的乳头。然而,乳头只能暂时安抚她的躁动，不管简怎么紧紧地搂着她，抱着她摇来摇去，她还是不停地扭动着身子。简盯着女儿，满脸沮丧。她到底该怎么做？她怎么这么笨？她从未遇到过这样的情况，毫无准备，一筹莫展，这个才出生三天的孩子让她如此无助，无助到她居然想在凌晨四点给自己的妈妈打电话，请求她指点迷津，好让自己能够胜任一个母亲的角色。按理说，简生来就应该知道如何做母亲，可不知为何，她并不知道。别哭了宝贝，别哭了，她想。我太累了，我只想回去睡觉。但你不让我回去睡觉，我也不知道怎么才能把你哄睡着。

她从椅子上站起来，在房间里踱来踱去，一边走，一边抱着孩子摇晃。她想要什么？她为什么还在哭？简带着孩子走进厨房，站在那里哄她，筋疲力尽地盯着凌乱的厨房台面。她想起了自己做母亲之前的生活，想起了加布里埃尔做父亲之前的生活，想起她下班回家打开一瓶啤酒，惬意地把脚搭在沙发上的日子。她爱这个小姑娘，也爱自己的丈夫，但她实在太累了，甚至不知道什么时候才能爬回床上睡一觉。长夜漫漫，尽头却一片昏暗。

我不能再这样下去了，我需要帮助。

简打开橱柜，盯着医院发的免费婴儿配方奶粉。孩子叫得更大声了。简束手无策，挫败无比。她把手伸向奶粉罐子，舀出一些倒进一个奶瓶，然后接了点儿水，把奶瓶放进去。水温一点点升高，她一步步溃败。作为一个母亲，她可太失败了。

她一递上奶瓶，粉红色的嘴唇就咬住了橡皮奶嘴，小家伙开始大声地吮吸起来，不再哭喊，也不再扭来扭去，只能听到小嘴吧嗒吧嗒，发出快乐的声响。

唉！这根本不是奶粉，是住在罐子里的魔法师吧！

简筋疲力尽，一屁股坐到椅子里。她盯着一点点空下去的奶瓶想：我投降了，奶粉赢了。她看到那本《给孩子起个好名字》正放在厨房桌子上，还翻开在她上次看到的 L 那一页。出院到现在，他们仍然没有给孩子起名字。简伸手去拿书，一阵绝望席卷而来。

小家伙，你到底是谁？告诉我，你该叫什么？

小姑娘自然不会回答，她正忙着喝奶，不亦乐乎。

劳拉？劳蕾尔？还是劳尔莉雅？不，不行。这些名字软绵绵的，太女性化了，她可不想孩子长成这个样子。这孩子要朝气蓬勃，结实捣蛋才好。

奶瓶已经空了一半。

跟小猪一样，干脆叫茱莉亚好了。

简翻到 M 那页，睡眼蒙眬地从上往下看了一遍，又看看正在狼吞虎咽的小家伙。

梅尔西？梅丽尔？还是梅妮安？都不行。她又翻了一页，困得眼睛都快睁不开了。选个名字怎么这么难！小家伙需要一个名字，赶紧选一个得了！她接着往下看，突然，目光停在了一个名字上。

米拉。

她定定坐着，盯着那个名字，一阵寒意从脊骨蹿上来。她突然意识到，她已经把这名字大声地念了出来。

米拉。

空气突然冷了下来，就像有个鬼魂刚刚从门口溜进来在她身后盘旋，她忍不住回头看了一眼。她浑身颤抖，站起身，把已经睡着了的小家伙放回摇篮。但这种冰冷附骨的感觉并未消失。她没有离开女儿的房间，而是坐在摇椅上，双手环抱住自己，想弄明白她为什么悸颤不已，为什么一看到米拉这个名字，她就如此心烦意乱。小家伙呼呼睡着，时钟滴答走着，她坐在摇椅上，一前，一后，直到晨光熹微。

"简？"

听到声音，她才惊觉加布里埃尔站在门口。"你怎么不来睡觉？"他问。

"睡不着。"她摇头说，"我不知道我怎么了。"

"我想你只是累了。"加布里埃尔走进来，在她额头上落下一吻，"你得回去睡觉。"

"天哪，我可太不擅长做母亲了。"

"怎么这么说？"

"没人告诉过我当妈妈有多难，我甚至没有母乳给她喝。连只笨猫都知道怎么喂自己的小猫，我却不行。她闹个不停。"

"她现在睡得挺好啊。"

"我给她配方奶了，用奶瓶喝的。"她抽泣了一声，"我实在挺不住了，她饿了，还一直哭，那个奶粉罐子就放在那儿。天哪，有配方奶，谁还要妈妈呀！"

"哦，简，你就因为这个睡不着觉？"

"嘿，这很严肃的好吗？"

"我没笑。"

"但你说话的语气就是在笑！你是不是觉得我很蠢，我说的这些都不足为信？"

"不，亲爱的，我觉得你只是累坏了，仅此而已。你起来了几次？"

"两次，哦不，三次。天哪！我根本记不住我起了几次。"

"你应该叫醒我的。我都不知道你起来了。"

"并不只是孩子的问题，还有……"简停顿了一下，"还有我的梦。"她的声音平静无波。

加布里埃尔拉了个凳子过来，挨着她坐下。"你做什么梦了？"

"总是那些梦翻来覆去。那天晚上，在医院里。在梦里，我知道要发生一些糟糕的事情，但我动不了，也不能说话。我能感受到血滴在脸上，甚至可以尝到血的味道。我太害怕了……"她深吸口气，"生怕那是你的血。"

"才过去三天，简，你还没缓过来。"

"我只想快点儿走出来。"

"那也需要时间，"加布里埃尔说，"我们都需要时间。"

简看着丈夫疲倦的眼睛，看着他胡子拉碴的脸，问："你也做噩梦了，是吗？"

加布里埃尔点头："后遗症罢了。"

"你怎么不说？"

"要是咱俩一个噩梦都没做就怪了。"

"你梦到了什么？"

"你，还有孩子……"他顿了顿，目光转向了别处，"我还不太想谈这个。"

他们沉默了一会儿，谁也没有看谁。他们的女儿在不远处睡得正香——这是家里唯一没有被噩梦打扰的小人儿了。这就是爱，简想。爱不会让你更勇敢，却会让你惧怕这个世界。当你有了所爱之人，你便赋予了世界尖牙厉爪，随时会被撕扯得血肉淋漓。

加布里埃尔伸出手，握住简的双手，语气轻柔："别这样，亲爱的。咱们回去睡觉吧。"

他们把婴儿房的门关上，蹑手蹑脚地走回卧室。卧室一片黑暗，被子冰冷，加布里埃尔拥住简。窗外，黑夜渐渐转成灰白，黎明中，一天又开始了。简是在城市里长大的，她太熟悉黎明时的一切声响了。开关车库的吱嘎声，汽车鸣笛的滴滴声，都如催眠曲一般。整个波士顿滚滚向前，开启新的一天，而简终于渐渐入眠。

等她醒来的时候，率先入耳的是一曲哼鸣。有那么一会儿，她甚至觉得自己还在做梦，只不过在这个梦里，睡神织出了她遥远童年的彩色幻境。她睁开眼，阳光在百叶窗上跃动。已经是下午两点，加布里埃尔已经走了。

她从床上爬起来，没穿鞋就冲进了厨房。然后，她停下脚步，似乎不太能相信眼前看到的一切。她的母亲安吉拉正坐在餐桌前，抱着孩子。安吉拉抬头，看向睡眼惺忪的女儿。

"已经喝了两瓶了。这小家伙可太能吃了。"

"妈妈，你来了。"

"我吵醒你了吗？对不起。"

"你什么时候来的？"

"有几个小时了。加布里埃尔说你没睡好，得好好休息一会儿。"

简笑笑，神色不解。"他给你打电话了？"

"不然他该给谁打电话？难不成你还有另一个妈？"

"不，我只是……"简一屁股坐在椅子上，用手搓着眼睛，"我还没太睡醒。加布里埃尔呢？"

"他走了有一会儿了。摩尔警探给他打了个电话，他就急匆匆出门了。"

"电话里说什么了？"

"我不知道，警察那些事儿吧。我刚煮了咖啡，你要不要来点儿？啊，而且你得洗个头了，看着像个山顶洞人似的，邋里邋遢的。你上顿饭什么时候吃的？"

"晚上？好像是。加布里埃尔买了中餐回来。"

"中餐？中餐可不顶饱。你去吃点儿早饭，喝杯咖啡，剩下的都交给我。"

是的，妈妈。什么都可以交给你。

简没起身，又坐了一会儿，看着安吉拉把她大眼睛的外孙女抱在怀里哄，看着小家伙伸出小手去抓安吉拉的笑靥。

"妈妈，你怎么办到的？"简问。

"喂她吃东西，给她唱歌。她喜欢别人注意到她。"

"不，我的意思是说，你是怎么把我们三个养大的？我从来没想过养孩子居然如此困难。可是你五年生了三个！"简短促地笑了一声，又说，"尤其是还有弗兰基①。"

"哈！你哥可不是最难带的那个，你才是。"

"我？"

"你总是哭，每三个小时醒一次。自从生了你，我就没睡过一个整觉。那时候，弗兰基还穿着尿布满地爬呢。我只能整宿整宿不睡觉，抱着你来回来去地走。你爸也指望不上。不过你算是幸运的，至少加布里埃尔还会干活。你看看你爸！"安吉拉嗤笑一声，"他说尿布的味道让他恶心，他才不肯换尿布。说得跟我可以选似的。每天早上他逃也似的从家里跑出去，我就在家看着你们俩，还怀着米奇。那时候，弗兰基什么都要上手摸一摸，而你在一边哭得撕心裂肺。"

"我为什么那么爱哭？"

"有些孩子生性爱哭，总想引起别人的注意。"

确实，有其母必有其女，简看着自己的女儿想，我罪有应

---

①弗兰基·里佐利在电视剧系列中为简·里佐利的弟弟，但是在小说前期设定为其兄长。后期为与电视剧贴近，作者对其人设进行了些许修改。

得，我生的女儿也这样。

"那你怎么办？"简又问，"我可真是没办法了。我都不知道该做什么。"

"你就应该跟我当年一样。我当时要被逼疯了的时候，觉得一分钟、一秒钟都不想待在家里的时候，就是这么做的。"

"怎么做的？"

"给我妈妈打电话。"安吉拉抬头看她，"简，你就应该给我打电话。这就是我为什么要过来。上帝创造母亲是有原因的。我并不是说带个孩子需要一大帮人，"她低头，重新把视线投回怀里的小家伙，"但有人帮着带，就是不一样。"

简看着安吉拉逗孩子，发现自己从没意识到她依旧如此需要自己的母亲。什么时候人才会不再需要妈妈呢？

她努力眨了两下眼睛，把就要夺眶而出的泪水逼回去，突然起身，走到料理台前给自己倒了杯咖啡。她站着，一小口一小口地喝着，顺便伸个懒腰活动下僵硬的肌肉。这是小家伙出生三天来她第一次感受到轻松，第一次觉得原来那个自己又回来了。当然，一切都变了，她现在是个母亲了。

"你真是个小可爱，对不对，瑞吉娜？"

简看了安吉拉一眼："我们还没给她起名字呢。"

"总得叫她个什么，对吧？那就用你外祖母的名字呗。"

"我想要一个适合她的名字。名字会跟着她一辈子，还是谨慎一点儿吧。"

"瑞吉娜很好听。瑞吉娜是女王的意思，高贵又优雅。"

"好像在暗示她什么一样。"

"那你想给她起个什么名字呢？"

简扫了一眼台面上那本《给孩子起个好名字》，又倒了一杯咖啡，一边喝一边翻看，心里有些无奈。她想：我要是不赶紧给她起个名字，妈妈就会叫她瑞吉娜了。

约兰特，伊瑟尔特，泽莱娜。

天哪，瑞吉娜好像越来越好听了。小小的女王，高贵得很。

她把书放下，皱眉思索了一会儿，然后又捡起来，翻到 M 开头的那页，翻到昨晚吸引了她注意的那个名字。

米拉。

又一次，她似乎感觉到冰冷的呼吸打在她后脖颈上，冷意顺着脊骨蹿上来。她一定在哪儿听过这个名字，为什么这个名字总会让她后颈一凉呢？她得想起来，这一定很重要……

电话丁零响起，吓了她一跳。她一松手，书啪嗒掉在地上。

安吉拉皱眉问她："你要接吗？"

简深吸一口气，接起电话。是加布里埃尔打来的。

"我没吵醒你吧？"

"没有，我正和妈妈一起喝咖啡呢。"

"我给她打电话了，可以吗？"

简看了安吉拉一眼，新晋外婆正抱着孩子要去另一个房间换尿布。"我有没有跟你说过，你真是个天才。"

"里佐利妈妈才是个天才，我得多说几次才行。"

"我居然一口气睡了八个小时。我从来没想过一觉睡上八个小时居然可以带来如此大的改变，大脑都开始转了。"

"那你可能准备好面对这件事了。"

"什么事？"

"摩尔刚才给我打电话了。"

"我知道，我听说了。"

"我们现在正在施罗德广场。简，他们做了集成弹道分析，在烟酒火器管理局的数据库里找到了有相同撞针印记的弹壳。"

"哪个弹壳？"

"从奥莱娜病房里拿到的那枚弹壳。她在枪击那名保安之后，现场只找到一枚弹壳。"

"那个保安是被自己的武器击中身亡的。"

"是的，而且我们刚刚发现，该武器之前被使用过。"

"什么时候？在哪里？"

"一月三日，在弗吉尼亚州阿什本的一起多人枪杀案里。"

简站在那里，抓着电话使劲贴在耳朵上，她甚至都能听到自己的心跳声。阿什本，乔想告诉我们的就是阿什本的案子。

安吉拉抱着孩子回到厨房。小家伙满头黑发卷得乱蓬蓬的，像个王冠扣在头上。瑞吉娜，小女王。这名字好像突然很合适的样子。

"我们现在对这起多人枪杀案了解多少？"简问。

"摩尔这边有案卷。"

简看向安吉拉："妈妈，我得出去一会儿，可以吗？"

"你去吧，我们俩玩得好着呢，是吧，瑞吉娜？"安吉拉低头与小家伙碰了碰鼻子，"过一会儿我们要洗个小澡澡。"

简对加布里埃尔说："二十分钟，二十分钟后我跟你会合。"

"不，咱们换个地方见面。"

"为什么？"

"我们不想在局里讨论这件事。"

"加布里埃尔，到底发生了什么？"

电话那头没有回应，她能听到摩尔正在轻声和加布里埃尔说话。然后，加布里埃尔的声音重新出现在电话里。

"J.P.道尔餐厅，咱们在那儿见吧。"

24

她没洗澡,抓起衣柜里能看见的第一件衣服就穿上了。出门时,她穿了条宽松的孕妇裤,身上的T恤还是同事在婴儿派对①上送给她的,肚子上绣着"妈妈警察"的字样。简一边开车,一边往嘴里塞了两片黄油吐司,驱车往牙买加平原附近赶。加布里埃尔刚才的电话把她搞得心烦意乱,她居然在等红灯的时候不由自主地瞥向后视镜,看后面的车。她见过后面那辆绿色的福特车吗?那辆跟在后面的白色厢式面包车,是停在她家对面停车场的吗?

J.P.道尔餐厅是波士顿警察局的警察最喜欢去的餐厅,每个晚上都会有许多不执勤的警察聚在那儿谈天说地。但这天下午三点,只有一个女人坐在吧台边,举着杯白葡萄酒小口喝着,电视上播着娱乐节目。简径直穿过酒吧,走向旁边的用餐区,墙上挂着许多爱尔兰风格的纪念品,昭示着波士顿地区的爱尔兰传统,还有很多年代久远的剪报,什么肯尼迪家族啦,蒂普·奥尼尔啦,还有波士顿的旅游胜地。这些剪报已经发黄变脆,一碰就会碎掉。一个卡座上面挂着的爱尔兰国旗已经旧了,泛着尼古丁一样的暗黄色。现在正是午餐和晚餐之间的闲时,只有两个

---

① 婴儿派对(the baby shower),美国父母为了欢迎孩子的到来,在母亲怀孕六七个月的时候,邀请亲朋好友相聚的一种庆祝形式。

卡座有人，其中一个坐着一对中年夫妇，桌子上摊着一张波士顿地图，他们显然是游客。简从这对夫妇身边走过，到一旁的角落里。摩尔和加布里埃尔正坐在那儿。

她坐到加布里埃尔身边，低头看着桌子上摊开的文件，问："你们有什么想给我看的？"

摩尔没回答。他抬头，对走过来的女服务员露出职业微笑。

"嘿，里佐利警探，你身材都恢复啦！"服务员说。

"没有之前那么好了。"

"我听说你生了个女儿。"

"是啊，就是整夜睡不好觉。这可能是我这几天唯一能安静吃饭的机会了。"

服务员一边笑，一边拿出点单用的iPad问："今天想吃点儿什么？"

"说实话，我就想来杯咖啡，加个苹果酥。"

"好的，"服务员看着两位男士，"你们呢？"

"两杯咖啡，谢谢。"摩尔说，"我们坐这儿看她吃就行。"

咖啡一杯接一杯地端上来，又一杯接一杯地被喝光、续满，直到女服务员送来苹果酥又走开后，摩尔才把文件夹递给简。

文件夹里面是一沓照片，她立刻看出来，这些显微照片上都是一枚用过的弹壳，显示出撞针撞击底漆时留下的痕迹，还有弹壳撞击后挡板时留下的痕迹。

"这是医院枪击案里的吗？"简问。

摩尔点头。"这枚弹壳是从那位尚不知名的男性嫌疑人带进奥莱娜病房里的枪中取出来的，也就是奥莱娜用来杀害他的那把枪。弹道分析结果显示，烟酒火器管理局的数据库中有与之匹配的案子，是发生在弗吉尼亚阿什本的一起多人枪击案。"

简转向下一组照片，那是另一组弹壳的显微照片。"这些能对上？"

"撞针痕迹完全相同。在两个不同的命案现场发现了两个不同的弹壳，却是从同一支武器中发射出来的。"

"而这支武器正在我们手里。"

"其实并不在。"

简看向摩尔："应该是跟奥莱娜的尸体一起被发现的才对。奥莱娜是最后一个持有这支武器的人。"

"但现场并没有找到。"

"现场并未发现任何武器。突击队走的时候带走了所有弹道分析结果，还带走了所有武器，包括乔的背包，他们甚至连弹壳都带走了。波士顿警方赶到的时候，什么都没有了。"

"他们扫荡了我们的死亡现场？波士顿警察局对此是什么看法？"

摩尔说："我们显然束手无策。联邦调查局的人说这是威胁国家安全的大案，说他们不希望任何信息泄露出去。"

"他们不信任波士顿警察局？"

"应该说，谁也不信谁。被拦在外面的并不只有我们。巴尔桑蒂也想要弹道分析证据，他知道突击队带走了所有证据之后，也不太高兴。这事现在变成了联邦调查局的窝里斗，波士顿警察局人微言轻，不过是旁观神仙混战的凡人罢了。"

简的目光重新回到那几张显微照片上。"你说这个对比分析是从阿什本的一个命案现场拿到的。就在突击队进入之前，约瑟夫·洛克正想要告诉我们一件发生在阿什本的事。"

"洛克先生说的很可能是这个。"摩尔从公文包里掏出另一个文件夹放在桌子上，"我今天早上收到了利斯堡警察局的来信。

阿什本不大，处理这个案子的正是利斯堡警察局。"

"友情提示，画面有些血腥。"加布里埃尔说。

加布里埃尔并不常这样说。他们都见过停尸房里最血腥的场面，加布里埃尔从未退缩过一步。要是这个案子把加布里埃尔都吓到了，那她到底要不要看？不行，不能再等了。她没给自己更多的思考时间，径直打开文件夹，看到了案发现场的第一张照片。那并不太血腥，比这血腥得多的她也看过。这张照片上，一个苗条的棕发女人趴在楼梯上，好像是从最高的那层跳下去的一样。血色从她身下蜿蜒出来，在最下面一层台阶汇成一洼。

"这是一号女尸。"摩尔说。

"还没确认身份？"

"这栋房子里的所有尸体都没确认身份。"

简又转向第二张照片。这次是个年轻的金发女郎，躺在一张小床上，身上盖了张毯子，一直拉到脖子下面。她的手紧紧抓那毯子，好像它能保护她一样。鲜血从额头上的枪伤中汩汩流出。这枪开得又快又准，一枪毙命，效率极高。

"这是二号女尸。"摩尔说，看到简面露困惑，又补充道，"还有其他的。"

简听出了他语气中的慎重，犹豫了一会儿才翻开第三张照片。她盯着这张照片想：这确实很血腥，但我还能接受。照片里明显是个衣柜，镜头从狭窄的衣柜门口伸进去，内部都是斑斑血迹。两个赤裸的年轻女人瘫坐在一起，长发散乱地纠结着，胳膊压着胳膊，好像在给彼此最后一个拥抱。

"三号和四号女尸。"摩尔说。

"这些女性的身份都没确认吗？"

"所有数据库里都找不到她们的指纹。"

"这可是四个年轻漂亮的姑娘,没有接到失踪报案吗?"

摩尔摇头:"国家犯罪信息中心的失踪人口名单中也找不到任何信息。"他看向那两个衣柜里的受害者,"集成弹道分析的那个弹壳与他们从这个衣柜里找到的能对上,说明杀死这两名女性的枪与那个保安带入奥莱娜病房的枪是同一把。"

"其他受害者呢?也是同一把枪吗?"

"不是。杀害她们的是另一把枪。"

"两把枪?两个凶手?"

"对。"

截至目前,简还没看见让她目不忍视的照片。她翻开倒数第二张照片的手毫不犹豫,那张照片上是五号女尸。但这次看到的东西让她心中一惊,却无法将目光移开半寸。她死死盯着五号女尸的脸,盯着她脸上那极度痛苦的表情。这个女性年纪更大,也更壮些,大约有四十岁。她的身体被几条白色绳子绑在椅子上,四肢都软绵绵地垂着。

"这是第五个受害者,也是最后一个。"摩尔说,"其他四名死者的死因很快就查明了——头部中枪,干净利落。"他看看摊在桌子上的文件夹,继续说,"这名死者的最终死因也是头部中枪,但中枪是在……"摩尔顿了一顿,"在最后。"

"她……"简吞咽了一下,"她被这样绑了多长时间?"

"她身上几乎没留下几块完整的骨头。根据这点,还有她手腕和脚腕的骨折数量,法医判断她在死前至少受到四十到五十次击打,击打工具应该是锤子。锤头不大,每一次的击打范围很小,但正因如此,没有一根骨头、一根手指能幸免于难。"

简啪的一下合上文件夹,再也看不下去了。但这几张照片已经印在她的脑海里,久久挥之不去。

"至少有两名凶手。"摩尔说,"她被绑在椅子上,一名凶手拿着锤子打她,与此同时,另一个人抓着她的手腕按在桌子上。"

"如果是这样,她一定会叫得很大声,"简嘟囔着,抬头看向摩尔,"没人听见吗?"

"这栋房子很偏僻,离邻居也都很远。而且你别忘了,那是一月份。"

是啊,谁会在大冬天开窗户呢?这几名受害者一定意识到了没人能听到她们的呼救声,没人能来救她们。她们最大的希望就是凶手能大发慈悲。

"凶手想要什么?"简问。

"目前还不知道。"

"凶手这么做肯定有目的。她一定知道些什么。"

"现在连她是谁都不知道。五具尸体,身份不明,没人能与任何失踪人口对上。"

"怎么可能什么都不知道呢?"简转头看向自己的丈夫。

加布里埃尔摇头:"简,这些人来无影踪,没有名字,没有身份。"

"那房子呢?"

"房子当年租给了一个叫玛格丽特·费雪的人。"

"这个人是谁?"

"根本没有这个人,名字是杜撰的。"

"天哪!这简直是匪夷所思。受害者身份不明,租客还压根不存在。"

"但我们知道房东是谁。"加布里埃尔说,"这栋房子隶属于 KTE 投资公司。"

"这重要吗?"

"很重要。利斯堡警察局花了一个月才查出点儿眉目。他们发现，KTE 是巴伦特伊公司的子公司。"

简只觉后颈一凉："又是他们？就是约瑟夫·洛克说过的那家？"她嘟囔着，"他说过这家公司，说过阿什本。你说，他会不会压根儿没疯？"

服务员端来咖啡壶，他们几个都沉默了。

服务员发现简基本没动几口，问："警探，你不喜欢今天的苹果酥吗？"

"哦，不，苹果酥味道很好。我只是没有那么饿。"

"你们几个看起来都没有什么食欲。"服务员给加布里埃尔的杯子里续上咖啡，"今天下午大家好像都是来喝咖啡的。"

加布里埃尔抬头："还有谁？"

"哦，还有那边那个男的……"服务生顿了一下，对着边上空无一人的卡座皱了皱眉，耸耸肩道，"他可能不喜欢这里的咖啡吧。"说完，她走开了。

简声音平静："好极了，我现在开始害怕了。"

摩尔迅速把文件夹收拾好，塞进一个大信封里。"我们得走了。"他说。

他们走出餐厅，走进下午的烈阳。摩尔的车停在停车场，他们一路走过去，一边走一边注意着周边的街道和来往车辆。简想：我们这儿有两个警察和一个联邦调查局探员，可我们三个现在都疑神疑鬼的，下意识地四处留意。

"现在怎么办？"简问。

"波士顿警察局的意思是撒手不管。"摩尔说，"我已经接到命令不要插手这个案子了。"

"那这些文件呢？"简扫了一眼他手上那个大信封。

"我手上根本就不应该有这些东西。"

"好吧,我还在休产假呢,没人给我下命令。"简从摩尔手里拿过那个信封。

"简。"加布里埃尔说。

简走向自己那辆斯巴鲁:"我在家等你。"

"简!"

简坐进驾驶席,加布里埃尔也拉开副驾驶的门钻了进来。

"你根本不知道你在做什么。"他说。

"你知道吗?"

"你看到他们怎么对最后一个女人的,我们要对付的是那样的人!"

简盯着窗外,看着摩尔开车离开。"我以为一切都结束了。"她轻声说,"我本来以为都已经结束了。我们没死,那好,过日子吧。可完全不是这么回事!"她看向加布里埃尔,"我得知道为什么会发生这种事,我得知道为什么!"

"让我去查,让我去。我肯定尽力去查。"

"那我呢?"

"你才刚出院。"

简把钥匙插进锁孔,发动了汽车,空调出风口喷出一股热气。"我又没做什么大手术,只是生了个孩子。"

"这就够了。别插手这个案子。"

"但恰恰就是这件事让我坐立不安!加布里埃尔,这就是我睡不好的原因!"简重重靠在椅背上,"我会一直做噩梦都是因为它。"

"你需要时间来消化这些。"

"我没办法不去想。"她又一次把目光投向停车场,"我开始能想起更多的事了。"

"什么事？"

"砸门声、喊叫声、枪响，还有溅到我脸上的血……"

"这不过是你做的梦，你跟我讲过的。"

"但我一直在做这个梦。"

"确实有很多声音，有很多人在喊叫，也有血溅到了你的身上——奥莱娜的血。你想起来这些都很正常。"

"但还有其他的，我没告诉过你，因为我想靠自己想起来。就在奥莱娜死前，她本打算告诉我些什么的。"

"告诉你什么？"

简看向加布里埃尔："她提到一个名字。米拉。她说：'米拉知道。'"

"什么意思？"

"我不知道。"

加布里埃尔突然看向外面，盯着一辆车缓缓驶过，绕过拐角，开走了。

"你要不回家吧？"加布里埃尔说。

"那你呢？"

"我再待一会儿，"加布里埃尔俯身过来亲了亲她，"爱你。"说完，他离开了。

简看着加布里埃尔走向自己的车，他的车就停在不远的停车位里。简看着他把手伸进口袋，然后停下来掏了一会儿，好像在找钥匙。但她很了解她的丈夫，从他紧绷的肩背，简能看出他的精神高度紧张，也注意到他的目光迅速环绕了停车场一周。她很少看到加布里埃尔如此慌乱。丈夫的紧张不安让她也焦急起来。加布里埃尔钻进车里发动引擎，等着自己的妻子先行离开。

直到简开出停车场,加布里埃尔才踩下油门,还跟着简开过几个街区。他在看她是不是被人跟踪了,尽管她想不出有谁会跟踪她。可在加布里埃尔不再跟着她之后,简居然发现自己还在看后视镜。她到底知道些什么呢?她了解的相关案情,摩尔和凶案组的其他同事早就知道了,剩下的,不过是一个女人临终前的呓语罢了。

米拉。米拉是谁?

她回头扫了一眼后座上从摩尔那里拿来的信封。她一点儿都不想再看一遍那几张照片,但她得从恐惧中走出来,她得知道在阿什本到底发生了什么。

25

莫拉·艾尔斯整条胳膊都泡在血水里。加布里埃尔站在等候室里，隔着玻璃看莫拉把手伸进腹腔，扯出几圈肠子，再扑通一声扔进盆里。莫拉在这堆血肉里挑挑拣拣，但加布里埃尔没在她脸上看到一丝厌烦，只有科学家在芸芸万物中探寻真相的平静与专注。最后，她把盆递给吉岛，又伸手去拿刀。这时，她才看到加布里埃尔。

"我还要二十分钟，"她说，"你愿意进来就进来吧。"

加布里埃尔穿上鞋套和防护服免得蹭脏衣服，然后踏进验尸房。尽管他努力不去看尸检台上的尸体，但还是避无可避。那是个瘦骨嶙峋的女人，骨盆处的皮肤松松垮垮地垂下来，搭在突起的尖骨上。

"有神经性厌食症，在自己家里发现死亡的。"莫拉知道加布里埃尔要问些什么，提前回答道。

"看起来很年轻。"

"二十七岁。急救队说她冰箱里只有一棵生菜和一瓶无糖百事可乐。现在这个年代还能饿死人，真是匪夷所思。"莫拉把手伸进腹腔去解剖腹膜后间隙，与此同时，吉岛走到尸体头部切割头皮。和往常一样，他们很少交谈。他们对彼此太了解了，无须交谈便可以配合默契。

"你找我有事？"加布里埃尔说。

莫拉停顿了一下，她手里还拿着一个肾，黑乎乎的一团。她和吉岛对视了一眼，似乎有些紧张。吉岛立刻打开电锯，嘈杂的电锯声盖住了莫拉的回答。

"不在这儿说，"莫拉的声音很平静，"还没到时候。"

吉岛掀开尸体的头盖骨。

莫拉倾身下去把尸体的脑组织捧出来，口中问出的话却轻快又平静："所以当爸爸的感觉怎么样？"

"跟我想象的一点儿都不一样。"

"名字定了吗？最后还是选了瑞吉娜？"

"我岳母一直在向我们推荐这个名字。"

"我觉得挺好。"莫拉把脑组织泡进一桶福尔马林里，"挺端庄的名字。"

"简已经把它简化成'瑞吉'了。"

"这听起来就不那么端庄了。"

莫拉摘下手套，看向吉岛，吉岛点点头。"我得呼吸点儿新鲜空气了，"她说，"咱们歇一会儿吧。"

他们脱掉身上的解剖服，莫拉带头走出验尸房和装卸区，一直走出大楼。等到他们几人站在停车场里的时候，莫拉才又开口。

"不好意思，刚刚没直说。"她说，"楼里不太安全，我不太想在楼里说。"

"怎么了？"

"昨晚，大约凌晨三点，梅德福消防救援队从一个事故现场带回了一具尸体。通常情况下，停尸间最外层的门是锁着的，他们必须打电话给值班人员，拿到密码才能进去。但他们到的时候，发现门是开着的，走进去发现验尸房的灯亮着。他们喊来值班人员，保安也来了。不过闯进来的人肯定走得很匆忙，因为我办公室的一个抽屉还开着。"

"你办公室？"

莫拉点头："布里斯托医生的电脑也开着，但他晚上走的时候一般会把电脑关机的。"她顿了一下，又继续说，"当时电脑屏幕上显示的是约瑟夫·洛克的尸检报告。"

"办公室里丢东西了吗？"

"目前还没发现，但我们都有些担心，不敢在大楼里面讨论敏感问题了。有人进过办公室，甚至进了验尸房。问题是我们还不知道他们在找什么。"

难怪莫拉不想在电话里说，一向冷静的艾尔斯医生也被吓到了。

"我不是什么阴谋论者，"莫拉说，"但你看看现在发生的这些事。两具尸体都不在我们管辖范围内了，弹道证据被华盛顿收走了。波士顿到底归谁管？"

加布里埃尔并没有看她，目光落在水汽蒸腾的柏油路面上。"这事闹大了。"他说，"不过也得闹大些。"

"闹大就意味着我们管不了了。"

加布里埃尔看向莫拉，说："但并不意味着我们会就此放弃。"

简从黑暗中醒来，梦中最后的低语还在她耳边回响。又是奥莱娜的声音，隔着黄泉冷水对她呢喃。简不由得想问：为什么你要一直折磨我？告诉我你想要什么，奥莱娜，告诉我米拉是谁。

低语声消失了,她能听见的只有加布里埃尔的呼吸声。过了一会儿,小家伙又开始呜哇大叫。她没喊醒加布里埃尔,自己从床上爬了起来。反正她也醒了,梦里的低语扰得她睡不着觉。

小家伙已经从襁褓中挣脱出来,挥舞着粉红色的小拳头,似乎在向母亲宣战。"瑞吉娜,瑞吉娜。"简把她抱起来,轻声嘟囔着,随后才突然反应过来,她居然脱口而出了这名字。果然这孩子就应该叫瑞吉娜。简花了点儿时间才想通,不再固执地抗拒她的母亲一早便知道的事情。尽管她不愿承认,但她的母亲确实十分明智,无论是孩子的名字、救命的配方奶粉,还是告诉她在需要的时候应该及时求助——尤其是求助这件事。承认自己需要帮助,承认她不知道该怎么办——这对她来说可太难了。她能破凶杀案,能追嫌疑人,但让她安抚怀里这个吱哇乱叫的小家伙,简直就像是让她去拆核弹一样,根本不可能。她左看右看,希望这时候有个仙女教母躲在哪个角落里,挥一挥魔杖就能让这小家伙停止哭泣。

然而并没有。没有什么仙女教母,只有我自己。

瑞吉娜在她右胸口待了五分钟,又转到左胸口待了五分钟,最后还是要靠配方奶。好极了,现在你妈妈连喂奶都做不到了。简一边想着,一边把瑞吉娜抱到厨房里。赶紧把我拉出去枪毙了算了。简把奶瓶塞进瑞吉娜嘴里,小家伙开心地喝着奶。她抱着孩子坐在厨房椅子里,享受着这来之不易的片刻安宁。她低头看向孩子的一头黑发,心想:怪像我的,满头都是卷。之前,安吉拉曾满是无奈地对她讲过:"总有一天你也会养个你这样的女儿。"这话成真了,她想,现在我就有了个这样的女儿,任性又闹腾。

厨房里的钟指向凌晨三点。

简拿过昨天晚上摩尔警探扔下的文件夹。她之前读完了所有阿什本的卷宗，现在又翻开一本新的，发现这本并不是关于阿什本惨案的，而是波士顿警察局对约瑟夫·洛克那辆车的调查报告，就是他进入医院之前，扔在几个街区之外的那辆车。她看到卷宗上有摩尔的批注、车辆内部的照片，还有自动指纹识别系统的识别报告和几份证词。她身陷险境之时，凶案组的同事们可没闲着，一直在追查关于绑匪的每一条线索。她不是一个人在战斗，她的朋友们一直在外面奔走忙碌，这就是证据。

她瞥了一眼一份证人报告上的签名，惊讶地笑了。就连她的宿敌达伦·克罗都一直在努力救她？也是，他为什么不出力呢？她要是不在了，他再想诋毁人，可就找不到对象了。

她翻到汽车内部的照片，看到地上有几张士力架的包装纸，皱巴巴的，还有几罐空的红牛。大量的糖和咖啡因，每个精神病患者想要冷静下来，都需要这些。后座上有张棉质薄毯和一个枕头，上面都是污渍，还有一张地方小报——《每周秘闻》，封面上是梅兰尼·格里菲斯。她试着想象乔躺在后座上，翻阅这张小报，看一看那些名人和姑娘们的最新消息。但她有些困惑，他真的在乎好莱坞那些疯子在做什么吗？也许看看别人活在水深火热之中，会让他觉得自己的生活尚可忍受？可《每周秘闻》显然不是什么好选择。

她把波士顿警察局的调查报告放在一边，去找阿什本谋杀案的文件。打开文件，她又一次看到了那些女尸的照片，也再一次把目光停在了五号女尸上。一瞬间，她再也无法接受这些血腥的场面，无法接受死亡，只觉得冰冷的感觉如附骨之疽。她合上了文件夹。

瑞吉娜睡着了。

她把孩子抱回婴儿床，然后溜回自己的床上。但她止不住地发抖，尽管加布里埃尔的体温已经把被窝烘得非常温暖，但她依然觉得冷。她想睡觉，却无法平息头脑中的混乱。她的脑子里闪过太多的画面，第一次体会到累得睡不着是什么意思。她听说有人会因为缺乏睡眠而变得精神失常，也许她已经失常了，被噩梦和高需求的宝宝逼到了极限。我得赶走这些噩梦才行。

加布里埃尔的胳膊环了过来："简？"

她胡乱应了一声。

"你在发抖，是冷吗？"

"有点儿。"

加布里埃尔把她抱得更紧，用自己的体温温暖她。"瑞吉娜醒了吗？"

"之前醒了，我已经喂过了。"

"这次该我喂了。"

"反正我都醒了。"

"怎么醒了呢？"

她没有回答。

"又做噩梦了，是吧？"加布里埃尔问。

"你说她是不是缠上我了？她就是不肯走，每天晚上都来，不让我睡觉。"

"简，奥莱娜已经死了。"

"那就是她的鬼魂。"

"你可不怎么信鬼神之说的。"

"我之前是不信，但现在……"

"现在信了？"

她转过身来看向自己的丈夫，凌晨的蒙蒙亮光落在他眼睛里,真漂亮。她的丈夫多英俊啊!她怎么如此幸运呢!她抚摸他的脸庞,手指划过他新长出来的胡子。即便结婚六个月了,她依旧会为自己居然嫁了这么好的人而惊讶。

"我只希望一切回归正轨。"她说,"回到这事发生之前的样子。"

加布里埃尔又把她往怀里拉了拉,她闻到了肥皂的清新和暖洋洋的味道,那是她丈夫的味道。"别着急,"他说,"可能你就是得做梦,你需要做梦,需要时间去消化这些事情,需要时间走出来。"

"或者我需要做点儿什么。"

"做什么?"

"做奥莱娜想让我做的事情。"

加布里埃尔叹了一声:"你不是不相信有鬼吗?"

"她确实跟我说话了,不是我想象出来的。这不是梦,是我的记忆,是真实发生过的。"她翻过身来盯着墙上的暗影,"'米拉知道。'她是这么说的,我记得她是这么说的。"

"米拉知道什么?"

简看向加布里埃尔:"我觉得,她指的就是阿什本那个案子。"

26

登上去华盛顿的班机时，简的乳房又疼又胀，只想赶紧把奶挤出去。但瑞吉娜并不在她身边，小家伙正在安吉拉的精心照护下悠然度日呢。简转头看向窗外，想：我的孩子才两周大，我就把她丢在家里了，我可真是个坏妈妈。随着飞机升空，她看着下面愈发变小的波士顿，感到的却不是内疚，而是松了口气，就好像摆脱了身为人母的压力，摆脱了那许多不眠之夜，摆脱了那抱着孩子走来走去的许多个小时。她这是怎么了？她竟然因为离开自己的孩子而感到轻松吗？

真是个坏妈妈。

加布里埃尔把手覆在她手背上，问："还好吗？"

"还好。"

"别担心，你妈妈会照顾好一切的。"

简点点头，目光始终投向窗外。离开孩子出来抓坏人让她万分激动。她要如何告诉自己的丈夫她居然是个坏妈妈？她要如何告诉丈夫，她实在是太想回来工作了，连看一眼电视上的警匪片都会感到很痛苦呢？

后面几排，有个孩子开始哭。简正在胀奶，乳房一跳一跳地疼。这是身体在惩罚她，惩罚她把瑞吉娜自己扔在家。

下飞机后，简首先冲进卫生间，坐在马桶上把奶挤出来。扯纸巾擦干净前胸的时候，她不禁想，奶牛挤奶的时候会不会也这么舒服？把奶挤进纸巾里可真浪费，但她除了挤出来冲进厕所里，也不知道还能怎么做。

出来的时候，她看见加布里埃尔站在机场报刊亭边上等她。"好点儿了吗？"他问。

"哞。"她点了点头。

接待他们的是利斯堡的警探艾迪·瓦德劳，他看起来并不怎么激动。艾迪四十岁左右，一张脸拉得老长，就算笑的时候也很僵硬。简拿不准他究竟是累了，还是只是不想见到他们。瓦德劳要求检查他们的身份证件，好像觉得他们是骗子，光检查就花了很长时间，最后才不得不承认他们的身份，对他们表示欢迎，带他们走过前台，走进警察局。

"我今天早上跟摩尔警探通过话了。"他一边说，一边带着他们慢慢穿过走廊。

"我们跟他说过我们会飞到你这里来。"简说。

"他跟我说过。"瓦德劳从兜里掏出一串钥匙，停下来看着他们，然后又说，"我得先了解下你们，所以才问东问西的。这么说你们知道这件事的来龙去脉了？"

"其实我们并不太了解，"简说，"还在调查中。"

"是吗？"瓦德劳咕哝了一声，"那欢迎加入。"他打开门，把他们迎进一个小会议室里。会议室的桌子上有个硬壳纸箱，上面标着案卷编号，还有一堆文件。瓦德劳指着那堆文件说："看看这些文件，我不可能全给你们复制一份，只能给摩尔发一些我觉得可以共享给你们的。这个案子从一开始就很诡异，我必须对看这些文件的人有绝对的信任。"

"你是还想查我们的身份吗？"简说，"你可以问我们组的任何人，他们都对我了如指掌。"

"不是你，我对警察没有意见，但联邦调查局的人……"他看向加布里埃尔，"我不得不小心点儿，尤其是考虑到目前发生的这些事。"

听了这话，加布里埃尔的脸上依旧没有任何表情，跟他们几个刚见面时一样冷冷的，冷得简都想跟他保持距离。"警探先生，如果你对我有意见，我们现在就可以开诚布公地讨论，不用等到以后。"

"迪恩探员，你来这里做什么呢？你们的人已经把我们手里的东西都搜刮走了。"

"联邦调查局已经介入了？"简问。

瓦德劳看着她。"他们把所有东西都拷贝了一份，复印了那个箱子里的每一张纸。他们不相信我们的实验室，所以还带了自己的技术人员来检查证据。所有证据他们全都看过了。"他回身问加布里埃尔，"所以如果你对这个案子有疑问，为什么不回局里问你的同事呢？"

"你相信我，我可以为迪恩探员打包票，"简说，"我们是夫妻。"

"我知道，摩尔是这么跟我说的。"瓦德劳笑着摇头，"联邦探员娶了个警察？要我说，这就像猫狗同住，半刻都不得安宁。"他从盒子里掏出些文件，"行吧，这就是你们想要的文件，调查报告、案件报告什么的。"他把手里的文件夹一个个摔在会议桌上，"还有尸检报告、现场照片、出警日志、新闻和媒体剪报……"他顿了顿，好像想起了什么重要的事情，"我还有个你们可能会觉得有用的东西，"说着他转身走向门口，"我去拿。"

过了一会儿，他拿着个录像带回来了。"我把这个锁在办公桌里了。"他说，"那么多探员问东问西，我觉得我得把这个看住。"他走到壁橱前，拉出一台显示器和一台录像机，"我们离华盛顿太近了，总会有些……政治敏感问题，"他一边解开绑带一边说，"你们知道吗，这些民选官员真是不检点。几年前，一个参议员的妻子开着辆奔驰在我们辖区内的一条小路上翻车了。这其实不是问题，问题是，司机不是她丈夫。更糟糕的是，这个司机是俄罗斯大使馆的人。你们真应该看看当时联邦调查局的人来得有多快。"他把显示器插上电，直起身看着他们俩，"我总觉得这个案子似曾相识。"

"你觉得这里面会涉及政治人物？"加布里埃尔说。

"你们知道那栋房子是谁的吗？我们花了好几周才查出来。"

"知道，是巴伦特伊公司的。"

"这还不够吗？那可是华盛顿的巨头，是白宫的关系户啊！巴伦特伊是全国最大的国防承包商，我都不知道这个案子到底会牵扯多大。发现五个女人被枪杀已经够糟糕的了，再加上政治关系和联邦调查局的干涉，我已经准备好提前退休了。"瓦德劳把录像带放进去，抓起遥控器，按下播放键。

显示器上出现一片被雪覆盖的树林。天气晴朗，阳光在冰雪上跳跃。

"警方是在差不多上午十点接到报案电话的。"瓦德劳说，"报案的是个男人，不肯透露身份，只说鹿田路的一栋房子里有情况，警察应该来看看。那条路上没几栋房子，巡警很快就找到了案发地点。"

"电话从哪儿打来的？"

"离阿什本大约三十五英里[①]的一个公用电话。电话上没有提取到有用的指纹,也没能确认打电话的人是谁。"

显示器上出现了六七辆车停在路边,背景是嘈杂的男声。视频的拍摄者开始讲述:"现在是一月四日上午十一点三十分,我们在弗吉尼亚州阿什本鹿田路九号。在现场的有艾迪·瓦德劳警探和我,拜伦·麦克马洪警探……"

"是我搭档拍摄的视频,"瓦德劳说,"这是房子前面的那条车道。你们能看出来,房子被树林包围着,周边没有邻居。"

镜头缓慢摇过,依次出现了两辆等候救援的救护车,几个救护人员挤在一起,呼出的热气在冰冷的空气中结成一团雾。镜头继续缓慢扫过,最后定格在房子上。那是一栋两层楼的砖房,轮廓大开大阖,显示出当年的富丽堂皇。但显然现在已经疏于照料,百叶窗和窗台上的白色油漆都已剥落,门廊栏杆东倒西歪,窗户上装着铁栅栏,看起来更像是市中心的公寓楼,而不是宁静乡村道路边一栋独门独院的房子。随后出现在镜头里的是瓦德劳警探,他站在房子前的台阶上,像个严肃的主人正在迎客。随后,镜头倾斜向下,麦克马洪弯腰套上鞋套,然后又把镜头正了过来对准前门,跟着瓦德劳一起走了进去。

第一帧画面是血迹斑斑的楼梯。简已经知道她会看到什么了,她看过犯罪现场的照片,知道这些女人都是怎么死的。然而,当镜头照到台阶上时,简依然能感受到她的脉搏加快了,她在害怕。

镜头定在第一个受害人身上,那是一具脸朝下趴着的女尸。"这个人被枪击了两次,"瓦德劳说,"法医说第一枪击中了她的

[①]约五十六千米。

后背，可能是在受害人想跑上楼梯时开的枪。子弹划破了她的腔静脉，从腹腔钻了出来。从失血量来看，第二颗子弹射入她的头部之前，她大概还活了五到十分钟。在我看来，凶手的第一枪就把她击倒了，然后他没管她，去找其他女人。等凶手又回到楼梯这里来，发现这个女人还活着，所以又补了一枪，杀死了她。"

瓦德劳看向简，"行事倒是周密。"

"这么多血，"简说，"现场肯定有很多足迹可以提取。"

"楼上楼下都有。楼下的有点儿说不通。我们提取到两组鞋印，推断可能有两个凶手。但除此之外，还发现了其他的鞋印，比这个小，一直走到厨房。"

"会不会是执法人员的？"

"不会。第一个巡警到的时候已经是事发六个小时之后了，地板上的血差不多干了。我们看到的小一点儿的足印是血液还湿的时候踩上去的。"

"那是谁的脚印？"

瓦德劳看着她："目前还不知道。"

现在，镜头一路上楼，他们能听到纸鞋套踩在台阶上的摩擦声。上楼的路上，镜头稍稍往左偏了些，对准了一扇门。门里是个小房间，里面挤着六张小床，地板上是成堆的衣服、脏盘子和一大袋薯条。镜头环绕整个房间，对准了二号受害者死亡的小床。

"看起来这个根本没机会逃出去，"瓦德劳说，"躺在床上吃了枪子儿，躺在哪儿就死在哪儿了。"

镜头又动了，从小床上移开，转向衣柜，从敞开的衣柜门伸进去，定格在两个可怜人身上。她们瘫在一起，挤在衣柜的最里面，好像要拼命躲开别人的视线。然而，在把门打开、用武器瞄准她们的杀手看来,这两个拼命把脸埋下去的女人可太显眼了。

"一人一枪,"瓦德劳说,"这些人动作迅速精准,还很有条理。他们推开了每扇门,搜查了每个衣柜和壁橱,每个角落都搜过了,这些受害者根本无处藏身。"

他拿过遥控器按下快进键,屏幕上的影像快速移动起来。镜头飞速扫过其他卧室,冲上一架梯子,穿过活板门,进入一个阁楼,又急匆匆下来回到了楼下大厅里。瓦德劳重新按下播放键,画面播放速度又正常了起来,镜头带着他们走过餐厅,走进厨房。

"这里,"他按下暂停键,平静地说,"这是最后一个受害者,死状凄惨极了。"

那女人被绑在椅子上,子弹从她右侧眉毛上方射进去,巨大的冲击力让她的头向后仰起。她双眼圆睁,一副死不瞑目的样子,脸色是尸体特有的灰白色,两条胳膊都搭在前面的桌子上。

那把血淋淋的锤子也放在桌子上,就放在她已不成样子的双手边。

"显然他们想从她这儿问出点儿什么来,"瓦德劳说,"但她不能说,或者不愿意说。"他看向简,脑海里浮现出那女人被折磨致死的场景,眼里满是痛苦。锤子一下下地敲下去,敲断骨头,敲碎关节。屋里没有一个活人了,只有她尖厉的叫声回荡着。

瓦德劳又按下播放键,录像画面继续。终于可以不看那个满是鲜血的桌子和那具血肉模糊的尸体了,几人都松了口气,带着余悸接着往下看。接下来,镜头带着他们走过楼下的一间卧室,又走进客厅,客厅里有一张松松垮垮的沙发和一张绿色粗绒地毯。最后,他们回到了门厅,站在楼梯下面,站在一切的起点。

"我们的发现就是这些,"瓦德劳说,"五具女性尸体,身份都无法确认。凶器是两把不同的枪支,我们推断至少有两个凶手,应该是合伙作案。"

那栋房子里也没有藏身的地方,简想。她想起那两个蜷缩在衣柜里的受害者,她们一开始还能镇静地呼吸,后来只能轻声呜咽着紧紧环抱彼此,听着脚步声嘎吱嘎吱地走近。

"那些人进来杀了五个女人。"加布里埃尔说,"他们在厨房里跟最后一个受害者待了差不多有半个小时,用锤子把她的手一点点敲碎,你们居然说对这些凶手一无所知?一点儿证据,一点儿痕迹,一点儿指纹都没找到吗?"

"那倒也不是。我们在那房子里发现了无数的指纹。每个房间都有,只是不知道是谁的。就算是凶手的,系统里也匹配不上。"

"等等。"加布里埃尔说,目光定格在显示器上。

"怎么了?"

"倒回去。"

"倒到哪儿?"

"差不多十秒之前。"

瓦德劳皱了眉,显然不知道是什么引起了加布里埃尔的注意。他把遥控器递给加布里埃尔:"你自己来。"

加布里埃尔按下快退键,然后播放录像。画面回到了客厅,镜头又一次扫过皱巴巴的沙发和乱七八糟的地毯。然后,镜头突然进到前厅,转向前门。外面,树叶上盖了一层薄薄的冰,阳光在上面闪烁。有两个人站在院子里聊天,其中一人转身朝房子走去。

加布里埃尔按下暂停键,镜头定格在走进门廊的那个人身上。"这是约翰·巴尔桑蒂。"

"你认识他?"瓦德劳问。

"他也来波士顿了。"加布里埃尔说。

"怎么到处都有他。我们才到了不到一小时,巴尔桑蒂和他的人就到了。他们也想介入调查,我们就僵在那儿,就在门廊那里。最后我们接到了司法部的电话,让我们配合他们行动。"

"联邦调查局怎么这么快就收到信儿了?"简问。

"没人知道。"瓦德劳绕到播放器那里退出录像带,然后转身看她,"这就是我们要处理的案子。五具女尸,没有一个人登记在册,指纹查不到,人口失踪记录中也查不到。没人认识她们,什么信息都没有。"

"可能是非法入境的外国人。"加布里埃尔说。

瓦德劳点点头:"我猜他们可能是东欧人。楼下的卧室里有几张俄语的报纸,还有一鞋盒莫斯科的照片。根据我们在那栋房子里找到的东西,她们的营生也不难猜。餐具室里有几盒盘尼西林,片剂,早餐后吃的那种。哦,还有一箱避孕套。"他拿起有尸检报告的那个文件夹递给加布里埃尔,"看看DNA分析结果。"

加布里埃尔直接翻到尸检结果那页。"多位性伴侣。"他说。

瓦德劳点头:"综上,一群年轻漂亮的女人住在同一个屋檐下,还和很多不同的男人约会。这么说吧,那房子总不可能是修道院吧。"

27

高耸的橡树、松树和山核桃树之间,一条私人车道贯穿其中。阳光透过树冠洒在路面上。树林深处,微弱的光线透进来,树苗在茂密的灌木丛中挣扎着生长。

"难怪邻居们那天晚上什么也没听见,"简盯着茂盛的树林说,"我根本看不见邻居住在哪儿。"

"应该就在前面了,穿过这个树林就到了。"

他们又往前开了差不多三十米,路面豁然开朗,午后明媚的阳光照耀大地。前面,一栋两层小楼若隐若现。尽管年久失修,那栋小楼依然很气派:红砖墙,大院子。然而,这栋房子里没有什么值得期待的东西。他们不想看窗子外面钉着的铁栅栏,也不想看钉在柱子上那些"禁止入内"的标志。碎石铺成的车道现在已经被齐膝高的杂草覆盖,好像要把这里也变成树林的一部分,而它们不过是先头兵而已。瓦德劳告诉过他们,这里曾有过翻修的计划,只不过两个月之前承包商的设备突然起了火,烧了楼上的一个卧室,于是这个计划被放弃了。那场火灾在窗框上留下了张牙舞爪的黑色印记,碎玻璃上依然覆盖着胶合板。也许这场火灾是一次警告呢,简想。警告人们这栋房子乃不祥之地。

简和加布里埃尔从租来的车上下来。车里开了空调,所以外面的温度让她猝不及防。她刚踏上路面,汗水就从脸上冒了出来。外面又闷又热。尽管她没看见蚊子，却能听见蚊子嗡嗡的声音。她一巴掌拍在自己脸上，手上立刻出现了新鲜的血痕。她没听错，就是有嗡嗡的声音。这里没有车流声，没有鸟鸣，就连树木都是静止的。她突然觉得汗毛倒竖——不是因为温度，而是源于直觉。直觉告诉她应该立刻离开这里，回到车里，锁上门，离开。她一步也不想踏进去。

"走吧，我们看看瓦德劳给的钥匙好不好用。"加布里埃尔一边说，一边往大门走去。

简不情不愿地跟着他爬上吱嘎作响的台阶，木板的缝隙中长满了草叶。瓦德劳的录像里是冬天，车道上没有植物，但现在，栏杆上都是藤蔓，花粉遍撒在门廊地上，像是黄色的雪。

加布里埃尔停在门口，皱眉看着前门。那里应该有过一个挂锁，但现在只剩下一部分铰链。"这里可有日子没来人了。"他指着锈迹斑斑的铰链说。

窗子上镶了栏杆，门上有挂锁。这可不是防外人的，简想，这是想把人锁在里面。

加布里埃尔把钥匙轻轻插进锁孔，推了推门。门吱嘎一声开了，陈旧烟尘的气味立刻飘了出来——这就是火灾的后果。就算打扫了房子，粉刷了墙壁，换了所有的窗帘地毯和家具，火灾留下的难闻气味也依然存在。加布里埃尔走了进去。

然后他停下了。简也停下了。她很惊讶地发现地板上光秃秃的。录像里地板上有块难看的绿色地毯，看来是在清理过程中被拿走了。楼梯栏杆的雕花很漂亮，客厅的挑高足有三米，上面有皇冠的造型。这些细节她在看录像时都没注意到。天花板上水渍斑斑，就像一团团乌云。

"不管这房子是谁建的，肯定是有钱人。"加布里埃尔说。

简绕到窗户旁边，透过外面的栏杆看向树林。暮色向晚，还有差不多一个小时就要天黑了。"刚建成的时候一定是栋很漂亮的房子。"她说。但那应该是很久之前了，应该是在破烂的绿地毯被铺上之前，在窗外的栏杆被装上之前。在斑斑血迹之前。

他们走过空无一物的客厅。印花墙纸显示出岁月的痕迹，角落里已经有了污渍，有的墙纸都剥落了，还有的地方好像是被香烟的烟雾熏了几十年，已经发黄。他们穿过餐厅，在厨房里停了下来。桌子和椅子都没了，他们眼前只有破旧卷曲的油毡，边缘破破烂烂的。暮色斜斜射进来，留下一条一条的痕迹。这就是那个年长女人丧命的地方，简想。她就坐在屋子中间，被绑在椅子上，脆弱的手指在锤子的击打下断成一截一截。尽管眼前是个空荡荡的厨房，但简似乎能看到她在录像里见到的场景。灰尘在光束中旋转舞蹈，一个人影浮现其中，久久不散。

"上楼吧。"加布里埃尔说。

他们走出厨房，在楼梯下顿住脚步。简抬头看着通向二层的阶梯，想：这里还有一具尸体，就在这些台阶上，是个棕色头发的女人。她抓住栏杆，手下是雕花的橡木，指尖感到自己的脉搏在跳动。她不想上楼。突然，耳边又一次响起了奥莱娜的声音：

米拉知道。

上面一定有她得去看的东西，奥莱娜在指引她。

加布里埃尔走上楼梯。简走得更慢了，眼睛盯着下面的台阶，贴在栏杆上的手心湿漉漉的。她停了下来，盯着一块浅色的木头——明显是最近刚被抛光过的。她蹲下来用手去摸，只觉得汗毛倒竖。如果拉上窗帘，在楼梯上喷上发光氨，木头的纹理一定会发出光谱般的绿色。清洁人员已经竭尽全力，但痕迹是无法完全消除的。受害者的血就溅在这里。这是她丧命的地方，她趴在这几级台阶上,就在简触摸的这块地方。

加布里埃尔已经上了二楼,逐个房间查看着。

简跟着他上去,烟尘的味道更强烈了。走廊的墙纸是单调的绿色,地板是深色橡木的。二层那些房间的门都半开着,光线从房间投进走廊,留下一个个长方形的光斑。她拐进右手边的第一扇门,看到了一个空房间,墙上留着些方形印记,说明这里曾经挂过画。这些房间没什么特别的,任意一个空房子里都可能会有这样的房间。居住的痕迹已经被完全抹除。她走到窗前抬起窗子,外面焊着铁栏杆。要是有火灾,肯定跑不出去。就算能爬出去,也得从十五英尺①高的地方跳下去,下面还是光秃秃的碎石路,连一丛可供缓冲的灌木都没有。

"简。"她听到加布里埃尔喊她。

简循着他的声音穿过大厅,走进另一间卧室。

加布里埃尔站在一个衣橱前往里看。"这里。"他平静地说。

简走过去站在他身旁,蹲下来摸了摸那明显被打磨过的木头。她的脑海中不由自主地浮现出录像中的画面:那两个女人紧紧抱着彼此,纤细的臂膀彼此交叠。她们在这里躲了多久?衣橱并不大,恐惧一定会让黑暗更加骇人。

突然,她站起身来。这间屋子太闷了,闷得让人喘不过气。她走出屋子,蹲久了的双腿几近麻木。这个房子太可怕了,如果努力听,没准还能听到当时的尖叫声。

走廊尽头是最后一个房间——就是那个起火的房间。简站在门口犹豫了一会儿,屋里散发出火灾之后的恶臭气味,让她却步。屋里的两扇破窗户都用胶合板封上了,挡住了下午明媚的阳

---

①约四点六米。

光。她掏出镁光手电四下照了一圈，屋子里黑漆漆的。火焰在墙壁和天花板上都留下了鲜明的焦黑色，还烧掉了一些装潢，露出内部被烧焦的木材来。简拿着手电在屋里走了一圈，看到一个没有门的壁橱。手电的光照过去，壁橱内部的墙上映出一个椭圆形的光斑，一闪而过。简皱了皱眉，又把手电对准那里。

椭圆形的光斑又出现了，在壁橱后的墙上一闪一闪的。

她走到衣柜前仔细看了看，看到了一个大得可以把手指戳进去的洞。那是个正圆形的洞，内壁光滑，是人工凿出来的。有人在衣柜和卧室之间钻了一个洞。

头顶传来闷闷的响声，她吓了一跳，抬头去看。天花板上传来脚步声，横梁被踩得吱嘎作响。加布里埃尔在阁楼上。

简回到走廊里。天色已经晚了，日光渐暗，把整栋房子笼罩在深色的阴影里。"嘿！"她问，"怎么上去？"

"门在第二个卧室里。"

她看到梯子，爬了上去，从活板门中探出头来，看到加布里埃尔的镁光手电划破黑暗。

"上面有东西吗？"她问。

"有只死松鼠。"

"有什么有用的吗？"

"没什么有用的。"

她爬上阁楼，直起身时差点儿磕了头。加布里埃尔只能半蹲着走，长腿蜷着，像螃蟹一样横着移动，用脚步丈量阁楼的长宽，用手电照向黑暗的最深处。

"离那个角落远点儿，"他提醒简，"那边的板子已经烧焦了，我觉得这里不太结实。"

简朝着另一头走去。在那边，一扇孤零零的窗户透出最后一丝灰暗的日光。这个窗子上没有装栏杆,这里也不需要栏杆。她抬起窗子把头伸出去,外面是个狭窄的窗台。这里离地面很高,掉下去一定会摔断骨头,选择这条路逃出去实在与自杀无异。她关上窗户,突然顿住,眼睛盯着树林。

树林里有光在闪烁,像一只飞掠而过的萤火虫。

"加布里埃尔。"

"好极了,又发现一只死松鼠。"

"外面有人。"

"什么?"

"树林里,有人。"

加布里埃尔走到她身边,盯着外面浓重的暮色。"哪里?"

"我看见了,就刚刚。"

"可能是路过的车。"他转回身嘟囔,"该死,我的手电要没电了。"他使劲拍了几下手电筒,光束短暂地亮了一下,然后又暗了下去。

简还在盯着窗外看,外面的树林似乎在向他们逼近,好像要把他们困在这座满是怨灵的房子里。她后颈一凉,转身对丈夫说:"我们走吧。"

"我就应该提前换块电池……"

"走吧,求你了。"

加布里埃尔突然意识到妻子语气中的不安,问:"怎么了?"

"我觉得那不是辆路过的车。"

加布里埃尔又走到窗边向外看。他一动不动地站着,双肩挡住了从窗口透进来的光。加布里埃尔的沉默让简不安,在这样的沉默里,她几乎能听到自己的心跳声,怦怦,怦怦。"好吧,"加布里埃尔最终平静地说,"我们走吧。"

他们爬下梯子回到走廊，走过染血的衣橱和卧室，走下楼梯，那处被磨光的木头依然让人恐惧。五个女人死在这栋房子里，却没人听到她们的呼救。

也没人能听见我们的。

他们推开前门，走进门厅。

然后顿住了脚步。几束强光突然照过来，他们眼前一片白，什么也看不见。简抬起手臂挡光。她听到碎石路上传来吱嘎吱嘎的脚步声，还能眯着眼睛辨认出有三个黑色的身影正在走近。

加布里埃尔挡在她身前，挡住了突如其来的强光。他的速度很快，简甚至没反应过来。

"别动。"一个声音命令道。

"能告诉我你们是谁吗？"加布里埃尔问。

"你们是谁？"

"你们先把强光手电收起来。"

"你们是谁！"

"好吧，好吧。我的证件在口袋里，"加布里埃尔说，声音平静又理智，"我没带武器，我妻子也没带。"他慢慢把钱包抽出来递上前去，来人一把夺了过去，"我是加布里埃尔·迪恩。这是我的妻子简。"

"我是简·里佐利警探，"简补充道，"波士顿警察局的。"一束强光瞬间照过来，她不适地眨了眨眼。尽管她看不见对面的人，但她能感觉到，他们在打量她。她没有那么害怕了，而是对此感到十分愤怒。

"波士顿警察到这儿来做什么？"那男人问。

"你们又来做什么？"简反问。

她并不期望对面会给出回答，他们也确实没有回答。男人把加布里埃尔的钱包递了回来,然后用手电指了指停在他们租来的车后面的一辆黑色轿车。"进去,你们得跟我们走。"

"为什么?"加布里埃尔问。

"我们需要确认你们的身份。"

"我们还得赶飞机,赶回波士顿去。"简说。

"取消吧。"

28

简独自一人坐在审讯室里,盯着自己的倒影想:坐在单面镜这边的感觉真是糟透了。她已经在这里坐了一个小时,过一会儿就起来看看门口,想象着门会自动打开把她放出去。她没跟加布里埃尔关在一起——这是肯定的,受审就是这样的,她自己审别人的时候也是这样,但剩下的都不是她熟悉的程序。这些人没有表明自己的身份,没有出示警徽,没有提供姓名,也没告诉她他们来自哪个部队。在她看来,这些人就像《黑衣人》里那些黑衣人一样突然出现,声称自己是为了保护地球免受外星人伤害。她进来的时候走的是地下停车场,连大门都没见到,所以也不知道这些人为哪个机构工作,只知道她所处的审讯室应该是在莱斯顿市区的某个地方。

"嘿!"简走到镜子前面使劲敲着,"你们没有宣读我的权利,还把我的手机拿走了不让我给律师打电话。我跟你们说,这事可闹大了!"

没人理她。

乳房又开始胀痛,奶牛要接着挤奶了。然而对着那面单向镜,她怎么可能把衬衫撩起来呢?她又敲了一下玻璃,这次更用力了。她现在无所畏惧,因为她知道这些人都是政府的人,没准他们正坐在镜子后面悠闲地打发时间,把她扔在这儿只是为了吓唬她而已。她知道自己的权利。作为一名警察，她可在保护罪犯应得的权利上花过太多时间了，现在风水轮流转，她自然知道自己享有哪些权利。

镜子里出现她自己的影子，棕色头发卷得乱七八糟，扣在头上却像顶王冠一样，下颌方正，显出几分倔强。好好看看吧，伙计们，她想，不管玻璃后面是谁，你们已经成功激怒了对面这个警察，我才不要跟你们合作!

"嘿!"她又喊了一声，捶了几下玻璃。

突然，门开了。令她惊讶的是，走进来的是个女人。尽管那女人的面容依然年轻，她肯定不超过五十岁，但她的头发是银色的，衬得双眸更加乌黑。与她的男同事一样，她也身着西装，浑身上下被遮得严严实实，就是那种在男人堆里闯出条路的女人的样子。

"里佐利警探，"女人说，"很抱歉让你久等了。我已经尽快赶来了，但华盛顿的交通，你懂的。"她伸出手，"很高兴认识你。"

简没理她伸过来的手，盯着她的脸问："我认识你吗?"

"海伦·格拉瑟，司法部的。而且我同意，你确实有理由生气。"她又一次伸出手，算是第二次试着与简和解。

这次简握了她的手。她的手像男人一样有力。"我丈夫在哪里?"简问。

"他在楼上等我们。但在与他会面之前，我想先向你道歉，今天晚上发生的一切都是误会。"

"今天晚上发生的一切都侵犯了我们的权利。"

格拉瑟伸手做了个请的动作："来吧，我们上楼，上楼好好谈。"

她们走进大厅，来到电梯前。格拉瑟插入了一张加密的钥匙卡，按下了顶层。电梯一趟，地狱到天堂。电梯门开了，她们走进一个有着落地窗的房间，可以俯瞰莱斯顿市的景色。房间的装潢是典型的政府机关风格，平实中庸。一张灰色的沙发，几把扶手椅，中间是一块不显眼的土耳其绣织地毯，边上有个边桌，上面放着咖啡壶和几个杯碟。墙上孤零零挂着一幅装饰画，抽象派的，画的是个橙色球体。要是把这画挂在警察局，肯定会有哪个自作聪明的家伙在上面添个靶心。

身后电梯声再次响起，她回身，加布里埃尔从电梯里出来。

"你还好吗？"加布里埃尔问。

"我不太想被电击，但还行，我……"她顿住了，定定地看着跟在加布里埃尔身后从电梯里走出来的那个人。那是个男人，简今天下午刚在犯罪现场的录像中看到过他的脸。

约翰·巴尔桑蒂对她点点头："里佐利警探，你好。"

简看向她的丈夫："你知道这是怎么回事吗？"

"咱们先坐，"格拉瑟说，"坐下来把事情摊开讲清楚。"

简充满警惕地坐到沙发上，坐在加布里埃尔身边。格拉瑟给几人倒了咖啡递过来，没有人讲话。今天晚上他们被这样对待，难道她觉得这种小恩小惠就可以收买他们？简还不至于因为一个微笑和一杯咖啡就不生气了。她一口都没喝，只是把杯子放下，对这个女人想要和解的企图表示无声的拒绝。

"我们可以提问了吗？"简问，"还是说，现在还是你问我答的审讯形式？"

"我希望我们能够解答你所有的问题，但我们得保护现行调查的内容。"格拉瑟说，"不是我们不相信你。我们已经调查过你和迪恩探员了，你们都是非常出色的执法人员。"

"但你依然不相信我们。"

格拉瑟看向简,眼神冷酷而坚定。"我们无法相信任何人,这个案子太敏感了。巴尔桑蒂探员和我已经尽力保密,但我们依旧被人跟踪了,一举一动都有人知道。有人入侵我们的电脑,闯入我们的办公室,我甚至不知道我的手机是否还安全。有人在阻挠我们的调查。"她放下咖啡杯,"现在我得知道你们为什么会出现在这里,为什么会去那栋房子。"

"应该和你们监视那栋房子的原因一样。"

"你知道那里发生了什么。"

"我们在瓦德劳警探那里看过案卷。"

"这里离波士顿可不近,为什么你们会对阿什本这个案子如此感兴趣?"

"你们先回答我的问题吧。"简说,"为什么司法部对这五个妓女的死亡如此感兴趣?"

格拉瑟没有回答,脸上的表情令人捉摸不透。她低头喝了口咖啡,面色平静,好像刚才根本没有人问过她问题似的。简不禁对这个女人感到钦佩,因为她没展现出丝毫的柔弱。显然,她才是这里的老大。

"你们知道受害者的身份还没确定吧?"格拉瑟问。

"知道。"

"我们认为她们都是非法移民,正在调查她们是怎么入境的,包括是谁带她们进来的,走了哪条线路越过边境。"

"你是想说,这个案子涉及国家安全?"简的语气中充满疑惑。

"只是一部分。自'九一一'事件以来,民众都以为国家加强了边境管制,已经杜绝非法入境,但现实并非如此。墨西哥和美国之间的非法移民数量之多,就跟晚高峰时主路上的车流一样。美国的边境线太长了,绵延数千公里的海岸线无人监管,加拿大边境甚至几乎没有巡逻。那些人贩子知道哪些路能进来,哪些地方容易进来。他们想把几个女孩子带进来实在太容易了。而一旦把这些姑娘带入境,逼她们入行就不难了。"格拉瑟把咖啡放下,向前微微倾身,黑色的眼睛闪着光,"你知道美国有多少非自愿性工作者吗?至少五万人,这还是所谓的'文明国家'呢。这里的五万人甚至都不包括那些风尘女子。她们就是奴隶,是非自愿卖身的。成千上万的女孩被带到美国,然后就消失了。她们隐藏在这个社会里,就在我们身边。大城市里有,小城镇里也有。她们藏在那些销金窟里,被锁在公寓里,很少有人知道她们的存在。"

简想起了窗子外面的那些铁栏杆,想起了那栋房子前不着村后不着店的位置。难怪她总觉得那里是个监狱——它就是个监狱。

"这些姑娘一听说要跟当局合作,都吓坏了。要是被皮条客抓到,她们就死定了。就算逃出来回到自己的国家,她们依然会被找到。所以她们觉得还是死了最好。"她顿了一顿,又继续说,"你看到五号尸体的报告了吧,年长的那个。"

简吞咽了一下:"看到了。"

"她受到的凌虐是个很清晰的信息:要是惹恼了我们,这就是你的下场。我们还不知道她究竟做了什么让那些人如此生气,她究竟违反了哪条规定。可能她偷了钱,又可能背着人搞了点儿什么小生意。但我们能确定的是,她是这个妓院里的老鸨,是管事的那个。但这个身份没能救她,她做错了事一样要被惩罚,而且她手下的姑娘们也一起付出了代价。"

"所以你们的调查方向并不是恐怖分子。"加布里埃尔说。

"这事跟恐怖主义有什么关系?"巴尔桑蒂问。

"这些都是来自东欧的非法移民,很可能与车臣有联系。"

"她们偷渡进来显然是为了商业目的,没有其他原因。"

格拉瑟皱眉看向加布里埃尔:"谁跟你说是恐怖主义的?"

"康韦议员,还有情报部门的二把手。"

"大卫·西尔弗?"

"他飞到波士顿来处理这个绑架案,当时他们觉得这是场恐怖袭击,是车臣恐怖分子的威胁。"

格拉瑟哼了一声:"大卫·西尔弗看什么都是恐怖分子。在他眼里,每个桥洞里、每座天桥下都住着恐怖分子。"

"他说这事已经惊动了上层,所以韦恩总监才派他来。"

"情报局干的就是这个活儿,他肯定会这么说。在这些人眼里,时时能遇见恐怖主义,处处都有恐怖分子。"

"康韦议员看起来对这件事也挺关切。"

"你相信那位参议员?"

"我不该信吗?"

巴尔桑蒂说:"你之前跟康韦打过交道,对吧?"

"康韦议员在情报委员会任职,我们见过几次,那时我在波斯尼亚工作,调查那里战争犯罪的案子。"

"迪恩探员,你真的了解他吗?"

"你的意思是我不了解。"

"他已经做了三届参议员了。"格拉瑟说,"能做三届,他得跟不同人达成许多不同协议,做出许多不同的妥协。我们的意思是,交付信任可得谨慎。很久以前,我们有过类似的教训。"

"所以你们关注的并不是恐怖主义?"简问。

"我关注的是那五万名消失的女性。这是在美国境内发生的奴役,是虐待,是剥削,而那些人只关心自己有没有爽到。"她停下来深吸口气,平静地开口,"这才是我所关心的。"

"听起来颇有些个人恩怨在。"

格拉瑟点头:"我调查这事已经将近四年了。"

"那你为什么不把阿什本的这些女孩救出来?你肯定知道那栋房子里发生了什么。"

格拉瑟什么也没说。实际上她也无须开口,因为她脸上坚毅的表情已经证实了简的想法。

简看向巴尔桑蒂:"这就是你们为什么这么快就到了现场,几乎与警方同时。你们早就知道这件事了,你们一定早就知道。"

"我们也是几天前才得到消息的。"巴尔桑蒂说。

"那为什么不立即采取行动呢?你们没想过要把这些姑娘救出来吗?"

"窃听设备还没到位,我们不知道里面究竟发生了什么。"

"但你们知道这是个妓院,知道她们是被困在里面的。"

"当时的情况比你想象的要紧急。"格拉瑟说,"不止牵涉到那五个女人,当时我们手里还有一个更大型的调查要保护,如果太早介入就会暴露。"

"但现在她们五个死了。"

"你以为我不知道吗?"格拉瑟的声音突然拔高,语气里的痛苦把在场的几人都吓了一跳。她突然起身走到窗边,盯着窗外的万家灯火。"你知道美国出口给俄罗斯最糟糕的东西是什么吗?我宁愿上帝从来没创造出来过那东西。那个叫《漂亮女人》的电影,就是朱莉娅·罗伯茨演的那个,那个妓女就是个灰姑娘。这电影在俄罗斯可太流行了,女孩子们看了电影就会想:我要是去了美国,没准也会碰见理查·基尔,到时候他就会娶我，我就会有很多钱，我们会幸福地生活在一起。所以就算她们有所怀疑，就算她们不确定在美国是不是会有一个合法的工作等着她，她总觉得只要耍点儿花招，就会有理查·基尔骑着白马来救她。所以这些姑娘被带上飞机，可能飞到墨西哥城，然后再从那里坐船到圣地亚哥。或者那些人贩子开车带她去到哪个繁忙的海关关口，她要是个金发姑娘，还能说几句英语，很容易就能通过。有时候这些人贩子甚至直接带着她们步行走过边境。她以为她是来过电影里那种纸醉金迷的生活的，但其实，来了之后她就会像一块牛肉一样被卖掉。"格拉瑟转身看向简，"你知道一个好看的女孩子能给那些拉皮条的赚多少钱吗？"

简摇摇头。

"一周三万美金。一周啊！"格拉瑟又转身盯着窗外，"这边没有什么钻石王老五等着娶你，你只会被锁在一栋房子或是一间公寓里，看守你的人个个都凶狠无比。那些训练你、监管你、灌输纪律给你洗脑的人，就是之前来到这儿的其他女人。"

"五号女尸。"加布里埃尔说。

格拉瑟点头："或者说是老鸨。"

"她是被雇主杀死的？"简说。

"与狼共舞，难免被咬上一口。"

或者手骨被砸碎，砸成粉，简想，这不过是越界之后的惩罚，背叛的下场。

"那栋房子里一共死了五个女人，"格拉瑟说，"但外面还有五万个，她们被囚禁在这片自由的土地上，被只想与她们做爱的男人虐待。这些男人不会考虑她们的感受，只把她们当作工具。可能这个男人回家面对老婆和孩子时是个好丈夫，但过上几天或几周，他们还会回来找两个姑娘，没准这两个姑娘只有他女儿那么大。而他每天早上照镜子的时候也从未想过,镜子里的人居然不是人,而是个野兽。"格拉瑟的声音轻得像一声叹息。她深吸口气,抬手在后颈上使劲揉了揉,好像要把体内的愤怒释放出去。

"奥莱娜是谁?"

"她的全名吗?我们可能永远不会知道了。"

简看向巴尔桑蒂:"你们跟着她一路到了波士顿,居然不知道她姓甚名谁?"

"但我们知道点儿别的。"巴尔桑蒂说,"我们知道她目睹了阿什本那个案子,她就在那栋房子里。"

这就对了,简想,这就是阿什本屠杀案与波士顿绑架案之间的联系。"你们怎么知道的?"她问。

"指纹。现场调查时发现了很多指纹,不知道是谁的,与所有受害者都对不上。有些可能是那些嫖客留下的,但有一组是奥莱娜的。"

"等等,"加布里埃尔说,"案发之后,波士顿警方立刻要求比对奥莱娜的指纹,但什么也没查出来。你们现在告诉我在一月份的一个犯罪现场里找到了她的指纹?为什么自动指纹识别系统的人没返给我们结果?"

格拉瑟与巴尔桑蒂对视一眼,脸上浮现出一丝不安。加布里埃尔一下子就懂了。

"你们没把她的指纹录入系统。"加布里埃尔说,"波士顿警方本可以得到这个信息的。"

"其他人也会得到这个信息。"巴尔桑蒂说。

"其他人,其他人,你们嘴里的'其他人'到底是谁?"简插进来,"我就是被绑在医院里的那几个人质之一,我跟奥莱娜在一个屋子里待过！当时有枪指着我的脑袋！你们就没想过里面的人质吗？"

"当然想过，"格拉瑟说，"我们希望每个人都能活着出来，包括奥莱娜。"

"尤其是奥莱娜吧，"简说，"她是目击证人呢。"

格拉瑟点头："她看见了阿什本这个案子里究竟发生了什么，这也是那两个人出现在她病房里的原因。"

"谁派他们去的？"

"目前还不知道。"

"她打死的那个男人，他的指纹你们有吧？他是谁？"

"也还不清楚。如果他之前参过军，那五角大楼不会告诉我们的。"

"你们是司法部的人，也拿不到信息吗？"

格拉瑟走到简身边，坐在椅子上看她。"现在你明白我们的难处了。巴尔桑蒂探员和我必须保持低调，处处小心，因为他们也在找奥莱娜。我们希望能先找到她，而且差一点儿就找到了。从巴尔的摩到康涅狄格再到波士顿，巴尔桑蒂探员一直只落后她一步。"

"你们怎么追踪她的？"加布里埃尔问。

"一开始还挺容易，我们就跟着约瑟夫·洛克的信用卡消费记录和自动提款机记录。"

巴尔桑蒂说："我一直在试图与他取得联系。我给他的语音信箱留言，给他在宾夕法尼亚的一个老婶婶留言，最后洛克终于给我回电话了。我试图劝他来自首，但他不相信我。然后就发生了纽黑文的枪击案，从那时开始我们就找不到他了。我觉得从那之后他们俩就分开了。"

"你怎么知道他们一开始在一起呢？"

"阿什本屠杀案的那天晚上，"格拉瑟说，"约瑟夫·洛克在附近一个加油站加油，他用的是信用卡，然后问店员这里能不能叫拖车，他路上搭了两位女士，她们的车坏了，需要帮助。"

空气突然寂静，加布里埃尔和简面面相觑。

"两位女士？"简问。

格拉瑟点头："洛克停车加油的时候，站里的监控拍到了他。透过挡风玻璃，能看见副驾驶上坐了个女人，那就是奥莱娜。就在那天晚上，他与这两个姑娘有了交集，他被牵涉进这个案子里。他邀请她们上车的那一刻，就被盯上了。他们出现在那家加油站的五小时后，他的房子被炸上了天。然后他意识到，她们是个大麻烦。"

"第二个女人是谁？你说他搭了两位女士？"

"我们还没获得她的任何信息，只知道她跟着他们到了纽黑文。这已经是两个月之前的事了。"

"这是从巡警车里的视频看到的，对吧？就是袭警的那个案子。"

"是的。在那个视频里能看到洛克的车后座上有个人，但只能看到后脑勺，看不到脸。所以我们对她完全不了解，只在后座上找到了几根红色头发。据我们所知，她应该是死了。"

"但如果她还活着，"巴尔桑蒂说，"如果她真的活着，她就是我们唯一的目击证人，是唯一一个亲眼看见阿什本那栋房子里发生了什么的人。"

简轻轻开口："我能告诉你们她叫什么。"

格拉瑟皱眉看向她："你知道？"

"就是梦里听见的那个。"简看向加布里埃尔，"是奥莱娜告诉我的。"

"自从那次绑架之后她一直在做噩梦。"加布里埃尔解释说。

"都梦见了什么?"格拉瑟定定地看着简。

简咽了口唾沫:"我听见有人在砸门,然后冲进来。接着她伏在我耳边对我说了些什么。"

"奥莱娜吗?"

"是的。她说:'米拉知道。'她只说了这一句话:'米拉知道。'"

格拉瑟盯着她。"米拉知道?米拉还活着?"她看向巴尔桑蒂,"我们的这位证人可能还活着。"

29

"你居然主动来找我了,艾尔斯医生,这我可真没想到。"彼得·卢卡斯说,"我之前给你打电话都打不通。"他飞速与莫拉握了握手,一副公事公办的亲切样子,倒也让人挑不出错处来,毕竟莫拉也一直没回他电话。他带着莫拉一路走过《波士顿论坛报》大楼的门厅,走到安检台,保安递给莫拉一个橘红色的访客胸章。

"女士,您离开的时候需要把它还回来。"保安说。

"你最好记得还,"卢卡斯说,"不然他会一直追着你要的。"

"好。"莫拉一边说,一边把胸章别在衬衫上,"你们这儿的安保比五角大楼都严。"

"你知道这年头一份报纸每天能惹怒多少人吗?"卢卡斯按了电梯,扫了一眼莫拉绷紧的脸,"哦,你也是其中之一吧。是不是因为这个你才不回我电话?"

"很多人都对你专栏里写我的那篇文章不满意。"

"不满意我,还是不满意你?"

"不满意我。"

"我误用你的话了?还是歪曲你的意思了?"

莫拉犹豫了一下,承认道:"那倒是没有。"

"那你有什么可生我气的?别说你没生气,你就是生气了。"

莫拉看向他："我跟你说话的时候太坦率了，我不该这么做的。"

"我倒是很享受采访你的过程，"卢卡斯说，"很多人都不会这么坦率。"

"你知道我这几天接到了多少电话吗？都是来抨击我的'耶稣复活论'的。"

"哦，那个呀。"

"最远的一通是从佛罗里达打来的，说我亵渎神灵，大骂了一通。"

"你只是说了你的观点罢了。"

"但对于我这样在公众视线下工作的人来说，表达观点可太危险了。"

"这与您从事的领域有关，艾尔斯医生。你是个公众人物，一旦说点儿什么有趣的事情就会流传开来。但至少你有东西可讲，不像别人，想讲也没有。"

电梯到了，他们走了进去。两人独处的时候，莫拉很敏锐地发现卢卡斯在观察她，而且站得也离她很近。

"那你为什么一直给我打电话？"莫拉问，"又想给我找麻烦吗？"

"我只是想了解有关乔和奥莱娜的尸体的信息，尸检报告一直都没公开。"

"我没完成尸检，尸体已经运到联邦调查局的验尸房了。"

"但你们那儿确实做过检验，我可不信你会让他们干躺在冰冷冷的尸检台上，什么检查也不做。你不是这样的人。"

"我是什么样的人？"莫拉看向卢卡斯。

"好奇，严厉，从不放弃。"卢卡斯笑了。

"就像你这样？"

"想跟你打交道，绝对不能轻易言弃。我还觉得我们能交个朋友呢——不是说我想走什么后门啊，我没那个意思。"

"那你想做什么？"

"吃个饭？跳个舞？至少一起喝两杯吧？"

"你认真的？"

"试试至少没坏处。"卢卡斯耸了耸肩，显得有些害羞。

电梯门开了，他们走了出去。

"腰部和头部的枪伤是奥莱娜的致命伤，"莫拉说，"你是想问我这个吧？"

"多少个伤口？有多少人开枪？"

"你想从头听到尾吗？包括血腥的那些？"

"我只是想确定，想确定就得追根溯源，就算这时候我显得有点儿烦人。"

他们走进编辑部，经过噼里啪啦敲键盘的记者们，走到一张桌子前。这张桌子堆满了文件，贴满了便利贴。桌上没有小孩的照片，没有女人的照片，连张狗的照片都没有。整张桌子完完整整地奉献给了工作，尽管莫拉很怀疑在这样一张杂乱的桌子上，卢卡斯能完成多少工作。

卢卡斯从邻桌拉过来一张椅子给她，她坐下，椅子发出一声奇怪的嘎吱声。

"所以你才不回我电话，"卢卡斯也坐下，"却来我的办公室找我。这算不算是个隐晦的信息？"

"这个案子越来越复杂了。"

"现在你需要我了，是吧？"

"我们都在研究那天晚上到底发生了什么，以及发生的原因是什么。"

"你要是有问题想问我，打个电话就行了，"卢卡斯盯着莫拉，"我肯定会回你电话的，艾尔斯医生。"

他们都沉默了。其他桌子上的电话响个不停，打字声也没停过，可卢卡斯和莫拉只是看着彼此。他们之间弥漫着愤怒，也有着强烈的吸引——尽管后者莫拉并不想承认。又或者，这只是我想象出来的？

"不好意思，"最后还是卢卡斯先开口，"我不该这么说。我的意思是，你来了就行，就算你是为了自己也没关系。"

"你也得理解我的立场。"莫拉说，"作为一名公职人员，我经常接到记者的电话。他们中的一些人，不，是很多人，并不关心受害者的隐私，不关心受害者的家人有多悲伤，也不关心调查是否处在关键时刻，他们只想千方百计挖出点儿东西来。我已经学会了要谨言慎行，三思才开口。有太多记者跟我发誓说他们不会将我这些话记下来发表出去，但事实是，我已经被坑了很多次了。"

"所以这是你不肯打电话的原因？职业审慎？"

"是的。"

"没有什么其他原因？"

"还能有什么其他原因？"

"我哪里知道。我觉得可能是你不喜欢我吧。"卢卡斯热切地望着莫拉。莫拉都有点儿不好意思看他了，他的眼神让她不太舒服。

"我没有讨厌你，卢卡斯先生。"

"完了，现在我才算明白，夸人等于损人是什么意思。"

"我以为记者的脸皮都挺厚的。"

"所有人都希望被人喜欢，尤其是被我们喜欢的人。"卢卡斯向莫拉靠近了些，"哦，还有，别叫我卢卡斯先生，喊我彼得好了。"

空气又安静了，莫拉不知道这究竟是调情还是操纵。不过在这个男人身上，这两件事似乎可以合二为一。

"好像冷场了。"卢卡斯说。

"被人恭维的感觉很好，但我还是希望你能直截了当。"

"我觉得我说得挺直接的。"

"你想从我这里知道些什么，我也想从你这里得到信息，只是我不想在电话里说。"

卢卡斯点头同意莫拉的说法："好吧，所以这就是场交易而已。"

"我想知道——"

"这就谈正事了？不先喝杯咖啡什么的吗？"卢卡斯从椅子上站起来，绕过桌子走向茶水间的咖啡壶。

莫拉扫了一眼咖啡壶，只看到些油黑的渣滓，急忙说："我不要了，谢谢。"

卢卡斯给自己倒了一杯，又回来坐下。"所以你为什么不愿意在电话里说？"

"发生了一点儿……事情。"

"事情？你是说你连自己办公室的电话都无法信任？"

"我跟你说过了，这个案子现在很复杂。"

"联邦政府介入，上面的人拿走了弹道证据，联邦调查局在跟五角大楼角力，还有个绑架者至今没确定身份。"卢卡斯大笑，"可不是吗，这案子太复杂了。"

"你都知道？"

"别忘了我是个记者。"

"你跟谁谈过？"

"你该不会以为我真会回答你这个问题吧？好吧，你就当我在执法机关里有朋友吧，而且我有我的推断。"

"什么推断？"

"关于约瑟夫·洛克和奥莱娜是谁，还有这起劫持案到底是怎么回事。"

"没人知道是怎么回事。"

"但我知道执法机关是怎么想的，我知道他们的推断是什么。"他放下咖啡杯，"约翰·巴尔桑蒂跟我谈了三个小时，你知道吗？他不停地试探我，想知道为什么洛克只想跟我沟通。审讯这种事可太有趣了，被审问的人可以通过审讯者的问题收集到很多信息。我知道两个月前，奥莱娜和乔一起在纽黑文，他在那里杀了一个警察。也许他们是恋人，也可能只是志同道合的妄想症，但纽黑文那事之后，他们不得不分开。至少他们够聪明的话就会选择分开走，而我觉得这两个人都不笨。但他们一定有个保持联系的方式，如果需要，就可以再碰面。而且他们选择了波士顿作为碰面地点。"

"为什么选波士顿？"

卢卡斯直直看向莫拉，那眼神让莫拉无法回避："原因就坐在这里。"

"你？"

"我不是在说大话，我只是在告诉你巴尔桑蒂是怎么想的。他觉得乔和奥莱娜不知怎么选了我做他们的改革先驱，所以到波士顿来见我。"

"我来找你也是想问你同样的问题。"莫拉倾身向前，"为什么是你呢？他们不可能是随便挑的，对吧？乔可能精神上不太稳定，但他很聪明。他读了很多报纸和杂志，一定是你写的什么东西引起了他的注意。"

"我知道为什么。巴尔桑蒂就我六月份一篇专栏文章问了我好几个问题，这时候我就知道了。应该是因为巴伦特伊公司。"

一位女记者从他们身边走过去倒咖啡，他们俩不约而同地陷入了沉默。那位记者倒咖啡的时候，他们的目光始终锁定在彼此身上，直到女记者走到听不到他们说话的地方，莫拉才又开口说："给我看看那篇专栏文章。"

"应该被律商联讯收录了，我调出来给你看看。"卢卡斯转到电脑面前，打开律商联讯的搜索引擎，输入自己的名字，然后按下"搜索"。

屏幕上出现满满一屏条目。

"我来找找。"说着，他慢慢向下滑。

"这是你写的所有文章？"

"对，可能连我报道大脚怪的那些文章都能找到。"

"什么？"

"我刚毕业的时候，身上背了很多学生贷款。当时我什么都写，还去加利福尼亚报道过一个大脚野人的集会。"卢卡斯转头看向莫拉，"我承认，我是为了新闻不择手段，但我也没办法，我有账单要付。"

"你现在铁肩担道义了？"

"也……不至于那么高尚。"卢卡斯顿了一下，按下了回车键，"好了，找到了。"说着他站起身，把位置让给莫拉，"这就是六月的那篇文章，关于巴伦特伊公司的。"

莫拉坐下，专心致志地看着屏幕上的内容。

战争就是利润：看巴伦特伊公司的生财之道

美国经济持续低迷，却有一个领域仍有大量真金白银进账。巴伦特伊公司，一个国防领域的超级巨头，正在吞下大量利润，其速度之快、数量之庞大，就好像在自家鱼塘里捞鱼一样……

"不用说，"卢卡斯说，"巴伦特伊公司肯定不乐意。但我并不是唯一一个报道这件事的人，也有其他记者写过同样选题的东西。"

"但乔选择了你。"

"可能是时机吧，可能他那天就碰巧买了份《波士顿论坛报》，碰巧看见我写的关于巴伦特伊公司的专栏文章。"

"我能看看你写的其他文章吗？"

"当然，请便。"

莫拉返回文章列表页："你也算是著作等身了。"

"我已经写了二十年，写过的选题从黑帮混战到同性婚姻，不一而足。"

"还有大脚怪。"

"黑历史，黑历史。"

莫拉翻看了第一页和第二页的文章标题，然后点击了第三页。她停在那里，问："这些文章都是从华盛顿发表的吗？"

"我以为我告诉过你了，我原来是《波士顿论坛报》驻华盛顿的通讯记者。不过我只在那儿待了两年。"

"为什么？"

"我不喜欢华盛顿。我得承认，我生来就是个北方人。可能我就是个受虐狂吧，但我就是喜欢北边的冬天，所以二月搬回了波士顿。"

"你在华盛顿负责什么版块？"

"什么都管。热点专题，政治，打击犯罪，都管。"他顿了一顿，"要是个愤青可能会说，政治和犯罪有什么区别。但我宁愿追着一桩有意思的谋杀案跑两个月，也不愿意整天跟着一个干巴巴的参议员。"

莫拉回头看了他一眼："你跟康韦议员打过交道吗？"

"当然，他是这里的参议员之一啊。"卢卡斯顿了顿，"为什么问康韦？"莫拉没有回答。卢卡斯弯下腰，手搭在椅背上。"艾尔斯医生，"他的声音突然低沉下来，在她耳边轻声道，"跟我说说你是怎么想的吧。"

莫拉一直盯着屏幕："我只是在找这些线索之间的联系。"

"那你兴奋些什么？"

"什么？"

"我感觉自己快触及真相的时候，就会兴奋，就像第六感似的。所以，告诉我为什么康韦议员让你兴奋了？"

"毕竟他在情报委员会。"

"去年十一月还是十二月的时候我采访过他，这里面有那篇采访。"

莫拉扫过屏幕上的标题，都是些国会听证会、恐怖主义预警什么的，还有一篇关于马萨诸塞州国会议员酒驾被抓。最后，她看见了那篇关于康韦议员的报道，然后又偶然扫到一篇文章，一月十五日发表，标题与其他文章很不一样。

莱斯顿一男子死于游艇之上，一商人自一月二日起失踪吸引莫拉注意力的是标题里的日期：一月二日。她点开文章。刚才卢卡斯还在大谈特谈什么"兴奋"，而现在，她确实兴奋了。

她回头看他："跟我讲讲查尔斯·德斯蒙德。"

"你想知道些什么？"

"你所知道的一切。"

30

米拉,你在哪里?你究竟在哪里?

她一定在哪儿留下了踪迹。简给自己倒了一杯新煮的咖啡,坐在厨房的桌子边翻看从出院至今搜集的文件,有尸检报告、波士顿警察局罪案研究室的报告、利斯堡警察局关于阿什本屠杀案的报告,还有摩尔整理的关于约瑟夫·洛克和奥莱娜的文件。她已经把这些文件看过好几遍了,仔仔细细地寻找关于米拉的蛛丝马迹。他们还不知道米拉长什么样子,唯一知道的就是米拉曾经出现在约瑟夫·洛克的车后座上——证据就是在后座找到的那几根头发,从里面提取的DNA既不是洛克的,也不是奥莱娜的。

简喝了一口咖啡,又开始看有关约瑟夫·洛克的车的文件。她已经搞明白了瑞吉娜的睡眠规律,现在小家伙睡着了,她赶紧回到文件堆中寻找米拉。她一目十行地扫过车里发现的东西,再一次回顾他那少得可怜的财产:一个行李袋,里面装满了脏衣服和从汽车旅馆顺来的毛巾,一袋发霉了的面包,一罐花生酱和一袋维也纳香肠。这个人从来没机会下厨,他一直在逃亡。

简又转向了痕迹证据报告,重点关注头发和纤维上的发现。这辆车很脏,前排和后排座椅上都有各种各样的纤维,有天然的,也有人造的,还有大量头发。后座上那几根头发最让她感兴趣,她仔细看了那份报告。

人类毛发：A02/B00/C02（7 cm）/D42

特征：头发，略弯，七厘米，中红色。

这是我们目前关于你的全部信息了，简想，你有一头红色短发。

她又把目光投向那辆车的照片，这几张照片她之前不知看过多少次了。这一次她又拿起来，仔细检查那些空红牛罐、皱巴巴的糖纸、卷成一团的毯子和脏兮兮的枕头。她的目光停在了后座的小报上。

《每周秘闻》。

这份报纸为什么会出现在这里？她困惑且惊讶。乔真的会关心梅兰尼·格里菲斯在烦恼些什么吗？还是说他会关心谁的情夫喜欢看脱衣舞？《每周秘闻》是女性向读物，女性也确实关心这些电影明星的八卦。

她走出厨房，瞄了一眼婴儿房。瑞吉娜依旧熟睡着，不过很快就会醒了。她轻轻地关上婴儿房的门，溜出公寓，沿着走廊走向邻居的家。

邻居奥布莱恩太太花了几分钟才来开门，脸上的表情却表示她很开心能有人来访，任谁都行。

"不好意思，打扰您了。"简说。

"进来坐，进来坐！"

"不，不进了，瑞吉娜还在家呢。我——"

"她怎么样？我昨晚又听到她哭了。"

"真是抱歉，她现在还睡不了整觉。"

奥布莱恩太太凑近她轻声道："白兰地。"

"什么？"

"抹一点儿在奶嘴上。我那两个儿子就是这么搞的,只要一点儿,他们就能一觉睡到大天亮,小天使一样。"

简认识她的两个儿子,实在跟天使搭不上边。"奥布莱恩太太,"她赶在奥布莱恩太太再发表什么匪夷所思的言论之前赶快开口,"你是不是订了《每周秘闻》?"

"我刚收到这周的。你看这篇,《好莱坞的狗上狗》。你知道有些酒店居然还给狗准备房间吗?"

"你还有上个月那几期吗?我想要封面是梅兰尼·格里菲斯的那期。"

"啊,我知道你说的那期。"奥布莱恩太太招手让她进屋。简跟着她走进客厅,客厅的每个台面上都摞着一大堆杂志,摇摇晃晃,像是下一秒就要倒下来了。简瞪大了眼睛望着,心想那里肯定有十年来所有的《人物》[①]《娱乐周刊》[②]和《美国周刊》[③]。

奥布莱恩太太径直走到一堆杂志前,准确无误地从一堆《每周秘闻》中抽出那本梅兰尼·格里菲斯封面的。"啊对,我想起来了,这本不错。"她说,"《整形手术的灾难》,你要是想做整形手术,最好先看看这期,估计就打消这个念头了。"

"你介意我借回去看看吗?"

"会还的吧?"

"当然会,过两天就还回来。"

"我还挺想留着的,我喜欢一遍遍读。"

她可能记得里面的每个细节呢,简想。

简回到家,坐到厨房桌子前,这期《每周秘闻》是七月二十

---

① *People*,美国第一大八卦周刊。
② *Entertainment Weekly*,美国知名娱乐杂志。
③ *Us*,美国第二大八卦周刊。

日发行的，那是奥莱娜被扔进金汉姆湾的一周前。她翻开看了几眼，发现自己居然看进去了。她一边看一边想：天哪，这绝对是垃圾读物，但实在有趣极了——我还不知道他是个同性恋，她居然四年没有性生活，还有，这些人对结肠疗法的狂热是怎么回事？她的目光在《整形手术的灾难》那篇文章上停留了一会儿，又继续往前翻，翻过时尚要闻，翻过《我看见了天使》，又翻过《勇敢猫咪救下主人》之类的文章。天哪，约瑟夫·洛克也会看这些八卦吗？他也会关注这些时尚名流的生活吗？他也会研究那些被整形手术毁容的面庞，然后想"这不适合我，我还是优雅地老去吧"吗？

当然不会。约瑟夫·洛克不是读这种杂志的人。

那这本杂志为什么会出现在车里呢？

简翻到最后，最后两页照例是广告，有寻神问鬼的，提供替代疗法的，也有居家兼职招聘的。真会有人相信这些广告吗？真的会有人相信可以"在家装信封，月入250美元"吗？她继续向下看，在私人广告页面的中间，一则只有两行字的广告突然让她的目光停住。那是五个再熟悉不过的字——骰子已掷下。

下面是时间、日期和一行区号为六一七的电话，那是波士顿的区号。

很可能只是巧合，她想。也有可能是情人安排的秘密会面，要么就是毒品交易，很有可能跟奥莱娜、乔和米拉一点儿关系都没有。

伴着怦怦的心跳声，简拿起厨房电话，拨了广告上的电话号码。没有转入语音信箱，也没人接起来，嘟嘟声一直持续到断线。可能机主是个死了的女人呢。

"你好？"一个男人说。

简定住了，在准备挂断的前一秒，她把听筒又送回耳边。

"谁呀？"男人问，听起来不太耐烦。

"你好，"简说，"你是谁？"

"你是谁？是你打电话过来的。"

"不好意思，呃，别人给了我这个电话号码，但我不知道这是谁的电话。"

"这电话没人管，"男人说，"这是个公用付费电话。"

"你那边是哪里？"

"法尼尔大厅。我只是路过，听到电话铃一直在响，就接起来了。你要是找什么人的话，我帮不了你。再见。"男人挂断了。

简又盯着那则广告看，盯着那五个字看。

骰子已掷下。

她又拿起电话，播出一串号码。

"这里是《每周秘闻》，"一个女人接了电话，"分类广告部。"

"你好，"简说，"我想登个广告。"

"你应该先跟我商量商量，"加布里埃尔说，"我都不敢相信你居然自己就决定了。"

"当时没时间给你打电话，"简说，"他们今天的广告刊登截止时间是下午五点，我当下就得做出决定。"

"你连要找谁都不知道，就把自己的手机号公之于众了。"

"最坏也不过是多接几个骚扰电话，仅此而已。"

"或者有什么我们没想到的危险呢？"加布里埃尔把《每周秘闻》扔在厨房桌子上，"我们得告诉摩尔，他可以安排波士顿警察局录制来电，或者监控来电。这些都得提前规划好。"他看向简,"要不你把广告撤了吧。"

"不行,我跟你说过,已经晚了,撤不了了。"

"天哪。我就出了两个小时外勤,回家就发现我妻子坐在家里的厨房,自找危险。"

"加布里埃尔,这不过是私人广告版块里一个两行的广告罢了。要么有人给我打电话,要么没有人上钩,没事的。"

"要是有呢?"

"那就移交给摩尔处理。"

"移交给摩尔处理?"加布里埃尔大笑,"这本来就是他分内的工作,不是你的。你到底还记不记得你在休产假?"

似乎是为了印证加布里埃尔的话一样,婴儿室里突然响起响亮的哭声。简去抱孩子,发现瑞吉娜又把毯子踢开了,挥舞着小拳头,对她的需求没有立即得到满足而表示愤怒。今天没人对我表示满意,简一边想,一边把瑞吉娜从摇篮里抱出来。小家伙饿了,她把瑞吉娜的小嘴怼到自己的乳头上,小牙床一口咬下去,她疼得龇牙咧嘴。我尽力想做个好母亲了,她想,我真的尽力了,但我不想浑身上下都是酸不拉几的奶味和爽身粉味,我也不想一直这么累。

我之前可是能抓坏人的呢!

她把孩子抱进厨房,站在那里晃来晃去,试图让瑞吉娜满意——尽管她自己都快要崩溃了。

"就算能撤,我也不会撤掉广告的。"简宣战似的说。她看着加布里埃尔绕到电话边上,问:"你在给谁打电话?"

"摩尔。后面的事就让他来管吧。"

"那是我的电话,我的主意!"

"但这不是你的案子。"

"我不是非得冲在一线。广告上我写明了具体时间和日期,要不那天晚上我们一起等电话怎么样?你,我,摩尔。我只是想在现场而已。"

"简,你别掺和了。"

"我已经掺和进来了。"

"你现在有瑞吉娜了,你是个妈妈了。"

"但我又没死。你听到我说话了吗?!我!又!没!死!"

她的话似乎没了下文,但愤怒仍然在空气中回响。瑞吉娜突然停下了吸吮,睁开眼睛惊讶地看着母亲。冰箱发出咔嗒一声,随后静默了。

加布里埃尔平静地说:"我从没这样说过。"

"但你说话的语气就像我死了一样。'啊,你已经有瑞吉娜了,你现在有更重要的工作要做。你得待在家里产奶,荒废你的专业吧。'我是个警察,我需要回去工作。我很想念我的工作,我他妈非常怀念从前没孩子的日子。"简深吸一口气,坐在厨房桌子边上,轻轻抽泣起来,"我是个警察。"她轻声说,语气里满是沮丧。

加布里埃尔坐在她对面:"我知道。"

"我觉得你不知道。"她一只手擦了擦脸上的泪水,"你根本不知道我是谁,你以为自己娶的是另一个人吧,什么完美妈妈之类的。"

"我可太知道我娶的是谁了。"

"现实真操蛋,是吧?我也是。"

"确实,"加布里埃尔点头,"有时候是挺操蛋的。"

"我又不是没警告过你,"简站起身来,怀里的瑞吉娜依然出奇地安静,一直盯着妈妈看,好像妈妈突然间变得有趣起来似的,"你知道我是什么样的,你要么接受,要么就走。"简迈步往厨房外面走。

"简。"

"瑞吉娜得换尿布了。"

"你居然逃避吵架了!"

简回身:"我从来不逃避吵架。"

"那就坐下来。我可从来没有想过要离开,也不打算离开你。"

简盯着加布里埃尔看了一会儿,想:这可太难了。结婚真是又艰难又可怕。而且加布里埃尔说得对,她就是想逃避了。她想逃到一个没有人能伤害她的地方去。

她拉出椅子坐下来。

"一切都不一样了,你知道的。"加布里埃尔说,"跟以前不一样了,以前我们没孩子。"

简没说话。她还在为加布里埃尔同意她很操蛋生气呢,尽管那是事实。

"要是你出了什么事,你不是唯一受伤的那个。你现在有个女儿,有其他需要你挂在心上的人。"

"我是她妈妈不假,但我也不能每天生活在牢笼里吧。"

"你是说,你后悔生她了?"

她低头看着瑞吉娜。女儿睁大眼睛望着她,好像听得懂她说的每一个字。"不,当然不是。"她摇了摇头,"我不仅仅是她的母亲,我也是我自己。但是,加布里埃尔,我现在找不到自己了。每一天我都觉得离原来的自己远了一点儿,就好像《爱丽丝漫游奇境》里的柴郡猫。每一天,我都越来越记不起我是谁。然后你回到家,劈头盖脸批评我,说我不应该登那则广告,但你不得不承认,这个主意棒极了。我现在觉得:好吧,我真的把自己搞丢了,就连我丈夫都不知道我是谁了。"

加布里埃尔倾身向前,目光灼灼地望着她,好像要在她身上烧出一个洞来似的。"你知道你被困在医院里的时候,我是什么感觉吗?你想过吗?你觉得自己可太厉害了,拿把枪就能变成神奇女侠。但你想没想过,简,要是你受伤了,你不是唯一一个流血的。你想过我吗?"

简沉默了。

加布里埃尔笑了,笑声却像只受伤的小动物。"是,我是挺浑蛋的,总想保护你,不让你太冲动。不过,得有人管着你点儿,你才是你自己最大的敌人。你总想证明自己。仿佛你依然是弗兰基·里佐利那个被人瞧不起的小妹妹,是个女孩,不够格和男孩们一起玩,永远不行。"

简只能盯着加布里埃尔,她对自己的丈夫竟如此了解自己而感到愤怒,她怨他口利如箭,箭箭正中靶心,残酷又精准。

"简。"加布里埃尔绕到她那一侧。还没等她推开,他的手就握了上来,不肯放开。"你不用跟我证明你是谁,或者跟弗兰基或跟其他任何人证明。我知道你现在很难受,但很快你就会回归工作岗位,那时候没准你还会嫌假休得少呢。所以,休息休息吧,别总绷着。也让我休息休息,让我享受一下妻子和女儿都安稳在家的日子。"

加布里埃尔的手紧握着她的手,放在桌上。简低头看着他们的手,心想:这个人真是坚定得很。不管我怎么逼他,他总是在那里支持我。慢慢地,他们的手越握越紧,就这样在沉默中休战了。

电话铃响了。

瑞吉娜大哭了一声。

"好吧，"加布里埃尔说，"平静时刻总不会太久的。"他一边摇头，一边起身去接电话。简刚把瑞吉娜抱出厨房，就听见他说："你说得对，我们别在电话里说了。"

她立刻警觉起来，回身看向加布里埃尔，想在他脸上找到些蛛丝马迹来解释他的声音为什么突然低落下去。但加布里埃尔面朝着墙，她只能看到他背后板硬的肌肉。

"我们等你。"说完，加布里埃尔挂了电话。

"是谁？"

"莫拉。她一会儿过来。"

31

莫拉不是自己来的,跟她一起站在门厅里的还有一个黑色头发、深色胡须的英俊男子。"这是彼得·卢卡斯。"莫拉介绍说。

简难以置信地看了莫拉一眼:"你带了个记者来?"

"简,我们需要他。"

"我们什么时候需要记者了?"

卢卡斯面带笑容,与几人打了招呼。"里佐利警探、迪恩探员,很高兴见到你们。能进去吗?"

"不,别在这里说。"说着,加布里埃尔和简一起,抱着瑞吉娜踏出门。

"这是要去哪儿?"卢卡斯问。

"跟我来。"

加布里埃尔带着几人上了两层楼,最后爬到楼顶天台上。楼里的住户在天台上建起一个满是盆栽植物的花园,但城市里的夏天太热了,沥青瓷砖的表面滚烫,这个绿洲自然也未能幸免。花盆里的西红柿耷拉着脑袋,牵牛花藤也被晒得枯黄,好像一根根手指使劲儿扒着搭起来的架子。简把瑞吉娜放在遮阳伞下面的婴儿椅上。小家伙很快就睡着了,脸颊粉扑扑的。这个位置算得上登高望远,可以看到其他楼顶花园——就像是钢筋混凝土王国中的绿色补丁。

卢卡斯把一个文件夹放在睡着的婴儿旁边:"艾尔斯医生觉得你们可能会对这个感兴趣。"

加布里埃尔打开文件夹,里面有一份新闻剪报,照片上是一个男子的笑脸,标题是《莱斯顿一男子死于游艇之上,一商人自一月二日起失踪》。

"这个查尔斯·德斯蒙德是谁?"加布里埃尔问。

"不太出名,很少有人知道他,"卢卡斯说,"但就是这点引起了我的兴趣,也是我跟进这个故事的原因,尽管法医直接证实他是自杀。"

"你觉得不是?"

"并没有证据证明不是自杀。德斯蒙德的尸体是在游艇上被发现的,当时游艇停在波托马克河码头。他死在洗手间的浴盆里,两只手腕都被割开了,还在客舱里留下了遗书。找到他的时候,他已经死了差不多十天了。法医办公室没有公布任何照片,但你可以想象那个验尸过程,一定非常有味道。"

简咧了咧嘴:"我还是不去想比较好。"

"他那封遗书没有什么用处,里面写的都是'我很绝望,生活很操蛋,一天也过不下去了'之类的内容。德斯蒙德酗酒,离婚五年,所以他对生活感到绝望也很正常。听起来挺像个自杀案的,是吧?"

"那你为什么不信?"

"因为我有预感,记者的第六感。我总觉得这里面有点儿什么事,没准还能搞出个大新闻来。你想啊,这是个开游艇的有钱人,但失踪了十天之后才有人想起来去找他。确定他失踪日期的唯一原因是他的车在码头停车场被发现了,进入停车场的票据上盖着一月二日的章。据邻居说,他经常出国旅行,所以一个星期没看见他,他们也没觉得有什么问题。"

"出国旅行?"简问,"为什么?"

"没人告诉我为什么。"

"是他们不愿意告诉你吧?"

卢卡斯笑了:"警探,你还真是多疑,好在我也是。我对德斯蒙德越来越好奇,总想研究一下是不是还有什么内情。你知道,水门事件就是这么搞出来的,一桩普通的盗窃案最后演变成了惊天大案。"

"那这个案子有什么可惊天的?"

"惊天的就是,查尔斯·德斯蒙德到底是谁。"

简看着查尔斯·德斯蒙德的照片。照片上,他正笑得开心,领带也端正地系着。这样的照片有可能出现在任意一个公司的报告中,用来体现公司高管的个人魅力。

"我对他了解越多,这事就变得愈发有意思。查尔斯·德斯蒙德根本没上过大学。他服役了二十年,大部分时间都在部队的情报部门工作。退役五年后,他在莱斯顿买了一艘高级游艇,还买了栋大房子。你肯定会问:他哪儿来的那么多钱?"

"你文章里说,他在皮尔米德咨询服务公司工作。"简说,"这家公司是做什么的?"

"这也是我想知道的。我花了一些时间才查到这家公司,但几天之后我又查到,皮尔米德是一家公司的子公司。你们猜是哪家公司?"

"别告诉我是巴伦特伊公司。"简说。

"就是这家。"

简看向加布里埃尔:"怎么哪儿都有它?"

"再看看他失踪的时间。"莫拉说,"这事最让我觉得不解的地方是，他是一月二日失踪的。"

"是阿什本屠杀案的前一天。"

"这也太巧了，是吧？"

加布里埃尔说："关于那个皮尔米德公司，你都知道些什么？跟我们讲讲吧。"

卢卡斯点点头："皮尔米德是巴伦特伊公司的子公司，主营业务是交通和安保，是巴伦特伊公司战区服务的一部分。无论国防部在国外战争中需要什么——保镖、运输护卫队，还是私人警察，巴伦特伊都能提供服务。他们去的就是没有政府的地方。"

"发战争财的。"简说。

"为什么不呢？打仗可太挣钱了。科索沃冲突的时候，巴伦特伊的雇佣兵为运输队提供安保服务。现在，他们的私人警察正在喀布尔、巴格达和里海周围的城镇参与保卫工作，而这些行动都是由美国纳税人买单的。查尔斯·德斯蒙德的游艇就是这样买回来的。"

"那我可真是选错部门了。"简说，"要是我也报名去了喀布尔，没准我也能有艘游艇了。"

"一旦你知道里面都有些什么勾当，你就不会愿意给这些人工作了。"莫拉说。

"你的意思是他们在战区工作吗？"

"不，"卢卡斯说，"事实是，与他们一起工作的都是一群不三不四的人。在战区工作，就是在和当地的黑帮打交道，于是大家只能建立合作关系，这就是为什么当地的帮派最后选择与巴伦特伊这样的公司合作。当地的黑市可以买到各种东西——毒品、武器、酒、女人，而每一场战争都是一个机会、一个新市场，大家都想从中分一杯羹。这就是为什么国防部的合同竞争得如此激烈,因为这不仅仅是合同本身,还有随之而来的黑市交易机会。而巴伦特伊公司去年与国防部签下的合同是最多的。"他顿了一顿,继续说,"有可能是因为查尔斯·德斯蒙德的工作做得太好了。"

"他做什么工作的?"

"他是交易商代表。他在五角大楼有关系,可能在其他部门也有。"

"那可真是帮了他大忙了。"简语带讽刺地说,低头去看德斯蒙德的照片。整整十天,他的尸体就那样躺在地上,没人发现。他的行踪太过神秘,神秘到他的邻居都不能立刻发现他失踪了。

"问题是,"卢卡斯说,"他为什么死了?是他五角大楼的朋友们干的吗?还是别的什么人?"

一时间没人说话。在夏日烈阳的炙烤下,脚下的沥青地面像水波一样闪闪发光。街道上弥漫着汽车尾气的味道,车辆呼啸而过的声音一直传到楼上来。简突然发现瑞吉娜醒了,正看着她。我居然在她眼里看到了智慧的光,真是太奇怪了。从这个角度,她能看到另一个楼顶上有个女人在晒太阳,上身的比基尼没系好,光裸的后背涂了油,闪闪发亮。她看到一个男人站在阳台上打电话,一个女孩坐在窗边练小提琴。头顶,一架飞机飞过,留下一条长长的尾巴。她想,有多少人能看到我们?就在此时此刻,有多少摄像头或是卫星正对着这栋楼的楼顶?波士顿到处都是眼睛。

"你们肯定都想过,"莫拉说,"查尔斯·德斯蒙德曾经在军队的情报部门工作过。奥莱娜在病房里打死的那个人一定是退伍军人,然而他的指纹被从系统中抹掉了。有人进了我的办公室。这件事是不是有间谍参与?没准还是那什么公司派的。"

"巴伦特伊公司和中央情报局总是联手行动。"卢卡斯说，"这没什么奇怪的，毕竟他们都在一样的地方工作，雇同样的人，还倒卖同样的信息。"他看向加布里埃尔，"而现在，他们出现在这里，在美国本土，声称这是一场恐怖行动。这样，美国政府就可以为他们的所有行为和支出找到理由。未被公开的资金最终流入账外项目，这就是德斯蒙德能买得起游艇的原因。"

"或者，这就是他死亡的原因。"简说。

夕阳西下，余晖斜斜地洒在伞面上，洒在简的肩膀上，汗水顺着她胸前流下来。亲爱的，这上面对你来说可太热了，她一边想，一边低头看向瑞吉娜粉嘟嘟的笑脸。

对我们来说也太热了。

32

时钟指针就要指向晚上八点了,摩尔警探一次次抬头看表。简上一次踏进凶案组会议室的时候,还带着九个月的身孕呢。那时候,她筋疲力尽,一点就炸,急需放个产假。而现在她又回到这间会议室里,身边还是那群同事,但她总觉得一切都不同了。房间里的空气变得紧张了,大家都越来越紧绷。她和加布里埃尔面对面坐着,摩尔、弗罗斯特警探和克罗警探坐在桌子那头。他们中间放着简的电话,电话连着扬声器。所有人的注意力都在这部电话上。"就快到时间了,"摩尔说,"你还行吗?一会儿可以让弗罗斯特接电话。"

"不,还是我来接。"简说,"她一听见是个男的,可能会被吓跑的。"

克罗耸了耸肩:"前提是这神秘的姑娘会打电话来。"

"你要是觉得这是浪费时间,"简厉声道,"可以不用在这儿待着。"

"哦,我只是留下来看看。"

"这事多无聊,我们可不想耽误你的时间。"

"还有三分钟了。"弗罗斯特插嘴进来,像往常一样试图在简和克罗之间做和事佬。

"她可能根本就没看见这个广告。"克罗说。

"这期已经卖了五天了,"摩尔说,"她有机会看到的。如果她没打电话来,很可能是因为她不想打。"

或者她死了,简想。很显然,其他人也想到了这点,但没人说出来。

简的电话响了,所有人的注意力一下子被拉到她身上。来电显示归属地为劳德代尔堡。这不过是个电话而已,但简的心跳得怦怦直响,就像是在害怕。

她深吸口气,看向摩尔。摩尔点点头。"你好。"她接起电话。

扬声器里传来一个男人的声音:"所以这个广告到底是做什么用的?啊?"背景音里传来一阵哄笑,显然那边有一群人在看笑话。

"你是谁?"简问。

"我们就是好奇,这句话到底什么意思?'骰子已掷下'?"

"你打电话就是为了问这个?"

"对啊。是个什么游戏吗?我们要猜谜吗?"

"我现在没时间和你讲话,我在等电话。"

"嘿!嘿!我们这可是长途!妈的!"

简挂了电话,看向摩尔:"真他妈浑蛋!"

"要是《每周秘闻》的读者都是这个类型的,"克罗说,"那今天晚上可好玩了。"

"这样的电话可能还会有很多。"摩尔警告说。

电话又响了,这次是从普罗维登斯打来的。

肾上腺素激增,简的心脏又开始怦怦跳。"你好?"

"你好,"这次是个女人的声音,很阳光,"我看见你在《每周秘闻》上的广告了,我在做一个关于个人广告投放的调查。我想知道你打这个广告是出于什么原因呢?是因为爱情,还是个商业广告?"

"都不是。"她言简意赅扔给对方三个字,挂断了电话,"天哪!这都是些什么人!"

八点零五分,电话又响了,是从纽瓦克市打来的。"这是什么比赛吗?我打电话会得个什么奖吗?"

八点零七分。"我就是想看看是不是真的会有人接电话。"

八点十五分。"这是个间谍活动之类的吗?"

到了八点半,电话终于安静了,接下来的二十分钟都没有再响过。

"我觉得就到这里了。"克罗一边说,一边站起身来伸懒腰,"今天晚上过得可真是'太有价值'了!"

"等等,"弗罗斯特说,"马上就要到中部地区的八点了。"

"什么?"

"里佐利没指定时区,很快就要到堪萨斯城的晚上八点了。"

"他说得对,"摩尔说,"再等等。"

"等所有时区都走过八点?那可得等到半夜去!"克罗说。

"还不止,"弗罗斯特说,"要是把夏威夷也算进来的话。"

克罗哼了一声:"还是买点儿比萨靠谱。"

他们最后还是买了达美乐。晚上十点刚过,弗罗斯特一言不发地起身出去,在十一点之前带了两张大比萨回来。他们打开一罐罐碳酸饮料,分发纸巾,坐下来一边吃一边盯着一声不响的电话。尽管简已经一个多月没回来工作了,她却觉得仿佛从未离开过。她坐在原来的桌子旁边,身边还是原来那群疲倦的同事,就连克罗也跟原来一样,总要跟她过不去。唯一不同的是加布里埃尔也在,除此之外,一切都跟往常一样。我太想念这样的生活了,就算是克罗也显得可爱些。我太想念抓捕罪犯的日子了。

她刚要把一块比萨送到嘴里,电话铃响了。她扔下比萨,抓起一张纸巾擦了擦手,扫了一眼墙上的挂钟。十一点整。来电显示归属地是波士顿,这个电话迟到了三个小时。

"你好。"她说。

电话那头没有声音。

"你好。"她又说。

"你是谁?"电话那头传来一个女声,轻得几乎听不见。

简心头一颤,看向加布里埃尔。加布里埃尔的表情告诉她,他也注意到了同样的细节——打电话来的人有口音。

"我是你的朋友。"简说。

"我不认识你。"

"奥莱娜跟我说过你。"

"奥莱娜已经死了。"

就是她。简扫视了一圈,众人都瞪大眼睛看着她,就算克罗也向前倾着身子,脸上的表情期待又紧张。

"米拉,"简说,"我们见一面吧,地点你来定。求求你,我需要和你谈谈。我保证这次会面绝对安全,你想在哪儿见都可以。"啪嗒一声,电话被挂断了,"妈的!"她看向摩尔,"定位到了吗?"

"定位到了吗?"摩尔问弗罗斯特。

弗罗斯特放下会议室的座机:"在西区,是个付费电话。"

"快走!"克罗说着,已经起身冲向门口。

"等你到了她早走了。"加布里埃尔说。

摩尔说:"巡逻警车五分钟内就能到。"

简摇头:"不能去。她看见警察就会觉得这是个陷阱,我就再不可能联系到她了。"

"那你说怎么办?"克罗已经走到门外了,闻言转回身问。

"给她点儿时间想想。她有我的电话号码,她知道怎么能找到我。"

"她又不知道你是谁。"摩尔说。

"但你现在派人去就会吓到她。她只是想保护自己罢了。"

"简,她可能再也不会打回来了,"克罗说,"这可能是我们唯一一次能联系到她的机会。咱们快去吧。"

"他说得对,"摩尔看着简说,"这可能是我们唯一的机会。"

几人沉默了一会儿,简点点头。"好吧,去吧。"

弗罗斯特和克罗转身离开了。时间一分一秒地过去,简盯着安静的电话,想:也许我应该和他们一起去,跟他们一起去找她。她想象着弗罗斯特和克罗在西区拥挤的大街上穿行,寻找一个他们根本不认识的女人。

摩尔的电话响了,他一把接起来。只看他的表情,简就能知道电话那头准不是好消息。摩尔挂了电话,摇摇头。

"没找到?"简说。

"他们已经打电话给痕检提取指纹了。"摩尔看着简脸上的失望,安慰道,"嘿,至少现在我们知道真的有这么个人,而且她还活着。"

"暂时活着。"简说。

即便是警察,也得买牛奶和尿布。

简站在杂货店的过道里,瑞吉娜被婴儿吊带绑在她的胸前。她满身疲惫,俯身去查看货架上的婴儿配方奶粉,研究每个品牌的营养成分。看起来,它们都可以百分之百提供孩子成长过程中的日常所需营养，从维生素 A 到微量元素锌。看起来哪个都很好，她想，那为什么我还如此愧疚？瑞吉娜喜欢喝配方奶粉，而她也得带上寻呼机回去工作。她得从沙发上起来，不能再看那些警察故事的重播了。

我得离开这家杂货店。

她从货架上拿了两大包配方奶粉（每包里面都有六小包），又去另一个货架上拿了几大包尿布，往收银台走去。

走出杂货店，停车场热浪滚滚，她把东西装进后备厢那几分钟后背就湿透了。车里的座位都烫得慌。简把瑞吉娜放在宝宝椅上系好安全带，把车门打开，让车里透透气。一辆辆购物车从她身边咔啦咔啦推过去，车喇叭滴滴响，一个男人伸头大吼："嘿！你往哪儿走呢！没长眼睛啊！"这些人都不想在这里待着，他们都想躺在海边，吃个甜筒，而不是在这儿跟其他波士顿人凑在一起，一个个暴跳如雷。

瑞吉娜哭了起来，浓黑卷曲的头发粘在粉嘟嘟的小脸上。又一个暴躁的波士顿人，简想。瑞吉娜一直在哭，简钻进驾驶座系安全带的时候她在哭，简一寸寸蹭进滚滚车流的时候她在哭，简把空调开到了最大，她依然在哭。前面红灯，简踩下刹车，想：天哪，这个下午可快点儿过去吧。

她的电话响了。

她可以让电话一直响下去，但最后，她还是从包里把电话捞出来。是个她不认识的本地号码。

"你好？"她接起来。

瑞吉娜哭得撕心裂肺，简几乎听不见对面的声音。"你是谁？"电话那头的声音轻柔，简一下子就认了出来。

她浑身的肌肉都绷紧了："米拉？求你别挂！你要说什么？"

"你是警察。"

交通灯绿了，后面的车开始按喇叭。"是的，"简承认，"我是个女警，我只是想帮你。"

"你是怎么知道我的名字的？"

"我跟奥莱娜在一起来着，就在……"

"就在警察杀了她的时候？"

后面的车又开始按喇叭，愤怒地催促她赶紧让道。他妈的！简踩下油门驶过十字路口，一只手还举着电话贴在耳朵上。

"米拉，"她说，"奥莱娜跟我提过你。她留下的最后一句话就是——就是让我找到你。"

"昨晚你派警察来抓我了。"

"我没有派——"

"两个男的，我看见他们了。"

"他们是我的朋友，米拉，我们都想保护你。你自己在外面太危险了。"

"你根本不知道有多危险。"

"我知道！"简顿了一顿，又继续说，"我知道你为什么一直逃，我也知道你在害怕些什么。你的朋友们被枪杀的那天晚上，你也在那栋房子里，对吧？米拉，你看到了事情的经过。"

"只剩我一个了。"

"你可以出庭作证。"

"他们会先杀了我的。"

"他们是谁？"

电话那头又没了声音。求求你可别再挂了，她想，千万别挂了。简瞄到路边一个空着的停车位，立刻转向停了进去。她坐在驾驶位上，电话紧贴着耳朵，等着那边的回音。后座上，瑞吉娜还在哭，哭声越来越大，似乎在控诉她的妈妈竟敢如此忽略她。

"米拉？"

"有小孩在哭？"

"是我的小孩，她跟我一起在车里。"

"但你说你是警察。"

"我是个警察，我说过的。我叫简·里佐利，是个警探。你可以给波士顿警察局打电话证实，米拉，他们都认识我。奥莱娜死的时候我和她在一起，我是被困在医院里的几个人质之一。"她顿了一顿，"但我没能救下她。"

又是一阵沉默。车里的空调兀自转着，嗡嗡地响，瑞吉娜还在大哭，决心让她妈妈一瞬间就长出白发。

"人民公园。"米拉说。

"什么？"

"今天晚上九点，你去池塘边上等着。"

"你会去吗？米拉？"

电话里只有嘟嘟声。

33

手里的枪似乎变沉了,坠在身后的触感也变得陌生起来。之前还是老朋友呢,最近几周它一直被锁在抽屉里,没人搭理它。简不情不愿地在枪里装了子弹,然后把它塞进枪套。手里这把枪能在任何人胸口开一个血洞,简对此心知肚明,也始终抱持敬畏之心,但此前,她从未如此不愿拿起它。这一定是做了母亲的缘故。她现在看着枪,就会想到瑞吉娜。只要有人勾勾手指射出一枚子弹,就能把女儿从她身边带走。

"不一定非得是你来。"加布里埃尔说。

加布里埃尔的沃尔沃停在纽伯里街上,简和他坐在车里,外面的时装店都准备关门了。想在周六晚上去下个馆子的人们走在街上,打扮精致的情侣和夫妻漫步而过,明显已享用过一顿饕餮盛宴。简跟他们不一样,她甚至紧张到连妈妈带回家的炖肉都吃不下几口。

"他们可以派其他的女警来,"加布里埃尔说,"你可以不用参与。"

"米拉认识我的声音,也知道我的名字。我必须自己去。"

"你已经一个月没参与外勤行动了。"

"那这次就是我的回归之作。"简看了看表,"还有四分钟,"她对通讯团队说,"大家都准备好了吗?"

耳机里传来摩尔的声音:"都已准备就绪,弗罗斯特在比肯街与阿灵顿大街的路口,我在四季酒店的前面。"

"我永远在你身后。"加布里埃尔说。

"好的。"简从车上下来,使劲拉了拉身上穿的那件紧身夹克,盖住腰间的佩枪。她走进纽伯里街,转向东,与一群周六晚上出门闲逛的人擦肩而过,这些人并不需要在皮带上挂一把枪。她走到阿灵顿大街,停下来等着过马路。她左手边是比肯街,弗罗斯特就在附近,但她没看见他的身影。她也不敢回头看加布里埃尔是不是真的跟在她身后。她知道,他一定在。

简走过阿灵顿大街,走进人民公园。

一对情侣正坐在池塘边的长椅上,胳膊搂着彼此亲亲热热,丝毫不关注外界的事情。一名男子在垃圾桶前挑挑拣拣,把拣出来的铝罐哐当扔进他手中的袋子里。街灯照在树上,在地上投下一片树荫。树荫里,一群孩子或躺或坐,轮流弹着吉他哼唱。简在池塘边停住脚步,在每片树荫里搜寻。她在这儿吗?她是不是正躲在哪里看着我?

没人过来。

她绕着池塘慢慢转了一圈。白天的时候,水面上会有天鹅形状的游船,岸边有父母带着孩子吃冰激凌,还会有鼓手打小手鼓。但今晚,水面平静,好像一个黑洞,吸收了城市所有的光芒。她继续往前走,在池塘的北端站住,听着比肯街的车流声。透过灌木丛,她看到一个男人的身影。那人正在树下徘徊,她知道那是巴里·弗罗斯特。她转过身继续绕着池塘走,走了很久,终于在一盏路灯下站住。

我来了,米拉,你看,我是一个人来的。

她站了一会儿,找了张长椅坐下,觉得自己就像是个独幕剧的女主角，路灯的光芒像聚光灯一样从她头顶洒下。她感受到有一束目光投在她身上，正毫不遮掩地看着。

突然，她身后传来一阵响声。她猛地转身，下意识去摸腰上的枪。但在触到枪套的那一刻，她停住了。发出响声的只是刚才那个拾荒的邋遢男人。她平复心跳，又坐回长椅上。微风吹拂，池塘泛起涟漪，水面上波光粼粼。拿着易拉罐的男人把他的大袋子拽到长凳边上的垃圾桶旁，开始在垃圾桶里翻来翻去。他花了很长时间翻找，每找到一个铝罐就像找到了宝贝一样扔进自己的袋子里。这个人什么时候能走啊？简感到一阵烦躁，她站起身，想离他远点儿。

正在此时，她的手机响了。

简飞速掏出手机接起电话："你好？你好？"

没人说话。

"我到了，"简说，"就在池塘边坐着，就在你说的那个地方。米拉？"

她只能听到自己规律的心跳声，电话那头什么声音都没有。

她转过身来，巡视四周。还是之前的那些人——坐在长椅上亲热的情侣，弹吉他的孩子，还有那个拎着一袋铝罐的拾荒者。他一动不动，俯身看着垃圾桶，仿佛在仔细研究着报纸堆和食品包装袋上的什么迷你珠宝。

他在偷听！

"嘿！"简喊。

那男人立马直起身，朝前走去，手上装着铝罐的袋子拖在地上叮当作响。

简追在他身后："嘿！我跟你说话呢！"

那男人没有回头，而是继续往前走。他知道后面有人追他，于是走得更快了。简紧追不舍,在他就要踏上人行道的时候,她终于抓住了他身上的防风夹克,猛地将他拉了过来。路灯亮得晃眼,他们站在灯下,面面相觑。站在她面前的是个胡子拉碴的男人,眼窝深陷,头发花白蓬乱,牙齿被烟酒熏得发黄,呼吸中都透出酸腐的气息。

男人拍开简的手:"女士,你干什么?搞什么?"

"里佐利?"摩尔的声音从耳机里传出来,震耳欲聋,"需要帮忙吗?"

"不,不。我没事。"

"你跟谁说话呢?"男人说。

简愤怒地将他推开:"走!离开这里。"

"你以为你是谁,在这儿对我指手画脚的?"

"赶紧走。"

"行,行。"男人重重哼了一声,拖着一袋子铝罐走开了,"净是些奇怪的人……"

简回身,突然发现她身边都是人。加布里埃尔、摩尔和弗罗斯特都站在离她只有几米远的地方,在她身边环出一个半圆。"天哪,"她叹了口气,"我呼叫支援了吗?"

"我们不知道发生了什么。"加布里埃尔说。

"现在搞砸了。"她又看了一圈,公园里的人比刚才还少。长椅上的情侣正挽着手离开,只有弹吉他的孩子们还在,在树荫里笑闹着。"如果米拉躲在哪儿看着,她就会觉得这是个陷阱。她不可能再来找我了。"

"已经九点四十五了,"弗罗斯特说,"你怎么看?"

摩尔摇摇头,说:"收队吧。今天晚上估计不会有收获了。"

* * *

"我挺好的，"简说，"我不需要人保护。"

加布里埃尔把车停进公寓后面的停车位，熄了火。"我们也不知道发生了什么，只看到你朝那个男人跑过去，然后就看见他好像在对你挥拳头。"

"他只是想走。"

"我当时不知道，我以为——"加布里埃尔没有继续说下去，而是看向她，"我只是根据情况做出了反应，就是这样。"

"你知道，我们有可能再也找不到她了。"

"那就找不到吧。"

"听起来你一点儿都不关心。"

"你知道我关心什么吗？我只关心你有没有受伤，这比世界上的任何事情都重要。"加布里埃尔下了车，简也下了车。

"你还记得我做什么工作吗？"

"我正努力让自己不记得。"

"这才几天，我就不能做自己的工作了？"

加布里埃尔关上车门，隔着车顶看向简。他们四目相对，加布里埃尔说："我承认，我现在确实不想让你做这个工作。"

"你是在让我辞职？"

"也不是，只要我能处理好自己的情绪。"

"我要是辞职了，做什么？"

"我有个新想法，你可以在家，跟瑞吉娜待在一起。"

"你什么时候变得这么古板了？我都不敢相信这些话是你说出来的。"

加布里埃尔长叹一声，摇了摇头："我也不相信我能说出这样的话。"

"加布里埃尔，跟我结婚的时候你就知道了。"简回身走向公寓大楼，爬上二层的时候才听到加布里埃尔站在楼梯下面说："但可能我还不了解我自己。"

简回头看他："你什么意思？"

"你和瑞吉娜是我的全部。"他慢慢走上楼梯，走到简面前，正面看着她，"之前我从来没为其他任何人担惊受怕到这个程度，我从来没有如此害怕会失去什么。我不知道我会怕成这样。但现在，你们俩是我最大的弱点，我唯一想要的就是保护你们的安全。"

"你保护不了，"简说，"你得学会适应。有了家庭就是这样。"

"但如果真出了什么事，我可承受不了。"

公寓的门突然开了，安吉拉探出头来："我就觉得我听见你们俩的声音了。"

简回身："妈妈。"

"我刚把小家伙哄睡，你们可小声点儿。"

"她怎么样？"

"跟你这么大的时候一样。"

"那可太糟糕了，是吧？"简走进公寓，发现屋里一切整洁，大吃了一惊。餐具都洗好收拾好了，厨房台面也擦干净了。餐桌上铺了块蕾丝边的桌布，让这个小餐桌一下子就优雅了起来。她什么时候买过蕾丝边的桌布？

"你们俩吵架了吧？"安吉拉说，"我看着就像。"

"今晚不太顺利，仅此而已。"简脱下夹克挂在衣柜里。她回头的时候，看见安吉拉正盯着她手上的枪。

"你会把它锁起来的，对吗？"

"会的，一直都锁着。"

"你知道，孩子和枪——"

"好的，好的。"简放下武器塞进抽屉里，"她还不到一个月大。"

"她可有点儿早熟，就跟你似的。"安吉拉看向加布里埃尔，"我有没有跟你说过简三岁的时候什么样？"

"妈妈，他可不想听。"

"不，我想。"加布里埃尔说。

简叹了口气："就是那个打火机和客厅窗帘的故事，哦，还有消防局。"

"哦，你说那个，"安吉拉说，"你不说我都没想起来。"

"里佐利太太，我送你回家，你路上讲给我听吧。"加布里埃尔说着，去衣橱里拿安吉拉的毛衣。

另一个房间里突然传出了瑞吉娜的哀号，显然她并没准备好睡觉。简走进婴儿房，把小家伙从床上抱了起来。她回到客厅，发现加布里埃尔和妈妈已经离开了。她单臂抱着瑞吉娜，站在厨房水槽边摇晃，把水倒进锅里等着热奶。前门的门铃突然响了。

"珍妮？"安吉拉的声音从扬声器里传出来，"你能给我开下门吗？我把眼镜落在你家了。"

"来了，妈妈。"简按下开锁键，等在门口把眼镜递给安吉拉。

"没这玩意儿根本看不清字。"安吉拉说。她上楼来，接过眼镜，又亲了亲自己正在闹脾气的外孙女。"我得走了，加布里埃尔在等着。"

"再见，妈妈。"

简又回到厨房，锅里的水已经咕嘟冒泡了。她把奶瓶放进热水里。等奶热的时候，她抱着哭泣的女儿在房间里来回走着。

门铃又响了。

哦妈妈,这次你又忘带什么了?她这么想着,按开了锁。

奶瓶已经热了,她把奶嘴塞进瑞吉娜的小嘴,但小家伙吧嗒一下吐了,好像吃了什么恶心的东西一样。小祖宗,你到底想要什么?她满心挫败,抱着女儿走回客厅。要是你能告诉我你想要什么,那该多好!

她开了门,准备欢迎自己的母亲。

但门口站着的,不是安吉拉。

34

站在门口的是个姑娘,她一言不发地溜进屋里,锁上了门,然后匆匆走到窗边,将百叶窗一个接着一个地拉上。简站在一旁惊讶地看着。

"你在做什么?"

女孩突然转过身来看着她,一只手指竖在嘴唇上。她个子很小,还不算是个女人,充其量是个孩子。她瘦弱的身体几乎消失在笨重宽大的运动衫下,那双从已经褪色的袖子里伸出的小手骨瘦如柴,像鸡爪一样。她背着个大包,瘦弱的肩膀实在不堪重负。她的头发是红色的,狗啃似的刘海儿趴在前额上,看起来像是她自己胡乱用剪刀剪的。她的目光苍白无力,眼睛灰蒙蒙的,透出绝望的色彩,却又像玻璃一样透明。她颧骨突出,脸上闪烁着饥饿与野性的光芒。她的目光在房间里四处扫过,寻找是否有什么隐藏的陷阱。

"米拉?"简说。

女孩又把手指竖在嘴唇前,她脸上的表情直白地表达了她内心的想法。

要安静。她很害怕。

就连瑞吉娜都似乎理解了她的想法,突然安静下来,一声不吭地躺在简的臂弯里,睁大眼睛戒备地看着。

"这里很安全。"简说。

"没有一个地方是安全的。"

"我给我的朋友们打个电话,我们立刻带你去警察局。"

米拉摇头。

"我认识他们,我跟他们一起工作。"简伸手去拿电话。

米拉一步冲上去把她的手拍开:"不能叫警察。"

简看向米拉的眼睛,那里闪烁着怒火。"好吧,"简嘟囔着从电话边退开,"我也是警察,你为什么相信我呢?"

米拉的目光落在瑞吉娜身上。简想:这就是她冒险前来的原因,她知道我是个母亲,母亲这个身份确实让我变得与其他人不一样。

"我知道你为什么逃跑,"简说,"我知道阿什本的事。"

米拉走到沙发边上,一屁股坐了下去,陷进沙发垫子的她显得更小了。她向前耸了耸肩,头埋在双手里,好像已经精疲力竭,再也抬不起头来。

"我太累了。"她轻声说。

简往前走了几步,站到米拉身边,一低头就能看到米拉弓起来的脊背和被剪得乱七八糟的头发。"你看到凶手了。帮我们找到他们吧。"

米拉抬起头,眼神恐惧又空洞。"我怕我活不到那个时候。"

简坐在沙发上,平视着米拉。瑞吉娜也盯着她,好像被这个新面孔吸引了。"你为什么来找我,米拉?你想让我做什么?"

米拉把手伸进她背进来的那个脏兮兮的大包里掏了掏,从堆成一团的衣服、糖果和皱巴巴的纸巾中翻出一盘录像带递给简。

"这是什么?"

"我再也不想留着这个了。给你吧,你跟他们说这是最后一盘,再也没有了。"

"你从哪儿拿来的?"

"赶紧拿着!"米拉使劲把胳膊伸向简,好像她手里的东西有剧毒,她只想远离它。简接过那盘录像带,米拉明显松了口气。

简把瑞吉娜放进婴儿椅,然后绕到电视旁边,把录像带塞进播放器,拿过遥控器按下播放键。

屏幕上出现了影像。她看到了黄铜大床和一张椅子,窗子上挂着厚厚的窗帘。镜头外,嘎吱嘎吱的脚步声传来,一个女人咯咯笑着。门咣当一声关上了,画面里出现了一男一女。女人有着一头光滑的金色秀发,上衣领子很低,露出深深的乳沟。男人穿着 polo 衫,还有卡其色的裤子。

"好极了。"女人一颗颗把扣子解开,男人深深吐出口气。女人扭捏着把裙子褪下,又脱下了内衣。她伸手推了推那男人,挑逗似的,男人躺在床上翻了个身。女人解开他的皮带,把他的裤子褪到屁股的位置。男人仰躺在床上,女人弯下腰,把男人的阴茎塞进嘴里。

不过是个小黄片罢了,简想,为什么我要坐在这儿看这个?

"不是这段。"说着,米拉拿过简手里的遥控器,按下快进键。

金发女郎开始在屏幕上跳来跳去,她口交的效率高得惊人。屏幕上空了一会儿,然后又出现了另一对男女。简看到她的黑色长发就惊在当场。那是奥莱娜。

不知怎么,两个人的衣服就没了,两具光裸的躯体在床垫上快速扭动着。简突然意识到她好像见过这间卧室。她想起了那个在墙上钻了个洞的壁橱——这就是拍摄方式,这盘录像带就是这样拍下来的,那个壁橱里安了一台摄像机。同时,她也意识到了第一段视频中的那个金发女郎是谁。那是瓦德劳警探的犯罪现场录像里的二号女尸,那个死在床上的、蜷缩在毯子下面的女人。

这段录像里所有的女人,现在都死了。

屏幕上又空了。

"这里。"米拉轻声说。她按下暂停,然后又开始播放。

床还是那张床,屋子还是那间屋子,但床单换了:这次的图案是花,但枕套不是配套的。一个上了些年纪的男人走进画面,他秃顶,戴着金属框眼镜,穿着白衬衫,系着红领带。他扯下领带扔到椅子上,然后解开衬衫。他腹部的皮肤很苍白,因为人到中年而松弛下垂。虽然他就站在镜头前,但他似乎并不知道摄像机的存在,而是毫无察觉地脱下衬衫,放松自己,看着让人厌恶。突然,他直起身子,注意力转向了镜头拍不到的地方。那是个女孩,大声哭着,用听起来像俄语的一种语言尖锐地抗议。她不肯进来,抽泣声却被一记响亮的耳光和一个女人严厉的命令打断了。然后,那女孩跌跌撞撞地出现在镜头里,好像是被人推进来的,摔在男人脚边。门砰的一声关上,脚步声渐渐远去。

那男人低头看向女孩,灰色的裤子底下已经支起了小帐篷。"起来。"他说。

那女孩没动。

男人又说:"起来。"他用脚踢了踢她。

最后,女孩抬起了头。她慢慢地挣扎着站了起来,仿佛只是对抗地心引力就让她筋疲力尽了,一头金发乱七八糟地垂着。

简本不想仔细看,但不知怎么她坐得更近了一些。尽管她已经气得快要爆炸,却仍目不转睛地盯着屏幕,一眼都不敢看向别处。那女孩才不过十几岁,还没有成年。她穿着一件粉红色的短上衣和一条牛仔裙,一双小腿瘦得令人不忍直视,脸上还留着那记耳光留下的红印。她光裸的手臂上有几道瘀青,有的已经快消了,说明她还挨过其他毒打,或是其他虐待。虽然那男人比她高得多,但这个虚弱的女孩现在以平静而挑衅的态度面对着他。

"把上衣脱了。"

女孩只是看着他。

"怎么?傻了吗?听不懂话吗?"

女孩的脊背挺得更直了,下巴高高扬起。不,她听得懂,她这是让你滚呢,浑蛋!

那男人朝她走了过去,双手抓住她的衬衫,用力扯开。扣子一颗颗崩开,女孩吃惊地倒吸了一口凉气,一巴掌扇了过去。男人的眼镜被打飞了,啪嗒掉在地上。一时间,那男人只是惊讶地看着她。接着,他暴怒起来,面容因为狂怒而扭曲。简退了几步,她知道接下来会发生什么。

男人一拳打在女孩的下巴上,力气大得似乎把她打飞到了空中,又砰的一声落在地上。他抓住她的腰,把她拖到床边,扔到床上。男人用力扯了几下,脱下她的裙子,然后解开自己的裤子。

这一拳把女孩打晕了,但她并没有束手就擒。她似乎突然有了力气,尖叫着,用拳头使劲砸向那男人。男人抓住她的手腕,爬到她身上,把她压在床垫上。他急急忙忙插入她的大腿中间,没抓住她的右手。女孩抓向男人的脸,指甲划破了他的皮肤。他猛然退后,用手摸了摸自己的脸,难以置信地看着自己手上的血迹。

"你个婊子,你个小婊子。"

他一拳砸向女孩的太阳穴。砰的一声巨响,让简吓了一跳。她恶心极了,喉头都在发酸。

"我花了钱的,你妈的!"

女孩推了推男人的胸膛，但她现在更虚弱了。她的左眼肿胀不堪，唇角有血液流下，但她仍在抗争。女孩的挣扎似乎只能让男人更兴奋。女孩根本无力抵抗，无法停止这男人的侵犯。他一下子捅进去，女孩发出一声惨叫。

"闭嘴。"

女孩并没有停止惨叫。

"闭嘴！"男人又开始殴打，一次又一次。最后，他用手捂住她的嘴不让她哭出声来。男人不断地捅进去，似乎没有注意到女孩终于停止了尖叫，也没有注意到她甚至没有发出任何声音。现在，房间里只有他们身下的床发出的有节奏的吱嘎声，以及男人喉咙里发出的动物一样的低喘。男人最后咕哝了一声，一阵痉挛之后弓起背来。然后，他长叹一声倒在女孩身上。

他躺在那里喘了一会儿粗气，身体因疲惫而瘫软无力。慢慢地，他似乎意识到事情有些不对劲。他低头看着那女孩。

那女孩一动不动。

男人晃了晃她。"嘿！"他拍拍她的脸，声音里似乎染上一丝担忧，"嘿！醒醒！醒醒！你妈的！"

女孩一动不动。

男人一骨碌从床上爬起来，站在那儿盯着她看了一会儿，伸手放在她脖颈上检查脉搏，身上的每一丝肌肉似乎都绷紧了。他从床边退了几步，呼吸因恐慌而加快了许多。

"天哪！"他嘟囔了一句。

他扫视一周，好像解决办法就在屋子的某个地方。他害怕极了，抓起衣服就往身上套，系扣子和皮带的手都在抖。他跪下来，捡起掉到床底下的眼镜戴上。他最后一次看向那个女孩，却再一次确认了他内心最恐惧的事情。

他摇着头退后了几步,走出了镜头范围。门吱嘎开了又砰地关上,脚步声匆匆离去。镜头一直对着床上毫无生气的女孩,时间似乎凝成了永恒。

又有脚步声传来,与之前的听起来似乎不大一样。有人敲了敲门,然后用俄语说了句什么。一个女人踏进房间,简认出了她。进来的是那个老鸨,就是死在厨房椅子上的那个。

我知道在你身上发生了什么,我也知道他们对你的手做了什么,我知道你会尖叫着死去。

女人走到床边推了推那女孩,大声命令了一句。女孩没有回应。女人后退了一步,手捂住嘴巴。然后,她突然转身,直接看向摄像头。

她知道这里有个摄像机,她知道摄像机把这些都录下来了。

女人立刻朝着镜头走过来,壁橱门被打开,然后镜头里什么都没有了。

米拉关上了播放器。

简一句话都说不出来,她坐在沙发上,眼神呆滞。瑞吉娜也很安静,好像知道这不是个胡闹的好时候,她的妈妈现在太震惊,没精力安抚她。简心想:加布里埃尔,赶快回来吧,我需要你。她扫了一眼电话,发现加布里埃尔把手机落在家里了,她找不到正在开车的他。

"他是个大人物。"米拉说。

简转头看向她:"什么?"

"乔说那个人一定在你们的政府里做大官。"米拉指着电视说。

"乔也看过这个?"

米拉点头。"我走的时候他给了我一盘,这样我们每个人手里都有一盘,万一……"她顿了一顿,才又继续,"万一我们再也见不到彼此了。"她轻轻说。

"这东西哪儿来的？你们从哪儿拿的？"

"妈妈藏在她屋里的，我们之前不知道，我们只想拿钱。"

这才是那起屠杀案的缘由，简想，这就是那个女人为什么惨死。因为他们知道那个房间里发生了什么，这盘录像带就是证据。

"他是谁？"米拉问。

简盯着漆黑一片的电视屏幕。"我不知道，但有人可能会知道。"她绕过沙发走到电话前。

米拉警觉地盯着她："别叫警察！"

"我不是在给警察打电话，我要打给一个朋友，请他过来看看。他是个记者，认识华盛顿的人。他在那边生活过，应该会知道这男人是谁。"简翻着电话本，找到了彼得·卢卡斯的电话。他住在米尔顿，就在波士顿南边。打电话的时候，简能感觉到米拉在看她，很显然并不信任她。一步踏错，这姑娘就会跑掉。她得小心点儿，不能吓到米拉。

"你好？"彼得·卢卡斯接起了电话。

"你能现在过来一趟吗？"

"里佐利警探？怎么了？"

"电话里不方便讲。"

"听起来挺严重的。"

"你也许能凭这个拿普利策奖，卢卡斯。"简没再说下去。

就在这时，公寓的门铃响了。

米拉惊慌失措地看了简一眼，然后一把抓起背来的大包扛在肩上，几步冲向窗子。

"等等！米拉，别——"

"里佐利?"卢卡斯问,"到底怎么了?"

"你等等,我一会儿给你打电话。"说完,简挂断了。

米拉从一个窗子跳到另一个窗子,拼命寻找消防通道的位置。

"没关系的,"简说,"冷静一点儿。"

"他们知道我在这里!"

"我们还不知道门口是谁呢。先去看看,好吗?"她按下门口的通话键,"你好?"

"里佐利警探,我是约翰·巴尔桑蒂。我能上去吗?"

米拉立刻暴起,冲向卧室想找条路逃出去。

"等等!"简大喊,跟着她穿过客厅,"这个人是可以信任的!"

但米拉已经把卧室的窗户打开了。

"你不能走。"

门铃又响了,米拉一惊,顺着窗户爬了出去,爬到了防火梯上。她要是走了,我就再也找不到她了。这姑娘靠着纯粹的本能活了这么久,也许我应该相信她。

简抓住米拉的手腕:"我跟你一起走,好不好?我们一起走。别丢下我一个人。"

"快点儿。"米拉轻声说。

简转身:"等我把孩子抱上。"

米拉跟着简回到客厅,一直警觉地盯着门口。简把录像带退了出来,扔进装尿布的袋子里,然后打开抽屉,拿出枪,也塞进了装尿布的袋子里。以防万一。

门铃又开始响了。

简把瑞吉娜抱起来:"走吧。"

米拉顺着防火梯爬下去,快得像只猴子。简曾经也可以跟她爬得一样快，不管不顾，但现在，她必须得小心翼翼地一步步走，因为她还抱着瑞吉娜。可怜的孩子，我现在没有其他选择了，不得不把你扯进来。最后，她终于踩到了楼下小巷的地面，带着米拉去找她那辆斯巴鲁。她打开车门时，仍能听到公寓敞开的窗户里传来巴尔桑蒂坚持不懈的按铃声。

简沿着特莱蒙街一路向西，路上不停地看向后视镜。没有人跟着他们，没有车，也没有闪烁的车顶灯。现在，她得找个不会把米拉吓到的安全地点，得是个没有警察的地方。最重要的是，那得是个她能放心把瑞吉娜带进去的地方。

"我们去哪儿？"米拉问。

"我在想，在想呢。"她扫了一眼手机，但现在她不敢给妈妈打电话，不敢给任何人打电话。

突然，她转而向南，走上哥伦比亚大街。"我知道个安全的地方。"她说。

35

彼得·卢卡斯安静地看着电视屏幕上几近野蛮的侵犯，等到录像播完都一动没动。简已经关掉了播放器，而卢卡斯依旧静静地站着，目光盯着屏幕，好像他仍然能在屏幕上看到那女孩被百般凌虐的身体和染了血迹的床单。屋里安静下来，瑞吉娜在沙发上睡觉，米拉站在窗边，看着外面的路。

"米拉连问那姑娘名字的机会都没有。"简说，"很可能她的尸体就埋在房子后面的树林里。那边很偏僻，能处理尸体的地方有很多。天知道那里还埋着多少具尸体。"

卢卡斯低下头："我有点儿想吐。"

"我也想。"

"为什么会有人想把这东西录下来。"

"很显然那个男的并不知道他的所作所为都被录下来了。摄像机装在一个壁橱里，客户们看不到。也许这是另一种盈利手段——姑娘们卖淫，录下来，然后把录像带卖给色情片市场。无论哪个都能挣钱。毕竟这个妓院只是他们盈利链条上的一环而已。"简顿了顿，不无讽刺地补充道，"巴伦特伊公司还挺会搞多样化经营的。"

"但这是个色情凶杀片！要是把它卖出去，巴伦特伊公司也得吃不了兜着走！"

"对，这个肯定不行，老鸹肯定知道这个不能卖。她把这盘录像带藏在了袋子里。米拉说她们把那个袋子拿走后好几个月才发现里面有这个东西。然后乔在一个汽车旅馆里终于找到了播放器，他们才知道里面录了些什么。"简看向电视屏幕，"现在我们知道为什么阿什本的那些女人会死于非命了，也知道为什么查尔斯·德斯蒙德会被杀死了。因为他们都认识这个男人，他们能指认他，所以他们都得死。"

"所以，这一切都是为了掩盖一场奸杀？"

简点点头："乔知道自己手里的录像带是个不定时炸弹。他该拿它怎么办呢？他不知道该信任谁。谁又会听他的呢？他不过是个神经质又多疑的疯子罢了。他想寄给你的肯定也是这个，这盘录像带的一份拷贝。"

"只是我从未收到过。"

"那时候他们几个为了不被抓住已经分开走了，但每个人手里都有一份拷贝。奥莱娜在把她手里这份带到《波士顿论坛报》之前就被抓住了，乔的那份可能也在医院事件过后被收走了。"简指向电视屏幕，"这是最后一份了。"

卢卡斯转向米拉。米拉一直待在房间的角落里，像一只受惊的小兽，不肯靠近他一步。"你见过录像里这个人吗，米拉？他之前去过你们那里吗？"

"船上，"米拉说，很明显地瑟缩了一下，"我在一次宴会上见过他，在船上。"

卢卡斯看向简："她说的有没有可能是查尔斯·德斯蒙德的那艘游艇？"

"我觉得巴伦特伊可能就是这么干的，"简说，"德斯蒙德所从事的行业就是男人的天下。国防合同、五角大楼的要员，只要是那些有权有势的男人玩弄生意的地方，就一定会有女人。那是他们结束交易的方式。"她退出录像带，转身面向卢卡斯，"你知道他是谁吗？视频上这个男人？"

卢卡斯用力咽了口唾沫，说："不好意思，我只是有点儿不太能相信我看到的居然是真实发生的事情。"

"这个男人肯定是个大人物，看看他为了找这盘录像带做的这些事，调动的这些资源。"简站在卢卡斯面前，"他是谁？"

"你不认识他？"

"我应该认识吗？"

"只要你看了上个月的听证会，你就应该能认出他来。他是卡尔顿·韦恩，国家情报部门的新任总监。"

简倒吸了一口凉气，一屁股坐在卢卡斯对面的椅子上："天哪。你是说掌管美国所有情报部门的那个人吗？"

卢卡斯点头："联邦调查局、中央情报局、军队的情报组织，差不多十五个机构，还包括国土安全部和司法部。他绝对能在政府内部调动大量资源。你不认识他，很有可能是因为他不怎么抛头露面。他行事低调。两年前，他离开中央情报局，到五角大楼出任新的战略支持部门主管。上一任情报总监被迫辞职后，白宫提名韦恩接任。他才刚确认要接任这个职位。"

"求求你们，"米拉插嘴道，"我想去卫生间。"

"在门厅那边。"卢卡斯嘟囔了一句，甚至都没注意到米拉偷偷溜出了客厅，他的注意力完全在简身上，"这可不是个随意就能扳倒的人。"

"有这盘录像带在手，你想扳倒金刚都没问题。"

"韦恩总监在五角大楼和巴伦特伊公司都有人脉。他可是总统钦点的。"

"现在他是我的了,我要打倒他。"

门铃响了,简心中一惊,站起身来。

"放松,"卢卡斯也站起来,"应该是我邻居,我答应他周末帮他喂猫来着。"

尽管卢卡斯再三保证,简依旧警觉,竖着耳朵听卢卡斯开门的声音。他打招呼的方式没什么特别的:"嘿!进来吧。"

"都弄好了吗?"另一个男人说。

"是的,我们刚刚在看录像。"

这时,简就应该听出不对了,但卢卡斯轻松的语气让简放松了戒备,让她不知怎么就相信这是个安全的地方,有他在就是安全的。那个男人走了进来。他一头金发从中间分开,看起来孔武有力。在看到他手里的枪时,简依旧没完全反应过来发生了什么。她慢慢站起身来,心脏怦怦直跳。她转向卢卡斯,眼底是明晃晃的受伤,让人看着心碎。但卢卡斯只是耸耸肩,脸上有些抱歉。但也只是抱歉而已。

金发男人扫视一周,目光盯住瑞吉娜,小家伙在沙发垫上睡得正香。他突然将枪口指向瑞吉娜,简瞬间慌了,心头滴血似的。"别说话。"那男人命令道。他知道如何控制简,知道什么是一个母亲的软肋。"那个婊子在哪儿?"他问卢卡斯。

"卫生间里,我叫她出来。"

这时候再想警告米拉可太晚了,简想,就算我大喊大叫,她也没时间跑。

"你就是那个大名鼎鼎的警察了。"金发男人说。

那个警察,那个婊子。他是不是连这两个要死在他枪下的人是谁都不知道?

"我叫简·里佐利。"

"警探,你在错误的时间出现在了错误的地点。"原来他知道她的名字。他当然知道,专业杀手都得知道猎物的名字。他还知道要与她保持一定距离,不能让她采取任何行动。就算他手里没有枪,他也不是个好对付的男人。他站立的姿势和控制局面冷静又高效的方式,这一切的一切都告诉简,如果没有枪,她不是这个男人的对手。

但枪……

简低头看了看。她到底把装尿布的袋子放哪儿了?是在沙发后面吗?她看不见。

"米拉?"卢卡斯隔着卫生间的门喊,"你还在里面吗?"

瑞吉娜突然醒了,发出紧张的哭喊,似乎知道有什么事不对,她的妈妈已陷入困境。

"让我抱抱她吧。"简说。

"不用,她待在这儿就挺好。"

"如果你不让我抱她,过一会儿她就会开始嚷嚷,她嗓门可大了。"

"米拉?"卢卡斯开始敲卫生间的门了,"开门好吗?米拉?"

瑞吉娜果然喊了起来。简看向那男人,男人最终点点头。简把小家伙抱在怀里,但似乎她的怀抱也无法安抚瑞吉娜的神经。她能感受到我的心跳,她知道我在害怕。

走廊里传来砰砰响声,然后是破门而入的声音。几秒之后,卢卡斯冲回客厅,脸色涨红:"她跑了。"

"什么?"

"卫生间的窗户开着,她一定是爬出去了。"

金发男人只是耸耸肩:"那我们改天再去找她吧,录像带才是最重要的。"

"我拿到了。"

"你确定这是最后一份了？"

"是的。"

简盯着卢卡斯："你早就知道录像带的事了。"

"你知道一个记者能收到多少垃圾邮件吗？"卢卡斯说，"世界上有多少阴谋论者和偏执狂迫切希望公众能相信他们？我写了一篇关于巴伦特伊公司的专栏文章，第二天全国的约瑟夫·洛克都拿我当朋友。不是一个，是所有的疯子。他们觉得如果告诉我他们的小幻想，我就会接手去调查，就会查出'真相'。"

"难道不应该这样吗？这不就是记者的工作吗？"

"你看看有哪个记者挣了大钱？除了那些超级明星，你还能数出几个记者？公众根本不关心真相，这就是事实。哦，他们的兴趣可能会持续几个星期，头版头条写着：国家情报总监因谋杀被起诉。白宫会适当表达一下愤怒，卡尔顿·韦恩会认罪，然后这件事就会像华盛顿的其他丑闻一样销声匿迹。几个月后，这件事会彻底消失在公众视野中。然后，我还得重新回去写我的专栏，还我的房贷，开我那辆破丰田。"他摇摇头，"我看到奥莱娜留给我的录像带时，就知道它的价值远不止一个普利策奖。我知道谁会花钱买走它。"

"乔送给你的录像带，你确实收到了。"

"差一点儿就被我扔了。然后我想，不管了，看看里面是什么。一打开我就认出了卡尔顿·韦恩。我打电话告诉他之前，他还不知道这件事，他以为他只是在追查几个妓女。突然之间，这件事变得非常非常严重，价钱当然也抬得更高些。"

"他真的愿意和你做交易？"

"如果是你，你不愿意？明知道这盘录像带会给你带来多大的影响？明知道外面还有其他备份？"

"你看看他是怎么对待乔和奥莱娜的，你真的以为韦恩会让你活着？你把录像带给了他，就没有任何东西能牵制他了。"

金发男人插嘴进来："我需要一把铲子。"

但卢卡斯依旧看着简。"我又不傻，"他说，"韦恩也知道。"

"给我一把铲子。"金发男人重复道。

"车库里有一把。"卢卡斯说。

"去拿来。"

卢卡斯往车库走的时候，简对着他喊："要是你以为你能活到收钱的那天，你可真就傻透了。"瑞吉娜已经在她臂弯里安静了下来，似乎被她妈妈的怒火吓到了。"你看到这帮人是怎么玩的了，你也知道查尔斯·德斯蒙德是怎么死的。最后，他们会把你放在浴缸里，割开你的手腕；或者强迫你吞下一瓶苯巴比妥片，然后把你扔进海湾，就像他们对奥莱娜做的那样；又或者这个人会一枪爆了你的头，很简单。"

卢卡斯扛着把铁锹回来，递给了金发男人。

"后面的树林有多深？"

"这片林子是蓝山公园的一部分，至少一点六公里。"

"我们得把她带远点儿。"

"我不想掺和进去，你拿了干这个的钱，我又没拿。"

"那你去处理她的车。"

"等等，"卢卡斯从沙发后面拿出装尿布的袋子递给男人，"我不想家里留下任何关于她的痕迹。"

给我吧，简想，给我那个袋子。

金发男人并没有把袋子递给简，而是扛在肩上，说："警探小姐，我们去林子里散散步吧。"

简最后看了卢卡斯一眼:"你会遭报应的。早晚都会。"

外面,半个月亮挂在天上发着光,周围星光点点。简抱着瑞吉娜,跌跌撞撞地穿过灌木丛,穿过矮小的树木。拿着枪的男人举着手电筒,微弱的光照亮了路。他小心地远远跟在后面,不让简有机会攻击。简也不可能攻击他,她还抱着瑞吉娜呢。可怜的瑞吉娜,只在这世上过了短短的几周就要走了。

"我女儿又无法伤害你,"简说,"她还不到一个月大。"

男人一言不发。他们只能听见脚步声,听见树枝被踩断的声音,听见树叶的沙沙声。树林里有这么多声音,却没有人聆听。要是有个女人在树林里跌倒了,却没人听见……

"你可以把她带走,"简说,"随便把她扔在人们能找到的地方就行。"

"她不归我管。"

"她还是个孩子!"简突然提高了声音。她停下脚步,紧紧把瑞吉娜抱在胸前,泪水决堤而下。瑞吉娜轻轻呜咽了一声,好像在安慰她。简把脸贴在女儿的额头上,嗅着她头发的甜香,蹭着她柔软的小脸。没有哪个妈妈能犯比这还糟糕的错误了,孩子,你现在就要跟我一起走向死亡了。

"快走。"男人说。

我以前也反击了,然后活下来了,我这次也可以反击。我必须要反击,就算是为了你。

"还是你想让我就在这里动手?"男人又说。

简深吸一口气,鼻尖都是树林和潮湿叶子的味道。她想起了去年夏天她在石溪国家保留地检查过的人类遗骸,藤蔓蜿蜒穿过眼眶,贪婪地缠绕着头骨,也想起尸体的手和脚是如何被食腐动物咬断,又是如何被叼走的。她感觉到自己的脉搏在指间跳动,想到人类的手骨是多么细小又脆弱，想到这些小骨头多容易在森林的地面上被搞得到处都是。

她又开始走，走向树林深处。保持冷静，她想，一旦慌了，你就失去了所有出其不意的机会，失去了所有救瑞吉娜的机会。她的感官更敏锐了，甚至能感觉到血液流经小腿时血管的搏动，能感受到每一根发丝轻抚过脸庞。她可以活下去，但概率其实和走向死亡一样大。

"我觉得这里够远了。"男人说。

他们站在一小块空地上，四面都是树，围成一个暗色的圈，像是沉默的见证。星星闪烁着冷光。她要死了，没有什么能改变这件事。星星不在乎，树也不在乎。

男人把铁锹扔在她脚下："挖吧。"

"我女儿怎么办？"

"放地上，然后挖。"

"地太硬了。"

"所以呢？"男人把装着尿布的袋子扔在她脚边，"让她躺这上面。"

简跪下，心脏怦怦作响，好像要从喉咙口跳出来一样。这是个机会，她想，伸手进去就能拿到枪。然后一转身，趁他反应过来之前扣动扳机，别心软，就照着头瞄准。

"可怜的孩子，"她蹲在袋子边上嘟囔，把手轻轻伸进去，"妈妈得把你放下来了……"她的手在袋子里搜寻——钱包，奶瓶，尿不湿。枪呢？枪去哪儿了？

"赶紧把孩子放下。"

枪不在。她呜咽出声，又长吐口气。他当然会拿走，他又不傻。我是个警察，他知道我会带枪。

"快挖。"

简弯下腰，给了瑞吉娜一个吻，又轻柔地抚了抚她，然后把她放在装尿布的袋子上。她拿起铁锹，慢慢地站了起来，双腿发软，没了力气，也没了希望。她不能用铲子砸他，他站得太远了，就算她把手里的铲子朝他扔过去，也只能让他昏迷几秒，远不够她抱起瑞吉娜逃跑的。

简低下头，半轮月色下，她看到青苔上散落着不少叶子。这便是她的结局了。加布里埃尔找不到这里来，他永远都不会知道我们死在这里。

简把铁锹掘进土里开始挖。一滴眼泪顺着脸颊流了下来。

36

公寓门半开着。

加布里埃尔在走廊里停下脚步,直觉告诉他有哪里不对劲。他听到屋里有人说话,还有人走来走去。他推开门进去:"你们在这儿做什么?"

约翰·巴尔桑蒂站在窗口,闻言转身面对着他,一句话就让加布里埃尔如坠冰窟:"迪恩探员,你知道你妻子在哪里吗?"

"不在家吗?"加布里埃尔看向刚从婴儿房里出来的人,那是司法部的海伦·格拉瑟,银色秀发在脑后扎了个马尾,衬得她的表情更加肃穆。

"卧室的窗户大开着。"她说。

"你们怎么进来的?"

"楼下管理员给我们开的门。"格拉瑟说,"我们等不起了。"

"简呢?"

"我们也想知道。"

"她应该在家才对。"

"你走了多久?你上次见到简是什么时候?"

加布里埃尔盯着格拉瑟,她话中的急切让他不安。"我走了差不多一个小时吧,送我岳母回家。"

"你走之后简给你打过电话吗?"

"没有。"加布里埃尔走向电话。

"迪恩探员,她不接电话。"格拉瑟说,"我们已经试着联系她了,我们必须找到她。"

他转过身看向他们:"到底发生了什么?"

格拉瑟平静地问:"她现在和米拉在一起吗?"

"那姑娘没来……"加布里埃尔顿了顿,"你知道了,你也在监视公园的行动。"

"那姑娘是最后一个证人,"格拉瑟说,"如果她和你妻子在一起,我们必须知道。"

"如果她们在一起,那她们现在在哪儿?"

"我不知道。"

"迪恩探员,你要清楚的是,如果米拉和简在一起,那么简的处境会非常危险。"

"我妻子知道如何保护自己,不会任由自己陷入危险的境地却什么也不做的。"他绕到简平时藏枪的抽屉前,发现抽屉没锁。他一把拉开,枪不见了。

她拿了枪。

"迪恩探员?"

加布里埃尔啪地关上抽屉,冲进卧室。与格拉瑟说的一样,窗户大开着。现在他害怕了。他走回客厅,发现格拉瑟一直在盯着他。她看出了他在害怕。

"她会去哪里呢?"格拉瑟问。

"她没给我打电话。她应该给我打电话的。"

"要是她的电话被监听了,她就没办法给你打电话了。"

"那她会去报警的,她会直接开到波士顿警察局。"

"我们已经联系过警察局了,她不在那儿。"

"我们得找到那个姑娘,"巴尔桑蒂说,"她得活着。"

"再给她打个电话吧,可能什么也没发生呢,可能她只是出去买个牛奶而已。"得了吧,买牛奶还带枪。加布里埃尔拿起听筒,刚要按下第一个数字的时候,突然顿住。他盯着拨号键盘,心想:可能没什么关系,不过……

他按下重播键。

铃响了三声,一个男人接起电话:"你好?"

加布里埃尔没说话,努力回想着这个声音。他知道他之前听到过。"是……彼得·卢卡斯吗?"

"是的。"

"我是迪恩探员。简是去您那里了吗?"

电话那头沉默了许久,沉默得有些诡异。"没有,怎么了?"

"哦,我在来电记录里发现了您的电话,她一定是给您打电话了。"

"哦,是这样,"卢卡斯笑了笑,"她想要我关于巴伦特伊公司的所有笔记。我跟她说我得找找。"

"她什么时候给您打的电话?"

"我想想,差不多一个小时以前吧。"

"然后呢?她没说什么其他的?"

"没说,怎么了?"

"没什么。有事我再给您打电话,谢谢。"加布里埃尔挂断,盯着电话,脑子里在想卢卡斯为什么没有立即回答他的问题。有什么事非常不对劲。

"迪恩探员?"格拉瑟说。

加布里埃尔转过来看着她:"你对彼得·卢卡斯知道多少?"

* * *

坑已经齐膝深。

简又挖了一锹土堆在边上，土堆越来越大。她落下的不再是泪水，而是滚滚而下的汗水。她默默地挖着，只能听见铲子刮擦地面的声音和鹅卵石互相撞击的声音。瑞吉娜也很安静，像是明白了已经没必要哭闹。她的命运，就像她母亲的命运一样，已经注定。

不，没有注定！他妈的！没有什么命中注定！

简把铁锹猛插进坚硬的地里。尽管她腰酸背痛，双臂颤抖，但熊熊怒火在她心底燃烧，让她浑身都充满了力量。你绝不能伤害我的孩子，你要是伤害瑞吉娜，我就先把你的头扯下来。她把一锹土倒在土堆上，疲劳和疼痛现在都不重要了，她只是在想下一步要做什么。那男人站在林子边上，只有一个影子。就算她看不到他的脸，也知道他一定在监视她。她已经挖了将近一个小时，满是碎石的土地渐渐耗尽了她的力气，但那男人的注意力也肯定没有一开始那样集中。毕竟，在一个手持武器的男人手下，一个精疲力竭的女人又能做些什么？她没有任何优势。

只能出其不意。一个母亲的怒火十分可怕。

如果开枪，他的第一枪一定是匆忙射出的，一定会瞄准躯干，不会瞄着头。无论他瞄准哪里，只要跑起来，她想，只要冲过去。子弹要杀死人也是需要时间的，就算一具倒下的躯体也会造成一定伤害。

简弯下腰，铲了另一锹土，铁锹藏在深坑的阴影里，那男人拿着手电筒照不见它。他看不到她的肌肉紧绷，也看不到她一只脚已经踏在坑边。他听不到简深深的呼吸，而简已经紧握着铁锹杆，弯下身，蓄势待发。

这是为了你，我亲爱的孩子，完全是为了你。

简挥起铁锹，把土朝着男人脸上扬去。男人跌跌撞撞地后退着，满脸惊讶，嘟囔了一声。简跳出深坑，头朝前，直冲向他的小腹。

他们俩都倒在地上，身下的树枝咔嚓折断。简扑向男人手中的枪，双手握住他的手腕。简突然发现，他手里已经没有枪了。枪在他们摔倒的过程中掉在地上了。

枪！得找到这支枪！

简贴地一滚，在灌木丛中摸索着寻找。

一拳向简击来，把她打向一侧。简仰面躺着，呼呼喘着粗气。一开始她并没觉得疼，只是麻木，为这么快就输在男人手下而感到震惊。过了一小会儿她才感觉到疼，然后是剧痛，刺骨的痛。简看见男人站着看她，他的头遮住了天上的星星。她听到瑞吉娜的尖叫，那是她短暂生命中最后的哀号。可怜的宝贝，你永远不会知道妈妈有多爱你。

"进去，"男人说，"现在够深了。"

"把孩子留下，"简轻声说，"她还那么小——"

"进去，你个婊子！"

男人猛踢向简的肋骨，一脚将她踢翻了个身。简一声没吭，太疼了，她根本发不出声音。

"快去。"男人命令她。

简慢慢爬起来，半跪在地上爬向瑞吉娜。一股暖湿的液体从鼻子里流出来。她把瑞吉娜搂在怀里，亲吻她柔软的头发，前后摇晃着。她的血滴在小家伙的头上。妈妈爱你，妈妈不会让你死的。

"是时候了。"男人说。

37

加布里埃尔仔细检查了简停在路边的斯巴鲁,心猛地一跳。简的手机扔在仪表盘上,婴儿椅还绑在后座。他转头,手里的手电筒扫向彼得·卢卡斯的脸。

"她在哪儿?"

卢卡斯看向站在几米外的巴尔桑蒂和格拉瑟,他们默默地看着这场对峙,并没有插手。

"这是她的车,"加布里埃尔说,"她在哪儿?"

卢卡斯举起手来挡住手电筒的强光。"她敲门的时候我肯定是在洗澡。我根本没注意到她的车停在外面。"

"她先给你打了电话,然后来找你。为什么?"

"我不知道——"

"为什么?"加布里埃尔又问了一遍。

"她是你的妻子,你来问我?"

加布里埃尔一步上前掐住卢卡斯的喉咙,他的速度太快,快到卢卡斯根本没时间反应。卢卡斯退后几步抵在巴尔桑蒂的车上,头重重撞在引擎盖上。他要窒息了,抓着加布里埃尔的手,但加布里埃尔力气太大,他挣脱不开,只能胡乱挥舞。加布里埃尔死死将他按在车上。

"迪恩,"巴尔桑蒂喊,"迪恩!"

加布里埃尔松了手,退后几步,喘着粗气,想把自己从深重的恐慌中拔出来。但他没法不恐慌。这情绪紧紧扼住他的喉咙,就像他刚才掐着卢卡斯一样。卢卡斯跪在地上,剧烈地咳嗽,急促地喘息。加布里埃尔转向卢卡斯的住处,跑上台阶,砰的一声推开前门进去。他风一样跑过一个个房间,推开每一扇门,检查每一个橱柜。回到客厅时他才发现,第一次检查时他有个很重要的东西没有看到:简的车钥匙,就在沙发后面的地毯上。加布里埃尔低头看着这串钥匙,恐慌变成了恐惧。你来过这里,他想,你和瑞吉娜……

远处传来两声枪响,他一下子抬起头。

他拔腿就跑,跑出房间,跑出大楼。

"从树林里传来的。"巴尔桑蒂说。

枪又响了,一瞬间,他们都定在当场。

下一秒,加布里埃尔冲了出去,一头扎进树林。树枝和矮树的枝丫打在他脸上,他无暇顾及,手里的手电筒四处照着,照向林中的地面。哪里?在哪里?他走的方向对吗?

一条藤蔓挂在他脚踝上,把他绊了个趔趄,跪倒在地。他站起身,胸膛激烈起伏,片刻才恢复正常呼吸。

"简!"他大吼,嗓子都喊破了,声音也小了下来,"简……"

帮帮我吧,让我找到你。告诉我你在哪里。

他站在那里倾听,四周的大树围拢过来,监狱一般将他困在其中。夜色深厚,浓得似乎要化为实质,手电筒的光根本穿不透。

远处传来树枝折断的声音。

他猛地转身,但看不到手电筒光柱之外的地方。他关了手电筒,使劲盯着暗夜,心脏怦怦乱跳,努力想在黑夜中看出点儿什么来。这时，他才看到微弱的火光，仿佛是萤火虫在树林中飞舞。又传来树枝折断的声音，光线朝他的方向移动。

他拔出枪，枪口指向地面，光线越来越亮。他看不见手电筒的光束后面是谁，但能听到脚步声和树叶的沙沙声，那声音现在离他只有几米远了。

他举起枪，拧亮手电筒。

在手电筒的光线下，来人像受惊的动物一样缩了缩，眼睛眯起，抵挡着亮光。他盯着那张苍白的脸和那一头红发。只是个女孩，他想，只是一个瘦骨嶙峋的女孩。

"米拉？"他说。

然后，他看到女孩身后的阴影里钻出另一个人。还没看清脸的时候，他就认出了她的步伐，认出了那些疯长的卷发。

手电筒啪嗒掉在地上，加布里埃尔奔向自己的妻子和女儿，双臂张开，紧紧将她们拥进怀里。简紧紧抱着自己的丈夫，浑身颤抖，怀里抱着瑞吉娜，而加布里埃尔抱着她们俩。他们紧紧拥抱着，臂弯里环抱着彼此的全世界。

"我听见了枪响，"加布里埃尔说，"我以为——"

"是米拉。"简轻声说。

"什么？"

"她拿了我的枪，跟着我们……"简突然一僵，抬头看他，"彼得·卢卡斯在哪儿？"

"巴尔桑蒂看着他呢。放心吧，他哪儿也去不了。"

简颤抖着长舒口气，转身看向树林。"食腐动物会告诉我们尸体的位置。得把鉴定组叫过来。"

"谁的尸体？"

"我带你去看。"

*　*　*

加布里埃尔站在树林尽头，盯着那个本会成为他妻儿魂归之所的深坑，尽力不给现场调查的警探们找麻烦。警察已经在现场周围拉了警戒带，便携照明灯立在那男子的尸体边。莫拉·艾尔斯蹲在尸体旁检查完，又站起身来去找摩尔和克罗警探。

"有三处伤，"她说，"两处在胸口，一处在额头。"

"与我听到的相符，"加布里埃尔说，"我听到三声枪响。"

莫拉看向他："中间的间隔有多长？"

加布里埃尔回想着，又不自觉地感到后怕。他还记得刚踏进树林的时候，每踏一步，恐惧就加深一些。"有两声是连续的，"他说，"第三枪差不多五到十秒之后吧。"

莫拉回头看了一眼尸体，没有说话。她盯着男人的一头金发，看着他孔武有力的肩膀，右手边不远处躺着一支枪。

"我觉得这是正当防卫，挺明显的。"克罗说。

没有人说话，既不谈尸体脸上的弹药残留，也不谈第二与第三声枪响之间的间隔。但他们都知道。

加布里埃尔转身，走回卢卡斯的公寓。

车道上停满了车。他停下脚步，巡警车不断闪烁的蓝色灯光晃得他什么也看不清。然后，他看到海伦·格拉瑟正带着那个姑娘上她自己的车。

"你要把她带去哪里？"他问。

格拉瑟转头，警灯为她的秀发镀上一层蓝色的光。"带她到安全的地方去。"

"有安全的地方吗？"

"相信我，我能处理好。"格拉瑟站在驾驶席门边，回头看着那栋房子,"那盘录像带改变了一切。有了录像带,我们就能策反卢卡斯。他别无选择,只能跟我们合作。所以你看,这姑娘不再是唯一的证人了。她很重要,但她不再是我们手里唯一的武器。"

"即便如此,这些足以扳倒卡尔顿·韦恩吗?"

"没有人能凌驾于法律之上,迪恩探员。"格拉瑟看着他,眼里闪着坚定的光,"谁也不能。"说完,她钻进驾驶席。

"等等,"加布里埃尔说,"我得跟这姑娘说句话。"

"我们要走了。"

"只要一分钟。"加布里埃尔绕到副驾驶,打开门,俯身看向米拉。米拉环抱着自己缩成一团,好像害怕被他注意到。她还是个孩子,不过她比这里的任何人都要勇敢。给她一点点机会,她就能牢牢抓住。

"米拉。"他柔声说。

米拉看向他,眼里是明晃晃的不信任。也许她再也无法相信男人了,不过,她为什么非要信任一个男人呢?她所经历过的是人世间最糟糕的事情。

"我想谢谢你,"加布里埃尔说,"谢谢你救了我所有的家人。"

米拉的唇角动了动,勉强算是回给了他一个微笑。但那已经够了。

加布里埃尔关上门,对格拉瑟点了点头。"拿下他!"他大喊。

"我领这么高的薪水就是为了干这个的。"格拉瑟大笑着,一溜烟开走了,波士顿警察局的车跟在后面一路护送。

加布里埃尔又走上台阶,走进卢卡斯的家。屋内,巴里·弗罗斯特正在与巴尔桑蒂商讨，联邦调查局的取证组正把卢卡斯的电脑和几箱文件收归证据留档。这案子现在绝对归联邦调查局管了，波士顿警察局一定会把案子交给联邦调查局的。不过，加布里埃尔想，即便如此，这场调查又能持续多久呢？恰在此刻，巴尔桑蒂看向他。在他眼里，加布里埃尔看到了与格拉瑟一样的坚毅眼神。然后，他注意到巴尔桑蒂手里拿着那盘录像带，紧紧攥着，好像拿着圣杯一般。

"简在哪儿？"他问弗罗斯特。

"在厨房，孩子饿了。"

加布里埃尔进了厨房，他的妻子正背对门坐着，没看到他走进来。他在她身后停下，看着她将瑞吉娜抱在胸前，低声哼着不成调的曲子。简唱歌永远找不着调，他含笑想道。可瑞吉娜似乎并不在意，她安静地躺在妈妈的臂弯里，妈妈的手臂又信心满满了。母亲对孩子的爱是源于内心的，加布里埃尔想，至于剩下的，花时间学就是了。

他把手放在简的肩膀上，弯下腰亲吻她的头发。简抬头看他，双眼闪着光。

"我们回家吧。"她说。

38

米拉

　　这个女人一直对我挺好。我们的车开在一条坑坑洼洼的路上，她拉着我的手，紧紧握着。和她待在一起，我觉得很安全，尽管我知道她不可能一直在这里拉着我的手。还有很多其他女孩，其他还生活在黑暗角落里的女孩。但现在，她在这里，跟我在一起。她能保护我，我可以靠在她身上，希望她能抱抱我。但她的注意力不在我身上，她的目光盯着车外的荒漠。她的一根头发落在我的袖子上，像一条银丝闪闪发光。我捡起来塞进口袋里。这可能是我唯一能用来纪念她的东西，可以用来纪念我们在一起的时光。

　　车停了。

　　"米拉，"她用胳膊肘碰了碰我，"快到了吗？这地方看着眼熟吗？"

　　我从她肩上把头抬起来，盯着窗外。我们停在了一片干涸的河床上，周围的树木矮小，长得弯弯曲曲。远处棕黄色的山上都是大石头。"我不知道。"我告诉她。

　　"看着像吗？"

　　"像，但是……"我努力辨认，希望能想起那些我曾拼命想忘记的东西。

前座上有个男人转过头来。"他们找到的地方就是这儿，"他说，"上周发现一群姑娘从这里入境。可能她得下车看看，看看能不能认出些什么来。"

"下来吧，米拉。"女人打开车门下了车，但我没动。她钻进车里对我说："这是我们唯一的办法，"她柔声说，"你得帮我们找到那个地方。"她伸出手，我不情不愿地握住。

一个男人带着我们穿过矮小的灌木和树林，沿着一条小窄路走下去，走到河床上。然后他停下脚步，看着我。他和那女人都看着我。我盯着河床看，看到上面有一只旧鞋，它已经在阳光和高温下被晒干、晒裂了。记忆里有什么东西蠢蠢欲动，然后呼啸而出。我回头看向对面河岸，那里堆着塑料瓶，我还看到一根树枝上挂着一块蓝色的防水布。

又一块记忆解锁。

这就是我挨打的地方。就是在这里，安雅站着，凉鞋里的脚趾流血不止。

我沉默着，转身沿着河岸爬了上去。我的心跳怦怦作响，恐惧让我窒息，但我别无他法。我看到了安雅的魂灵在我面前飘荡，看到她随风扬起的秀发，看到她悲伤的、愈发远去的面容。

"米拉？"那女人喊我。

我继续向前，拨开灌木丛，一直走到那条土路上。就是这儿了，我想。那辆车就停在这里，那个男人站在这儿等我们。记忆闪回得更快了，好像噩梦的片段。那个男人命令我们脱衣服，女孩被死死抵在车上。还有安雅。我看到了安雅，她一动不动地躺在地上，她身上那个男人强奸了她，正在拉上裤子的拉链。

安雅暴起，跌跌撞撞向前跑着，就像一只初生的牛犊，那样苍白，那样瘦弱，好像一阵轻烟，说散就散了。

我跟着她，跟着安雅的魂灵。荒漠上都是尖锐的石头，布满荆棘的杂草从泥土中拔地而起。安雅从它们上面跑过，脚上满是鲜血，跌跌撞撞。她啜泣着，跑向她眼中的自由。

"米拉？"

我看到安雅恐慌地抽泣，看到她金色的头发披在肩上。她面前是荒芜的大漠，要是她能跑快点儿，再跑快点儿……

一声枪响。

我看见她向前扑倒，气都喘不上来。她的血溅在温暖的沙子上。但她又爬起来，爬过荆棘，爬过玻璃碎片一样尖利的石头。

又一声枪响。

安雅猛然倒下，苍白着脸躺在棕黄的沙子上。她是倒在这里吗？还是那边？我绕着圈，疯狂地走着，想找到她倒下的地方。你在哪儿，安雅？你在哪儿？

"米拉，跟我说说话！"

我突然停下脚步，目光盯着地面。那女人在跟我说话，但我听不见，我只能看到脚下的东西。

那女人轻柔地说："过来，米拉，别看了。"

但我动不了。两个男人蹲下检查，而我只能一动不动地站在那儿。其中一个人戴上手套，用小刷子刷开沙子，露出下面好像皮质的肋骨和棕色的头骨圆顶。

"看起来是个女性。"他说。

有那么一会儿，没有人说话。炎热的风呼啸着卷过，沙子打在脸上刺痛不已，我眨了眨眼。等我再睁开眼睛的时候，我看到了很多安雅从荒漠里探出头。这里有她弯弯的臀骨，那里有她棕色的腿骨。荒漠放弃了她，但现在，她似乎重生于整片大地。

有时候，那些消失的人总会回到我们身边。

"过来吧，米拉，我们走。"

我抬头看向那女人，她站得笔直，凛然不可侵犯。她银色的头发看起来像是战士的头盔。她伸出手臂环在我身上抱住我，我们一起走回车里。

"是时候了，米拉，"女人安静地说，"是时候告诉我全部了。"

我们坐在一张桌子边，屋子里没有窗。我低头看着她面前那摞纸，都是空白的，等着她在上面落下笔迹，等着记录下那些我不敢开口说出的事情。

"我已经全都告诉你了。"

"我觉得没有。"

"你问的问题我都回答了。"

"是的，你帮了我们很多。卡尔顿·韦恩就要进监狱了，他要为他做的事情付出代价。现在，全世界都知道他干的那些坏事，而这一切都归功于你。谢谢。"

"我不知道你还想让我说些什么。"

"我想知道这里还藏了些什么，"她伸出手，隔着桌子碰了碰我的心口，"我想知道那些你不敢告诉我的事情。这些事情能帮我理解他们的行为，帮我对付这些人。这些事情能帮我拯救更多的女孩，更多像你一样的姑娘。米拉，你得告诉我。"

我使劲眨眼，把眼泪逼回去："或者你也可以把我送回去。"

"不，不。"她倾身向前，神色悲悯，"现在这里就是你的家了，如果你想待在这儿就可以留下。你不会被遣返，我向你保证。"

"就算……"我停下来，不敢直视她的眼睛。我的脸上一定羞愧极了，我低头盯着桌子。

"那些发生在你身上的事情并不是你的过错。那些男人对你做的事情，无论他们让你做什么，你都是被迫的。那些都是发生在你身体上的事情，与你的灵魂没有任何关系。你的灵魂，米拉，你的灵魂纯洁无比。"

我不能再看她的眼睛。我一直低头，看着自己的眼泪滴在桌子上，感受到我的心在滴血。每一滴眼泪都是我的一部分，每一滴眼泪流出，我就被抽干了一点儿。

"你怎么不敢看我？"她轻轻问。

"那太羞耻了，"我小声说，"你让我说的那些事，太……"

"我要是不在，会不会好一点儿？我不在这里看着你。"

我依旧没抬头。

她叹了口气。"好吧，米拉，咱们这么办，"她把录音机放在桌子上，"我把这个打开放在这里，你可以对着它说，说什么都行，记得什么就说什么。如果用俄语更容易说出来，就用俄语。你想到的东西，你能想起来的事情，你身上发生过的事情，说什么都可以。你不是在对哪个人说，它只是台机器，它不会伤害你。"

说完，她站起身，按下录音键，走出了房间。

我盯着录音机上闪烁的红灯，录音带慢慢地向前转，等着我说出第一句话，等着录下我所有的痛苦。我深吸一口气，闭上眼睛，开始说话。

我叫米拉。这是我的故事。

VANISH by TESS GERRITSEN

Copyright © 2005 BY TESS GERRITSEN, EXCERPT FROM RIZZOLI & ISLES: DIE AGAIN BY TESS GERRITSEN COPYRIGHT © 2014 BY TESS GERRITSEN
This edition arranged with JANE ROTROSEN AGENCY LLC
through BIG APPLE AGENCY, LABUAN, MALAYSIA.
Simplified Chinese edition copyright:
2023 New Star Press Co., Ltd
All rights reserved.

著作版权合同登记号：01-2023-0522

图书在版编目（CIP）数据

消失 /（美）苔丝·格里森著；乔迪译. —— 北京：新星出版社，2023.7
ISBN 978-7-5133-5123-2

Ⅰ．①消… Ⅱ．①苔…②乔… Ⅲ．①长篇小说 – 美国 – 现代 Ⅳ．① I712.45

中国国家版本馆 CIP 数据核字 (2023) 第 040371 号

午夜文库
谢刚 主持

消失

[美] 苔丝·格里森 著；乔 迪 译

责任编辑	王　欢		**特约编辑**	郑　雁　郭澄澄
责任校对	刘　义		**责任印制**	李珊珊
装帧设计	hanagin			

出 版 人　马汝军
出版发行　新星出版社
　　　　　（北京市西城区车公庄大街丙 3 号楼 8001　100044）
网　　址　www.newstarpress.com
法律顾问　北京市岳成律师事务所
印　　刷　三河市兴达印务有限公司
开　　本　910mm×1230mm　1/32
印　　张　11.375
字　　数　179 千字
版　　次　2023 年 7 月第 1 版　2023 年 7 月第 1 次印刷
书　　号　ISBN 978-7-5133-5123-2
定　　价　54.00 元

版权专有，侵权必究。如有印装错误，请与出版社联系。
总机：010-88310888　传真：010-65270449　销售中心：010-88310811